VOISINS, AMIS ET RIEN DE PLUS

Du même auteur

Pas facile d'être une fille facile

Anna
PREMOLI

VOISINS, AMIS ET RIEN DE PLUS

Traduit de l'italien
par Alexandra Teissier

J'AI LU

Titre original
NON HO TEMPO PER AMARTI

Éditeur original

À ma sœur Marija qui, ayant toujours un temps d'avance sur les autres, vient de mettre la main sur un homme plus jeune qu'elle. Alberto, bienvenue dans la famille ! Nous avions justement besoin d'un avocat. Pas de panique, nous sommes bizarres mais nous ne mordons pas. Enfin, pas trop… ;-)

« Nous sommes tous un peu étranges. La vie est un peu étrange. Et lorsque nous trouvons quelqu'un dont l'étrangeté est compatible avec la nôtre, la jonction s'opère et nous tombons dans une étrangeté mutuellement satisfaisante, que nous appelons l'amour – le véritable amour. »

Robert FULGHUM, *True Love*

1

Le duc lui saisit la main. Le souffle lui manqua. Ils portaient l'un et l'autre des gants, mais certains contacts se jouent de l'obstacle de l'étoffe. Une onde de chaleur se propagea le long de son bras... Lady Eleonor s'empourpra, elle qui se targuait de rester toujours maîtresse de la situation. Comme si cela ne suffisait pas, le duc continuait à la regarder. Non : il regardait sa bouche. Il caressait des yeux ses lèvres...

À cet instant, Lady Eleonor, qui se considérait comme la débutante la plus sensée qui soit, comprit qu'elle était comme les autres, à la fin des fins. Ou pire qu'elles, peut-être – les autres savaient attendre un baiser sans bouger. Elle bataillait contre la tentation folle de se hisser sur la pointe des pieds pour moucher cet arrogant d'un baiser ravageur. Déjà son corps oscillait vers lui, presque contre sa volonté. Sa main libre se posa sur la veste impeccable du duc, ses lèvres s'entrou...

Bam !

Bam ! Boum ! Bam !

Au secours ! Mais qu'est-ce qui se passe là-haut ! J'en abandonne mon clavier et jure comme un charretier. Être interrompue comme ça, au moment crucial où Lady Eleonor va recevoir son premier baiser, ça ne va pas le faire ! Les premiers baisers ne sont pas à prendre à la légère, ils exigent de moi une concentration maximale.

Je tends l'oreille.

Silence.

On dirait bien que le calme est revenu. Du coup, mon sourire aussi. Bien ! J'inspire à fond, je pose de nouveau les doigts sur le clavier, prête à reprendre...

Sauf que le bombardement recommence de plus belle au-dessus de ma tête.

Baaam ! Bam !

C'est une blague ?

Puisque quelqu'un a décidé de pourrir ma quiétude matinale avec ce boucan inhabituel, je vais devoir planter Lady Eleonor qui patientera encore un peu avant de goûter à son baiser de rebelle.

Mon immeuble abrite depuis toujours des personnes bien élevées, d'une discrétion confinant à la transparence, et vu l'âge moyen des copropriétaires, le tapage nocturne, les fêtes jusqu'à point d'heure et les conflits de voisinage sont a priori exclus d'office...

D'ailleurs, le raffut de ce matin ressemblerait plutôt à un lancer sauvage de rochers de deux cents kilos balancés sans précaution sur le plancher de l'étage du dessus. Et si mon plafond cédait ? Ou si quelqu'un atterrissait dans mon salon ?... Fâcheux : Lady Eleonor finirait vieille fille.

Déterminée à comprendre quelle guerre est déclarée, je sors de chez moi. Le spectacle qui m'attend sur le palier a de quoi me retourner l'estomac aussi sûrement qu'une overdose de poivrons verts (entre nous, seuls les rouges devraient exister en ce bas monde) ou de friture. Ne jamais se lâcher sur la friture, si l'on tient à rester en vie à l'époque de l'huile génétiquement modifiée. Un de mes points faibles, hélas ! Je mourrai jeune, à tous les coups. Mieux, je mourrai « personne à jeunesse réduite », comme dit ma mère : sur le papier, j'ai passé l'âge de la catégorie, mais j'en ai gardé l'esprit, et ça compte !

Bref. L'escalier de mon immeuble, si paisible d'habitude, grouille d'autant de monde que Saks à l'approche de Noël. Des déménageurs. Qui transbahutent une ribambelle de cartons jusqu'au dernier étage donc, dans l'appartement au-dessus du mien. Un méga loft inoccupé pour mon plus grand bonheur depuis mon arrivée ici il y a un an et demi. Jusque-là, il n'était ni à vendre ni même à louer, de quoi faire jaser chez les seniors des étages inférieurs... Je penchais, moi, pour une réalité triviale : le propriétaire de ce bien immobilier sublime dans l'Upper West Side, à deux pas du Musée américain d'histoire naturelle, trouve juste naturel de le laisser vide. Un comportement étrange parmi tant d'autres à notre époque – exemple, on cherche l'amour de sa vie *via* des applis sur téléphone, on élit des personnages improbables à la Maison-Blanche, un sorbet aux légumes ne fait sursauter personne et on feint de trouver du goût à l'avocat, ce fruit qui guérirait tous les maux. Comment s'étonner ensuite que quelqu'un néglige de mettre un appartement en location ? Allons.

Ce loft inoccupé m'intriguait bien un peu au début, et puis, la force de l'habitude... C'est tellement agréable de vivre dans une atmosphère paisible. Après le fiasco de ma cohabitation avec l'Enfoiré – Allen, pour l'état civil –, j'avais loué le premier appartement qui m'avait plu. Grave erreur, à ne jamais commettre dans une ville comme New York ! J'ai fui avec armes et bagages après six mois de tumulte jour et nuit, disputes fracassantes à tous les étages, chiens et chats s'exprimant haut et fort à longueur de temps en toute impunité... Étant romancière de métier, et travaillant par conséquent chez moi, dès ma deuxième recherche de logement je me suis penchée avec nettement plus d'attention sur le concept de *voisinage.* Au point de me poster à l'extérieur du bâtiment convoité des jours durant pour noter les allées et venues, les horaires de chacun... Un comportement de voyeur ? J'assume ! Mes motivations étaient professionnelles et raisonnables.

Ainsi, la population de mon immeuble actuel m'est apparue comme un cadeau du ciel : des citadins très occupés et peu présents, d'un âge moyen respectable et affichant une aversion pour les enfants en bas âge et les animaux domestiques qu'en d'autres circonstances j'aurais jugée préoccupante. Là, c'était comme si le destin se rattrapait à sa manière, après m'avoir infligé six mois d'enfer avec l'Enfoiré, six mois dont j'émergeais à peine. Bien sûr, il était logique de s'attendre à ce que tôt ou tard quelqu'un emménage au-dessus de chez moi. Mais au fil des jours, trop heureuse que la chance m'ait enfin souri, j'avais oublié jusqu'à l'existence du dernier étage...

Ne *jamais* tabler sur la bienveillance du karma.

— Excusez-moi, est-ce que vous pourriez éviter de lâcher les cartons comme ça, sans précautions ? Voyez-vous, j'habite là, juste en dessous, et j'essaie de travailler...

Ces cartons sont si nombreux et si volumineux que le concierge a dû obliger les déménageurs à les transporter tous à dos d'homme par l'escalier, de peur qu'ils ne bloquent l'ascenseur.

Le sherpa que je viens d'interpeller hausse les épaules, pas plus ému que ça, et poursuit son ascension sans même me regarder.

— Adressez-vous au proprio ! lance-t-il.

— Qui est... ?

— Là-haut, il me répond en s'esclaffant.

Bien sûr.

J'inspecte rapidement ma tenue. Suis-je présentable ? Un vieux jean, un grand pull fuchsia dédié à la fée de *Cendrillon*, mes chaussons licornes. Une touche de classe, ces chaussons, j'en ai conscience.

Je résiste à la tentation d'enfiler quelque chose de plus sérieux. Mais pourquoi le ferais-je ? Je n'ai aucune intention de m'attarder, juste de me présenter aimablement à mon nouveau voisin et de le supplier de faire moins de bruit. En espérant très fort qu'il s'agisse, mettons, d'un gestionnaire de fonds, qui passera toutes ses journées au bureau, voire ses nuits. La finance produit les meilleurs voisins dont une femme comme moi puisse rêver ! D'accord, les professionnels du secteur sont à peine plus sympathiques qu'un dentiste le jour où il vous dévitalise une molaire et ils ne vous prêtent jamais rien, pas même du sel ; mais l'idée d'un régime sans sel ne me fait pas peur, si c'est le prix à payer pour préserver ma petite vie tranquille...

Je fais donc l'effort d'affronter à mon tour l'escalier, en suivant les sherpas qui charrient de tout. Littéralement de tout et il y a de quoi m'inquiéter : les deux types qui me précèdent ont les mains chargées de guitares, un autre derrière moi porte une pièce de batterie...

Un financier collectionneur d'instruments de musique, peut-être ? J'en frissonne d'avance.

La porte du loft est grande ouverte. Ne sachant trop comment m'annoncer, je franchis le seuil à la suite des déménageurs. Et là, je pile net. L'entrée donne directement sur une pièce immense, assez nue pour le moment, équipée de baies vitrées. Le parquet d'origine, manifestement rénové, crée un effet salle de bal tant il brille. Une chose est sûre : compte tenu de la surface, cet appartement doit coûter une petite fortune.

Je recouvre le sourire : mon hypothèse se confirme ; le nouveau travaille sûrement dans la finance. C'est le plus vraisemblable. Les petits prétentieux aux poches pleines, purs produits de la Silicon Valley et d'une introduction en Bourse pour une valeur propre absolument injustifiée, sont pour l'instant occupés à faire exploser le marché immobilier de la côte Ouest, pour notre plus grande joie, à nous autres New-Yorkais – les vrais, comme ceux d'adoption comme moi. Qu'ils y restent donc ! L'immobilier par ici a déjà ses propres soucis.

— Les tableaux vont dans la chambre à coucher ! Les guitares par contre vont là-bas...

Je me tourne du côté où s'est élevée cette voix, intriguée malgré moi. L'homme auquel elle appartient s'exprime avec un accent britannique prononcé et ça ne m'a pas échappé. Déformation professionnelle : on ne peut pas écrire des romans dont les héros sont tous des lords anglais, et demeurer de marbre devant un aussi bel accent. J'adore l'accent anglais. C'est un de mes points faibles. Grâce à cela, je suis désormais incollable sur les séries comme *Downton Abbey*. J'ai toujours l'œil humide quand je pense à Matthew s'agenouillant dans la neige (dans la vraie vie, le héros, je le reconnais, ne récolterait qu'une pneumonie). Côté shopping ou escarpins hors de prix propres à disloquer les chevilles, je suis à l'abri de la tentation, comme en témoigne ma tenue du jour, mais dès qu'il s'agit de nourriture calorique et d'Anglais...

— Excusez-moi... ?

Je m'avance vers mon nouveau voisin non sans un brin d'appréhension. Sans être vraiment timide, je n'ai pas non plus l'interaction facile avec des inconnus et, dans certains contextes, rester naturelle me coûte un effort. C'est paradoxal, j'en conviens : le naturel est censé venir spontanément, sans qu'on se l'impose, par définition. Et pourtant.

— Excusez-moi ? je répète d'un ton que j'espère un peu plus décidé.

Enfin, l'homme daigne me regarder.

« L'homme », c'est vite dit ! En dépit de sa voix grave, il a moins de trente ans, je pense, à en juger son look blouson de cuir, T-shirt déchiré et labyrinthe complexe de tatouages sur les mains. Plus une casquette des Mets et d'énormes verres fumés... Mauvais choix, les Mets, entre nous : moi, je suis fan des Yankees depuis mon arrivée dans cette ville et je ne m'en suis jamais repentie.

Il me toise, sourit quand il remarque les chaussons, puis conclut :

— Vous êtes la femme de ménage ?

Ma bouche dessine un « O » indigné : on peut toucher à tout, mais pas à mes licornes !

— Non.

Je pourrais lui servir mon discours bien huilé désormais sur la liberté de chacun de s'habiller comme ça lui chante, et d'ailleurs il est mal placé pour la ramener, hein... Mais je n'ai pas de temps à perdre ! Des affaires importantes m'appellent.

— Je voudrais parler à votre père.

— Qui ?

— Votre père. Le propriétaire.

— Le propriétaire, c'est moi, réplique-t-il d'un air amusé.

De mieux en mieux. Le papa millionnaire a offert un loft au fiston dévoyé...

— Dans ce cas, daigneriez-vous enlever ces lunettes de soleil, qu'on puisse discuter ? On ne vous a pas appris les bonnes manières ?

Surtout par une journée aussi grise, où la pluie menace.

Pour toute réponse, il m'observe avec un sourire narquois. Je n'ai pas la moindre idée de ce qui lui passe par la tête, son regard étant masqué, mais je suis psychologiquement prête à recevoir une réponse cinglante.

Survient pourtant l'inespéré : il lève la main, ôte ses lunettes avec lenteur – une lenteur exaspérante, qui ne fait qu'aggraver ma méchante humeur – et rive ses yeux bleus sur ma personne.

Le regard est un grand révélateur. Celui-là est intelligent. Aussi méfiant que s'il redoutait une réaction extravagante de ma part, mais intelligent. Il me scrute avec une expression vaguement soucieuse. Ou plutôt, son regard me *traverse* de part en part avec une intensité frisant l'impudeur. Mais quelle magnifique tonalité de bleu...

Un long, très long moment, il ne se passe rien.

Je l'observe.

Il m'observe.

J'ai la sensation que quelque chose m'échappe, mais quoi ?

— Alors, rien ? dit-il enfin.

— Pardon ?

Sans préavis aucun, un franc sourire dévoile soudain des dents absolument parfaites. Les parents de cette génération n'ont vraiment pas lésiné sur l'orthodontie... À ma grande surprise, il retire aussi sa casquette et s'ébouriffe les cheveux du bout des doigts.

Blond et noir, les cheveux. Non, non, je ne suis pas folle, même si certains jours j'en arrive à douter de moi-même. Cet individu affiche bel et bien un mix audacieux de blond platine et de noir corbeau.

— Toujours rien ?

Il insiste, mais on dirait que ça l'amuse, maintenant. Et moi je continue à ne pas comprendre.

— Écoutez, je suis la voisine du dessous, je travaille chez moi, alors si vous pouviez faire plus attention...

Je n'ai pas fini ma phrase que le bruit sourd d'un carton projeté au sol nous fait tressaillir tous les deux.

— Une vraie calamité, ces déménageurs, commente-t-il, rigolard.

Je ne vois pourtant pas ce qu'il y a de drôle. Pour peu que ce carton-là contienne des assiettes ou des verres, il peut dire adieu à sa vaisselle ! À sa place, j'aurais sûrement bondi.

— Oui, dis-je, je m'en étais aperçue.

— Mais ils sont discrets. La discrétion est précieuse, par les temps qui courent.

— Discrets ? Je ne trouve pas ! Et encore moins délicats ! J'espère pour vous que la casse est prévue dans le contrat.

Il hausse les épaules avec indifférence.

— Les verres se remplacent.

— Eh bien, ravie qu'il y ait encore des gens prêts à faire tourner l'économie américaine ! Ce gouvernement de cinglés qui s'imagine pouvoir créer du PIB à partir de rien vous en sera reconnaissant. Pour en revenir à nous... Je travaille là-dessous, donc, et le bruit...

— Quel genre de travail ? il demande tout à trac, en fixant mes chaussons.

J'aurais mieux fait d'enfiler des chaussures, avant de monter. Mon nouveau voisin ne me prend absolument pas au sérieux.

— J'écris.

J'ai essayé de me donner l'air sérieux. Les licornes ne plaident pas en ma faveur...

— Des contes pour enfants ? dit-il, goguenard.

— Non, des romans d'amour historiques. Pour adultes.

— Ah.

Le petit sourire est de retour.

— Un commentaire ? je lance avec un brin d'agressivité.

Des années de sarcasmes imbéciles sur ma profession ont un peu terni chez moi l'amour de mon prochain.

Il secoue la tête en retenant un rire.

— Vous êtes célèbre ? Est-ce que j'ai déjà entendu parler de vous ?

— Je ne sais pas, la célébrité est un concept très relatif...

— Pas du tout. On est célèbre ou on ne l'est pas, point barre, réplique-t-il comme si le sujet lui tenait à cœur.

— Peu importe, je soupire, la main tendue. Je m'appelle Julie Morgan.

Il nous regarde d'un air méfiant, moi, ma fée et mes licornes.

Offensée, je suis sur le point de retirer ma main lorsqu'il se décide enfin.

— Terrence Graham.

Sous son regard si pénétrant, un instant, mon cœur galope. Par chance, ma raison ne me lâche pas et me rappelle juste à temps que ce garçon doit avoir dix ans de moins que moi. Et puis, les tatouages ne me font pas craquer, surtout aujourd'hui, à trente-six ans... Je suis résolument hors course pour perdre mes moyens devant des hommes jeunes et improbables.

Il reste que cet accent britannique me charme... Certains mots, il les soupire, plutôt qu'il ne les prononce. *So* sexy...

Et cette façon qu'il a de hausser les sourcils, comme s'il attendait je ne sais quelle réaction de ma part...

Il semble même sincèrement surpris que je ne dise rien. Mais quoi ?

Je dégage ma main à contrecœur.

— Bien ! dis-je. Je vais retourner à mes travaux d'écriture, maintenant. Je peux compter sur vous, pour le bruit ?...

— Nous essaierons, promet-il d'un air grave.

— Merci.

— Mais de rien.

Là-dessus, je prends congé. Il serait ridicule de m'attarder davantage. Dans la vraie vie, ça ne va pas fort pour moi sur le plan sentimental ; mais, pour mes personnages, il est temps que les choses prennent tournure.

Hissée sur la pointe des pieds, Lady Eleonor caressa la joue du duc de Harmore, approcha les lèvres et...

Vrim !

Vraam ! Vrrrrimmm !

— Ah non ! Pas ça !

Pour me remettre à écrire, j'ai attendu, avec une patience d'ange, que l'emménagement soit *enfin* terminé. J'ai enduré toute une journée de nuisances sonores. Je suis allée jusqu'à faire tourner une lessive dans la laverie commune de l'immeuble, moi qui déteste ça, juste pour passer le temps, savourant par avance le moment où Lady Eleonor se vengerait enfin du duc... Tout ça pour que, maintenant, il m'envoie des décibels de guitare électrique ?

J'aurais dû m'en douter. Avec le style qu'il a, Terrence Graham ne pouvait pas se borner à collectionner les guitares. Il en *joue*.

À bout de nerfs et vexée, sentiment que j'essaie d'éviter en général sauf absolue nécessité, je grimpe direct à l'étage, et je sonne. Fermement. Et j'attends, dans la pose type de la fille excédée : bras croisés, le pied qui bat le sol. On ne va pas rester zen sous prétexte qu'on porte des chaussons, tout de même !

Mon voisin met un temps fou à venir m'ouvrir. D'accord, le loft est immense, mais il ne m'a pas échappé ce matin qu'il a de grandes jambes. Ce serait le moment idéal pour les mettre en branle.

Je l'entends approcher et coller l'œil au judas. Trois longues secondes s'écoulent ! Mais quel problème il a, celui-là, au juste ?

Il ouvre enfin cette foutue porte, avec le calme exaspérant qui semble le caractériser dans tous ses gestes. Puis, du regard, il fouille le palier dans tous les coins, comme s'il s'attendait à voir surgir un agresseur. La seule menace ici c'est moi, pour le moment. Mais c'est déjà pas mal.

— Excusez-moi, sans vouloir paraître discourtoise, il m'a semblé entendre une guitare...

Il a l'audace de me sourire.

— Oui !

— Vous... Vous vous souvenez de ce que j'ai dit ce matin ?

— Mmm... Quoi donc ?

— J'écris ! J'ai attendu toute la journée que le silence revienne.

— Et moi, je joue de la musique.

— Il existe ici un règlement de copropriété. Vous ne pouvez pas vous mettre à jouer à 22 heures !

— Mais si. Il se trouve que j'ai lu le règlement de A à Z : la musique est autorisée jusqu'à 23 heures.

Il ponctue sa phrase d'un nouveau sourire, le bâtard.

— C'est une des premières choses que j'ai vérifiées en achetant cet appartement. Vous avez un règlement de copropriété très souple.

Vraiment ? Et j'ai zappé l'info ?... Sûrement parce que les gens que je voyais entrer et sortir n'avaient vraiment pas l'air de même seulement *songer* à prendre en main une guitare électrique. Encore moins à gratter les cordes.

— Écoutez, je peux comprendre qu'on ait un hobby...

— Un *hobby* ?

Il éclate de rire. Je recule d'un pas pour l'observer avec attention.

Sa tenue, son look, son visage...

— Vous êtes musicien ? je conclus, horrifiée.

Oui, *horrifiée*. S'il me répond par l'affirmative comme je commence à le craindre, je me jette par la fenêtre.

— Terry Graham, annonce-t-il en détachant les syllabes. Ça te parle ?

— Non.

Je ne connais pas la moitié des groupes d'aujourd'hui. La musique que j'écoute date de l'Antiquité, comme mes livres, comme ma personne en général – à une exception près, c'est vrai : un coup de foudre pour les Take That quand j'avais dix-huit ans. Des Anglais... J'accusais déjà une légère obsession pour les terres de Sa Majesté. La dissolution du groupe m'a fichu un tel blues que j'ai préféré retourner à mes vieilleries musicales pour m'épargner d'autres émotions de ce genre.

— Alien Temptation ? demande encore mon voisin.

Léger déclic dans ma tête.

— Vous êtes le chanteur des Alien Temptation, je murmure, anéantie.

J'ai dû le voir quelque part, avec ses cheveux de fou... Dans un journal. Ou peut-être à la télé. Je le savais, j'aurais mieux fait de ne jamais acheter de téléviseur.

Mon voisin en perd le sourire.

— En général, les gens se réjouissent de connaître une vedette.

— Je ne peux pas vivre avec un musicien au-dessus de la tête, moi ! J'ai besoin de paix et de sérénité pour écrire ! Beaucoup de paix et beaucoup de sérénité !

À présent, c'est lui qui croise les bras pour afficher sa désapprobation. Je baisse les yeux. Des tatouages couvrent ses avant-bras. Pas mon truc mais sublimes... Oh ! Quelle importance !

— Eh bien, il se trouve que je suis ici chez moi. Et que je gagne ma vie en jouant de la musique. Alors si la chose vous déplaît, vous n'avez qu'à déménager. New York est assez grand !

Son ton est devenu tranchant, son accent plus prononcé encore, ce qui le rend... sexy, même s'il m'a mise en rogne. Je rétorque tout de même :

— Je paie un loyer incroyablement bas pour le quartier. Et je l'aime, mon appart !

— Et moi, j'aime le mien.

— Mais vous venez d'arriver !

— Et alors ? Je l'aime, point barre !

— Bien !

— Voilà.

Là-dessus, il me claque la porte au nez.

2

Laurel écoute, hilare, le récit détaillé de mes malheurs devant un thé noir chinois aux épices absolument fabuleux chez Tea&Sympathy, sur Greenwich Avenue. La dominante bergamote qui se diffuse lentement dans mes narines me rendrait presque le sourire. Presque.

— Prends une baby quiche, me conseille-t-elle d'un ton compatissant, alors qu'elle sait très bien que je suis au régime.

Tout est *baby* ou *mignon*, par les temps qui courent. Sauf les calories, bien sûr. Celles-là seront toujours maxi.

Au diable le poids de forme, après tout ! Des problèmes plus graves m'assaillent aujourd'hui. J'attrape la minuscule part de quiche et la dévore en deux bouchées. Un régal... Mais la béatitude culinaire ne dure jamais assez.

— Arrête de rire, Laurel !

— Mais c'est trop drôle !

— Tu verrais les choses autrement si ton voisin du dessus se mettait à jouer du rock !

— C'est vrai. Seulement mon voisin est une *business woman* perpétuellement absente. Et donc parfaite.

— J'aurais tellement préféré un voisin dans les affaires...

— Et à la place, tu te paies une rock star ! s'exclame-t-elle en riant de plus belle. Tu ne vas pas te plaindre, quand même ! Il est beau gosse au moins ? Autant que sur les photos ?

— Pourquoi, tu connaissais son existence, toi ?

— Évidemment ! Mais dans quel monde vis-tu ? Des fois, tu me désespères. Terry Graham est célèbre ! Bien plus célèbre qu'Aidan, qui a pourtant adopté le style George Clooney. Sauf qu'il n'est pas Clooney, ajoute-t-elle, perfide.

Ma tête doit être tout un programme car Laurel lève les yeux au ciel d'un air accablé.

— Ah. Quoi qu'il en soit, célèbre ou pas, c'est un gosse, je marmonne. Qu'est-ce que tu veux que ça me fasse, son aspect physique ?

— Alors il est beau gosse. C'est bien ce que je pensais. Photoshop fait des miracles, mais pas à ce point-là. Sans vouloir insister, Julie, tu ne peux pas vivre en 2018 et ignorer les Alien Temptation !

— Détrompe-toi, je peux ! J'ai quelques siècles de retard et j'assume.

Beau gosse. Quelle expression répugnante ! Elle manque singulièrement de classe, entre nous. Bref ! Oui, mon nouveau voisin pourrait être défini comme séduisant, j'imagine. C'est la moindre des choses, pour un rockeur.

Mais suis-je vraiment bon juge, moi qui adore les hommes en habit XIXe ?

Sans un mot, Laurel prend son portable dans son sac à main et se met à pianoter.

— D'après Wikipédia, il a vingt-cinq ans, annonce-t-elle.

— Voilà ! Un gosse.

Je m'efforce de rester imperturbable, mais... Bon sang ! Il est *vraiment* jeune. Je me fais l'effet d'une perverse, tout à coup, rien que de l'avoir brièvement regardé.

— En tout cas, ma grande, il a un certain... savoir-faire pour son âge.

Laurel a tourné l'écran vers moi. Sur une photo d'un de ses concerts, il est torse nu. Décidément, les jeunes n'ont plus aucun sens de la pudeur, encore moins du bon goût ! Ses bras débordent de tatouages. Seule sa poitrine est restée vierge, bizarrement. Je crois que, sans ce goût pour les coiffures grotesques et s'il avait eu la décence de sauvegarder au moins une partie de ses bras, il serait magnifique. L'allure, les traits du visage...

Allez comprendre ce qui passe par la tête des jeunes d'aujourd'hui !

— Un gosse mature, Laurel, mais un gosse tout de même. Sincèrement, je ne comprends pas pourquoi tu me cherches comme ça.

— Allez ! Ne le prends pas mal, tu sais que j'aime t'asticoter.

— Ton humour commence à ressembler dangereusement à celui de ton cher et tendre !

— Oui, c'est plus fort que moi.

Le regard que je lui lance ne laisse aucun doute sur mes pensées immédiates.

— Oh ! Ça va ! se récrie Laurel. Tu verras, tu vivras la même chose toi aussi un jour...

— Qui, moi ? Avec un écrivain maudit à la coupe années 1980 ?

Mon amie pique un nouveau fou rire.

— Celui-là, il n'y en avait qu'un exemplaire et c'est moi qui l'ai pris contre ma propre volonté..., dit-elle. Je pensais à l'homme de *ta* vie.

— *L'homme de ma vie*. Comme si là, quelque part, il n'existait qu'un homme parfait pour moi. Avec la chance qui me caractérise, je pourrais ne jamais le croiser.

— L'amour m'a rendue un peu bête, j'avoue. Avant j'étais plus lucide, moins prompte à croire aux contes de fées. Et puis, je suis tombée amoureuse...

— Attends, Laurel. Moi, je *veux* croire aux contes de fées. J'en *vis*, des contes de fées ! Mais j'ai découvert à mes dépens qu'il y avait des limites à tout, même aux illusions.

— Une cohabitation a mal tourné pour toi, voilà tout.

— Mmm… Une cohabitation qui a duré plus longtemps que certains mariages. Mais bon, j'imagine que tu as raison.

La vérité, c'est que j'ai toujours été une romantique invétérée. Je ne suis pas venue par hasard à l'écriture de comédies romantiques historiques. J'ai carrément plongé dedans, en lectrice d'abord, puis en auteure, séduite par la délicatesse de règles de convenance désormais oubliées, l'élégance de ces temps révolus, les rapports guindés qui se muaient parfois en amitiés à vie… Et puis, les robes vaporeuses, la dentelle, les tenues pastel des débutantes, les coiffures improbables et encombrantes du XIXe… En un mot comme en cent : je raffole de tout cela ! Il ne se passe pas un jour sans que je me demande pourquoi je suis née avec deux siècles de retard. Ou pourquoi un peuple qui a inventé des absurdités comme Tinder n'a pas été capable de produire une vraie machine à remonter le temps.

Le souci, c'est que mon tempérament romantique s'est heurté, il y a deux ans, à la douloureuse expérience d'une trahison. J'aimerais pouvoir dire que je l'ai surmontée, mais… non. Je suis encore à l'arrêt. Dans ma tête et dans mon cœur. Rien de pire, pour une romantique, que de découvrir que son grand amour n'était qu'une vaste supercherie…

Que ce soit clair, toutefois, je crois encore au grand amour et aux sentiments qui triomphent de tous les obstacles. Mais disons qu'aujourd'hui, à supposer que je rencontre quelqu'un qui chatouille ma curiosité, je serais nettement moins encline à lâcher prise. J'aspirerais à quelques garanties supplémentaires, avant de prendre mon envol.

— Julie, tu dois te décider à reprendre ta vie en main et à sortir de nouveau avec un homme, déclare Laurel d'un ton ferme.

— Comme tu l'as fait toi-même ? je lui demande non sans ironie.

Parce que, sans sa dépendance aux boissons bizarres à base de caféine et son « petit » challenge littéraire contre le nouveau prodige – perdu, puis retrouvé – de la littérature américaine, Laurel se trouverait aujourd'hui dans la même situation que moi.

Au moins a-t-elle le bon goût de rougir.

— Non. Justement, ne fais pas comme moi, marmonne-t-elle. Sois meilleure, plus courageuse ! En tout cas, si j'y suis parvenue, et sans passer par l'étape des rendez-vous traditionnels, il y a de l'espoir pour nous toutes. Franchement !

— J'aimerais partager ton optimisme, mais ce n'est pas facile. Et pour l'instant il y a plus grave. Si mon charmant nouveau voisin ne se calme pas, question bruit, je vais devoir déménager...

Cette seule idée me rend malade. Bien sûr, le choix est vaste à Manhattan, mais trouver un appartement digne de ce nom à un prix décent relève de la prouesse. Et puis j'aime le quartier, les magasins du coin, les habitants... Enfin, *presque* tous. Comment diable un seul être humain, même célèbre, peut-il chambouler tout le tableau du jour au lendemain ?

— Tu as peut-être abordé la chose de la mauvaise manière, reprend Laurel.

— C'est-à-dire ?

— Et si vous étiez simplement partis du mauvais pied ? Ce Terry Graham est peut-être une personne raisonnable, pour peu que l'on sache le prendre. Les célébrités adorent être idolâtrées...

— Tout le monde n'a pas comme Aidan un faible pour les tapis rouges et tout le tralala.

Elle éclate de rire une fois de plus.

— Julie, ce ne sont *que* des hommes ! Des créatures élémentaires ! Célèbres ou pas, ils aiment tous que l'on déroule le tapis rouge devant leur porte !

— Qui est aussi la mienne, voilà le problème.

— Pense que la moitié des New-Yorkais déclarent avoir connu des débuts difficiles avec leur voisinage.

Ce n'est pas simple de partager des murs avec de parfaits étrangers. Il faut le temps de faire connaissance. Cultiver l'art de la diplomatie.

— Mais je suis toujours diplomate, moi !

D'accord, *presque* toujours. Et après réflexion, je n'ai pas exactement montré le meilleur de moi-même, hier. Mais j'avais une scène clé à terminer... Les écrivains les plus rationnels en temps normal peuvent perdre les pédales lorsqu'ils ne réussissent pas à mettre en forme le scénario qui tourne en boucle dans leur tête.

— Apporte-lui des petits fours, me suggère Laurel en indiquant d'un geste le comptoir devant nous. Personne ne résiste à l'appel du sucre...

— Et du thé ! C'est du thé qu'il me faut. Avec un accent pareil, comment pourrait-il ne pas apprécier un thé aux arômes exquis ?

J'inspire à fond et je m'arme de courage. C'est la troisième fois en deux jours que je monte au dernier étage. Terrence Graham aurait presque des faits probatoires suffisants pour m'accuser de harcèlement...

Pas grave. Je suis là et je n'en bougerai pas. Qu'il tente de me faire expulser de force, s'il y tient ! Il aura du mal à convaincre la police qu'une fille en sweat de Schtroumpfette représente une menace.

Je presse la sonnette, l'oreille collée à la porte. Ce qui me vaut une belle frayeur... lorsqu'elle s'ouvre à la volée. Je n'ai pas entendu l'occupant des lieux approcher. Normal : il marchait pieds nus ! De beaux pieds, entre parenthèses.

— Ma voisine ! Mais quelle surprise ! s'exclame-t-il, sarcastique.

— Je suis venue avec une offre de paix, dis-je en agitant sous son nez le sachet contenant le thé et les petits fours. Tout est rigoureusement anglais !

Terrence en reste coi. Puis, lentement, un sourire fend son visage. Toutefois, il ne dit rien et se contente de me fixer. Très déstabilisant, ça... Donc j'ajoute :

— Désolée de vous avoir agressé hier soir. J'étais un peu exaspérée.

Son expression s'adoucit encore et ses bras, croisés sur la poitrine, se détendent. Bon signe. On avance.

— Et moi, je suis navré de vous avoir exaspérée avec mes cartons, puis avec ma musique. J'étais nerveux, moi aussi. Voulez-vous entrer une seconde ?

Je sais que l'invitation est de pure politesse. Je sais aussi que je pourrais très bien lui laisser son cadeau et m'en aller. Toutefois, pour une raison mystérieuse, je le suis dans l'entrée. Puis je lui tends le sachet, un peu gênée. J'avais un plan pour faire la paix, pas pour gérer une vraie conversation.

— Un peu de thé ? me demande-t-il, en parfait Anglais qu'il est.

— Non, merci. Je viens d'en boire un. C'est comme ça que m'est venue l'idée.

Nouveau sourire de sa part.

— Dites-moi... Ce cadeau serait-il une tentative de corruption ? s'enquit-il.

— Absolument ! Ça marche ?

Il éclate de rire. Un rire très agréable, en toute objectivité.

— Tout dépend du mélange...

Me voyant figée sur place, il me prend le sachet des mains et déclare en désignant le salon :

— Restez un moment, puisque vous êtes là.

Une rock star qui connaît les bonnes manières. Il y a peut-être encore de l'espoir pour les générations futures.

Je me laisse tenter par sa courtoisie. De toute façon, puisque je suis venue faire la paix et, éventuellement, discuter de deux ou trois petites choses pour la sauvegarde de ma tranquillité, déguerpir avant d'avoir obtenu gain de cause n'aurait aucun sens.

— Ah ! Mais vous avez aussi des meubles, à ce que je vois...

Je n'en reviens pas.

Hier matin, la pièce était vide – hormis ces satanés cartons qui ont presque fissuré mon plafond. Aujourd'hui, les cartons sont encore là, éparpillés dans les coins, mais les déménageurs ont aussi porté pas mal de meubles. Un canapé, quelques fauteuils de cuir noir, une table au plateau de verre avec des chaises coordonnées ultramodernes. Un téléviseur d'au moins mille pouces accroché au mur en pleine vue. Et de nombreuses, très nombreuses enceintes réparties dans le salon... Une chance que Laurel m'ait convaincue de tenter une négociation entre gens *raisonnables*.

— Il me faudra du temps pour terminer la déco, mais une chose à la fois ! répond-il. Je n'aime pas beaucoup faire du shopping mobilier.

— Rien de plus simple : embauchez un décorateur qui le fera à votre place !

— Je pourrais. Mais ensuite, il saurait où j'habite.

Je me tourne vers lui. Le ton de sa voix ne m'a pas aidée à comprendre s'il plaisantait ou pas. Et son expression ne trahit pas grand-chose non plus.

— Dites-moi, vous êtes pire que James Bond ? Secret défense ?

— C'est assez bien résumé, confirme-t-il en riant.

— Au risque de souligner une évidence, je sais, moi, où vous habitez.

— Vous, ce n'est pas un problème. Venez vous asseoir là, dit-il en s'installant lui-même sur le canapé pour ouvrir mon cadeau. Ah ! Je vois que vous aimez le classique...

— Pas particulièrement. Mais j'ai pensé que l'Earl Grey vous plairait.

Son sourire illumine aussitôt le salon.

— Je suis si transparent que ça ?

— Non, seulement anglais !

— Vous l'avez lu sur Internet ?

— Quoi ? Non ! Je l'ai compris à votre accent. Vous avez conscience, n'est-ce pas, d'avoir un accent assez prononcé ?

— Parfois, concède-t-il, amusé. Et donc, quel genre de tentative de corruption aviez-vous en tête ?

Il se penche vers moi, sincèrement curieux de la réponse, me semble-t-il. Il a de la suite dans les idées, l'Anglais.

Les mots de « présence charnelle exubérante », dont raffole Audrey dans les romans comme dans la vie réelle, n'ont jamais fait sens à ce point pour moi qu'en cette seconde. Terrence Graham a des épaules absolument admirables. La jeunesse d'aujourd'hui doit affectionner les salles de gym.

— Je... Je pensais que nous pourrions trouver un accord. Par exemple, une matinée de silence, une de musique, et ainsi de suite. En alternance. Et puis, l'idée m'est venue que vous aviez sûrement un studio de répétition quelque part, non ?

— En effet, j'ai un studio de répétition. Mais je compose chez moi depuis toujours.

— Ah ? Parce que vous composez, aussi ?

Je croyais l'industrie musicale entièrement formatée - boys bands, chansons écrites par d'autres, arrangements déjà calés...

Terrence Graham me contemple d'un air offusqué.

— Tout est de mon cru ! proteste-t-il avec une certaine fierté.

— De mon côté aussi, je précise.

— Je n'ai jamais douté que vous puissiez effectivement les avoir écrits vous-même, ces livres. *Comment faire capituler un lord en dix jours*...

Ma bouche s'arrondit de stupeur.

— Vous... Vous m'avez cherchée sur Internet ?

L'idée est assez déstabilisante. Hallucinante, même. Mes livres ne se vendent pas trop mal, mais je suis loin d'être une rock star...

Mon incrédulité semble beaucoup l'amuser.

— C'est interdit ? demande-t-il d'un air innocent.

L'aveu me coûte, mais ma première pensée devant cette confidence, c'est qu'il a forcément... découvert mon âge.

Aucun problème.

Aucun.

Sauf que...

— Pourquoi cet air soucieux ? demande-t-il.

— Un air soucieux, moi ? Pas du tout !

— Si vous le dites... Et donc, cette tentative de corruption ? Ce pacte avec le diable ?

— Eh bien, nous pourrions nous organiser autour d'une sorte de calendrier qui tiendrait compte de nos contraintes respectives, des horaires et de tout le reste...

Il hausse les sourcils.

— *Tout* le reste ?

— Non ! Enfin, juste ce qui a un rapport avec nos métiers.

— Donc, selon votre plan, je devrais vous dire quand je vais enregistrer, quand je m'absente pour répéter avec le groupe, et ainsi de suite ?

— Exactement.

— Hors de question. Je n'ai pas l'habitude de donner mon emploi du temps.

— Ce que vous faites de vos journées ne m'intéresse pas. Je veux juste savoir à quel moment vous n'êtes pas là, de manière à pouvoir m'organiser. Par exemple, si j'ai du shopping à faire, eh bien, je le ferai quand vous composerez chez vous.

— Parce que vous faites du shopping, vous ? s'étonne-t-il, les yeux rivés sur mon pull.

— Pas touche à la Schtroumpfette, je réplique le plus sérieusement du monde.

— Aucun risque. Mais, simple curiosité, où se vend-elle ?

— Sur Internet.

Oui, je suis la *loser* trentenaire classique, qui s'achète des fringues improbables en ligne car, au fond, elle est restée une enfant. Et dans les magasins normaux d'aujourd'hui, on ne trouve que des déclinaisons déprimantes de noir et de gris.

— Et vous, vous les achetez où, vos T-shirts troués ? je lui demande, l'air de rien.

Un fou rire le secoue.

— OK, OK... Un partout, balle au centre !

— Sérieux, vous les achetez vraiment tels quels, ou vous faites les trous vous-même ?

Je n'ai pas résisté, la curiosité est trop forte.

Terrence renverse la tête en arrière pour rire à son aise, révélant un très joli cou, sans tatouages.

— Bon sang ! Mais vous êtes une rigolote, vous !

— C'est si inattendu de ma part ?

— Ne le prenez pas mal... La plupart des gens sont terriblement ennuyeux.

— D'où vos cheveux bicolores. Pour éviter d'être ennuyeux.

— Non seulement vous voulez connaître mes horaires et mes déplacements, mais vous essayez aussi de me psychanalyser... Femme, laisse-moi boire au moins un peu d'alcool avant, glisse-t-il avec un clin d'œil.

— Vous êtes sûr d'avoir l'âge légal pour boire ?

— Ha, ha ! Très drôle. Parce que vous, vous seriez vieille... ?

— Non, je ne suis pas vieille. Mais je suis une femme, pas une jeune fille.

Chose qui d'habitude ne me gêne pas, bien au contraire : je suis plutôt fière d'avoir survécu à mes vingt ans et à Allen. Rien que pour cela, je mériterais une médaille !

— Pourquoi est-ce que vous vous habillez aussi bizarrement, alors ? Avec des tenues normales, vous pourriez très bien passer pour une *presque* trentenaire.

C'est un compliment, dans sa bouche. Enfin, je crois. Mais quelle maladresse insigne ! En toute sincérité, je ne sais si je dois en rire ou en pleurer.

— Je n'ai aucune envie de passer pour quelqu'un que je ne suis pas, jeune homme. Et puis on s'égare, là...

— C'est vous qui avez commencé avec les insultes !

Cet échange spirituel semble réellement lui plaire.

— Ce n'était pas une insulte, juste un constat objectif : vous êtes jeune. Très, très jeune.

— Et alors ?

— Les jeunes font des choses stupides.

— Les plus âgés aussi, croyez-moi, rétorque-t-il. Et j'ai bien peur que vous me confondiez avec un ado de quinze ans.

— Non, je vous ai seulement pris pour une rock star avec loft dans l'Upper West Side, T-shirt troué et cheveux noir et blond.

Je lui souris, satisfaite de moi. En joutes verbales, j'assure grave. Il n'a qu'à bien se tenir, le jeunot !

— Vu comme ça, c'est terrible, reconnaît-il en grimaçant.

— Je ne vous le fais pas dire !

Il prend le temps de m'observer un moment avec une acuité qui me met un peu mal à l'aise.

— Possible que je vous aie sous-estimée, en fin de compte, murmure-t-il en se passant la main sur la joue.

— La faute aux licornes.

Le fou rire le reprend.

— Ah ! Les licornes. Pour info, vous avez d'autres pantoufles aussi... *comiques* ?

— Vous aimeriez bien le savoir ! Avouez.

Il se rapproche de moi et se penche sur mon oreille pour murmurer :

— Oui...

— Eh bien, navrée, mais vous resterez sur votre faim !

Un des rares avantages de mon âge est la capacité de demeurer imperturbable même face aux aléas les plus troublants – catégorie à laquelle appartient Terrence Graham de plein droit.

Je quitte le canapé d'un élan décidé, déterminée à fuir, comme le ferait n'importe quelle personne saine d'esprit.

— Alors, voisin, nous avons un *deal* ?

— Je ne sais pas. J'y réfléchirai. Ce que je vous propose tout de suite, en revanche, c'est de nous tutoyer.

Et il sourit.

Bien ! C'est un bon début.

On frappe à ma porte alors que je suis totalement immergée dans la scène des baisers entre Lady Eleonor et son duc. Oui, *des* baisers. Car au premier en a succédé un deuxième, puis un troisième. Même les débutantes responsables méritent un peu d'action, n'est-ce pas ?

En général, je retire d'instinct les lunettes que je porte pour lire ou écrire. Aujourd'hui, cependant, j'ai la tête ailleurs. Au point d'ouvrir ma porte sans même vérifier l'identité de mon visiteur - je n'ai pas, moi, de harceleurs à mes trousses, et je ne suis même pas si célèbre que ça. Tant mieux, du reste. Quelle vie de fous doivent mener les *people* d'aujourd'hui...

— Jolies lunettes, fait remarquer Terrence en souriant.

Joli T-shirt... je garde pour moi.

Mon voisin porte un jean noir et un T-shirt - très moulant - de la même couleur, usé, mais qui a visiblement connu des moments moins difficiles que les autres. Et dans cette tenue ordinaire, il dégage un tel charme que ma mâchoire manque se décrocher. Même ces cheveux aberrants semblent avoir de l'allure, ce soir.

Je lève la main pour retirer mes lunettes, mais il m'arrête.

— Garde-les. Elles sont sympas.

Sympas ? Bizarres, tout au plus... Mais l'autodérision, ça me connaît. Je n'y ai pas réfléchi à deux fois avant de choisir une monture rose avec un petit nœud en plastique rigolo au-dessus de l'œil gauche. Il faudra que je pense à les brûler avant de me retrouver un jour devant un homme de mon âge avec ce gadget sur le nez.

— Merci. Je les aime bien, moi aussi.

— Tu t'en sers pour écrire ?

— Oui, je ne vois pas bien de près.

— L'âge, sans doute...

Il me chambre, dans la droite ligne de nos échanges d'hier.

— Je n'y voyais pas grand-chose de près il y a un siècle déjà, quand j'avais le tien, mais merci quand même de me l'avoir fait remarquer.

Il rit, le bougre, sans chercher à s'en cacher.

— J'ai donc interrompu un moment de créativité intense ? s'enquit-il.

Cette fois, c'est moi qui le regarde d'un air soupçonneux.

— Entre. Et ferme la porte. Toi, tu as tout un étage pour toi, mais moi j'ai une voisine. La terrible Mlle Berry qui aspire depuis toujours au titre de fléau de l'immeuble. Enfin, c'était avant que tu n'emménages... Tu as de la chance, en général elle fait semblant d'être sourde comme un pot pour éviter d'adresser la parole à quiconque. Il ne manquerait plus qu'elle, maintenant.

— Ah, un étage de demoiselles !

— Terme tombé en désuétude. Mais elle y est très attachée. Ne l'oublie pas, si tu tiens à ta peau.

Terrence, nullement effrayé par ces informations, promène un regard curieux autour de lui, comme si mon appart abritait Dieu sait quels secrets.

— Mignon..., murmure-t-il.

— Allez, tu peux le dire...

— Dire quoi ?

— Que tout est très pastel.

— De fait, tout est très pastel.

— Ça me plaît, je déclare avec un grand sourire.

Son regard glisse vers mes pieds, où l'attendent cette fois deux pandas. J'aime varier, à l'occasion, même si mon amour pour les licornes est sans égal.

— Magnifiques ! s'exclame-t-il.

— Si tu es sage, je t'en offrirai une paire pour ton anniversaire.

— Oh oui ! Je t'en supplie. 18 avril. Note sur ton agenda...

— Pointure ?

— 46.
— Ah. Voilà qui pourrait poser problème.
— Si nécessaire, les licornes me conviendraient aussi.
— Je m'en souviendrai. Quel bon vent t'amène dans les étages inférieurs, voisin ultra célèbre ? Tu passais par là par hasard ?
— À dire vrai non, j'ai affronté l'escalier exprès.
Il semble assez fier de son exploit. Terry Graham n'a sans doute pas l'habitude d'être traité comme un être ordinaire. On doit se battre pour exaucer ses moindres désirs... Alors qu'il a sans doute besoin quelquefois d'être une personne absolument normale. Anonyme.
— Tu m'en vois honorée.
— Qu'est-ce que tu écoutes ?
— Pas « quoi ». « Qui ». Doris Day.
— Pardon ?
— Ah ! Les jeunes... Vraiment, je ne comprends pas que l'on puisse ignorer l'existence d'une telle star de la comédie romantique ! Sans compter qu'elle chantait divinement bien.
— Fais-moi écouter ça.
Tout en parlant, le voilà qui s'installe à mon poste de travail et se concentre sur la musique. Il a de la chance : mes enceintes, un modèle mille fois plus petit que les siennes, diffusent *It's Magic,* une de mes chansons préférées, qui ne laisse personne indifférent. Pas même lui, visiblement : son expression se fait étrangement intense.
— Alors, le jeune rockeur ? On en pense quoi ?
— Pas mal... Pas mal du tout, même, murmure-t-il, impressionné. De quelle époque parlons-nous ? Les années 1940 ?
— 1948, je confirme à contrecœur.
Il sourit avec satisfaction.
— La classe ! Évidemment, maintenant que tu connais un musicien bien vivant et de cette ère géologique, tu pourrais te risquer à d'autres genres...
— Doris Day est encore vivante, mon cher.
— Centenaire ?

— Pas loin. Elle va sur ses quatre-vingt-seize ans.

Terrence retient à grand-peine un nouveau rire.

— Mais pas toi, déclare-t-il. Ce serait sympa que tu sois un peu plus à jour dans tes connaissances musicales. Par curiosité, as-tu déjà écouté une de nos chansons ?

Il va pour quitter mon siège, avant de se raviser, afin de lire ce qui est affiché à l'écran. Le fameux troisième baiser enflammé. J'essaie de ne pas rougir, sans grand succès je crois.

— Hé ! Ce texte est interdit aux mineurs !

— Très chère, j'ai fait des choses que tu n'imagines même pas. De quoi embuer tes jolies lunettes.

À mon tour d'éclater de rire. Ce garçon est amusant, cela je le lui concède volontiers.

— Cool. Tu es la première personne qui réussit à me dérider depuis un bout de temps, dit-il après m'avoir regardée rire sans montrer le moindre signe d'agacement.

— Je sais, je sais, dis-je d'un ton maternel pour le rassurer. Dis-moi, tu t'es introduit chez moi juste pour lire des chapitres interdits et écouter des chansons géniales, ou tu avais quelque chose à me dire ?

— D'abord, j'ai encore une question.

— Je t'écoute.

— Pourquoi est-ce que tu n'as pas cherché au moins une de mes chansons sur Internet ? Ou juste mon nom ?

Il n'est pas obligé de savoir que j'ai été terriblement tentée de le faire. Mais c'était une question de principe. Et puis je ne vois pas bien l'intérêt.

— Pourquoi, j'aurais dû ?

Il me dévisage, la tête penchée.

— Tu es une femme étrange…

— Tout à fait d'accord. Alors, qu'est-ce que tu voulais me dire ?

Terrence se lève enfin et sort une feuille de papier de la poche arrière de son jean.

— Là, tu as les horaires approximatifs de mes enregistrements, plus les créneaux réservés au studio de répétition. J'avais dans l'idée de faire insonoriser au moins une partie du loft, mais j'espère que tu pourras patienter un peu, parce que la seule idée de me retrouver en plein chantier me rend malade.

Je saisis avec enthousiasme la feuille qu'il me tend.

— Merci ! Et pour le reste, pas de problème, du moment que nous avons un accord… C'est le thé qui t'a convaincu ?

— Ha ! Tu ne le sauras jamais. Un homme doit garder un peu de mystère, n'est-ce pas ?

Il ponctue sa phrase d'un clin d'œil dévastateur.

— Tu sors ? je lui demande d'un air détaché.

— Oui, la nuit sera longue…

— Prends un pull.

Ça m'a échappé.

Il va décidément trouver que je le materne. D'ailleurs, il me dévisage d'un drôle d'air.

— Il fait froid, tu ne peux pas sortir juste en T-shirt…

— Bien, madame.

— Et mets un chapeau. N'importe qui pourrait te reconnaître.

— Toi, tu ne m'as pas reconnu.

— Parce qu'il n'y avait rien à reconnaître, en ce qui me concerne.

— Raisonnement imparable. D'autres recommandations, maman ?

— Sors couvert. Toujours. Et ne bois jamais au point de ne pas savoir ce que tu es en train de faire.

Terrence s'évertue à garder son sérieux, mais c'est de plus en plus difficile.

— Tu es une femme vraiment, vraiment bizarre…

— Tu me l'as déjà dit.

— C'était pour enfoncer le clou. L'occasion était trop belle.

Je secoue la tête et m'efface pour le laisser sortir de chez moi. Plus vite il décampera, moins je me ridiculiserai.

— Bonne soirée !

— Bonne écriture !

Mais il reste là, à me fixer.

— Autre chose… ? je demande.

— Je pense que nous devrions t'acheter un casque.

— Un *casque* ?

— Pour quand je composerai en mode frénétique. Ça m'arrive parfois. Et dans ces cas-là, je ne peux pas m'arrêter. Il n'y a plus de règles ni d'horaires qui tiennent. Le fer se bat tant qu'il est chaud.

Bien que nos métiers soient très différents, je le reçois cinq sur cinq. Moi aussi j'essaie de ne pas perdre le rythme, quand je sens que je suis en train de réussir à développer une scène exactement telle que je l'avais imaginée.

— D'accord pour le casque. Au revoir, Terrence.

Encore quelques secondes pendant lesquelles il ne bouge pas et continue à me fixer, puis il me sourit une dernière fois avant de s'éclipser.

3

Assise en face de moi, Audrey ne cesse de me lancer des regards entendus. Agacée, j'abaisse d'un geste vif le menu que je tiens entre les mains en soupirant.

— Bon, d'accord, qui te l'a dit ?

— Laurel, voyons ! Qui d'autre ?

Je me tourne aussitôt vers l'intéressée qui me fait un grand sourire.

— Chère Laurel... Quand je t'ai demandé de garder ça *pour toi*, ce n'était *pas* une blague !

— Mais à qui veux-tu qu'Audrey et Cindy aillent le raconter ? me rétorque Laurel. Et puis, je n'avais pas compris que c'était un secret à ce point-là !

— Terrence ne tient pas à ce que son adresse soit connue.

— Oui, je comprends, murmure Audrey. Ce doit être terrible d'être célèbre au point de ne pouvoir habiter nulle part.

— Tu l'as dit. Pour autant, il ne renonce pas à mener une vie normale. Il met une casquette et des lunettes noires, et il va se promener comme si de rien n'était.

— Parce qu'il est très jeune. Il est encore dans une phase où l'attention de ses fans ne peut que le flatter. Avec le temps, il se lassera de devoir rester en permanence sur ses gardes.

— Alors, d'après toi, les groupies existent encore ?

— Bien sûr ! Elles ont changé de nom, mais ce sont bien les mêmes, des filles exaltées, un peu frappées...

— Une chance que l'on soit écrivaines et pas chanteuses, fait remarquer Cindy en frissonnant.

— Ah ça, personne n'aurait l'idée de courser un écrivain ! C'est déjà bien si quelqu'un ouvre encore un livre, grommelle Audrey. Mais laissons tomber le sujet déprimant de l'ignorance de l'être humain moyen et concentrons-nous sur des questions bien plus savoureuses : Julie, à quoi ressemble une rock star aujourd'hui ?

La curiosité d'Audrey étant rarement désintéressée...

— Hors de question que tu écrives un livre SM sur lui ! je m'écrie.

— Du calme ! dit-elle en riant. Les rockeurs sont dépassés, dans l'univers de l'Éros. Ce sont les prêtres qui ont le vent en poupe maintenant.

Je la regarde, vaguement écœurée.

— J'aurais préféré ne rien savoir de la mode en littérature érotique...

— Moi-même, je n'arrive pas à comprendre ce qu'un prêtre peut avoir de sexy. Ou il n'a jamais vu une femme de sa vie, ou il manque cruellement de créativité, s'il est de ceux autorisés à se marier. Missionnaire pour la vie, vous imaginez ? Plus déprimant, tu meurs ! Mais on s'égare encore. Revenons à ta rock star... C'est quel genre ?

— Terrence est... plutôt sympathique, je marmonne, mal à l'aise.

— *Sympathique* ? Quel qualificatif insipide !

Je hausse les épaules.

— Il est jeune. Tellement jeune...

— Ça ne t'empêche pas de le regarder, non ? Regarder, sans toucher.

— Je ne veux ni toucher ni regarder. J'aurais l'impression d'être un vieux pervers qui traîne avec une gamine à peine majeure.

— Ainsi donc il est mignon, mais tu ne peux pas l'avouer à cause de son âge, c'est ça ? demande Cindy en souriant.

— Il ne serait pas mon genre même s'il avait dix ans de plus. Ce qui n'est pas le cas, les filles, au risque de me répéter.

— OK, la jeune rock star ne t'intéresse pas, conclut Laurel. Mais quelqu'un d'autre, peut-être... ?

— Ce n'est pas parce que tu es amoureuse que tout le monde doit en faire autant !

— Mais si. Je te rends service, figure-toi, en te poussant dans la bonne direction.

— Quelle direction, au juste ?

— Celle du sexe à toute heure, tiens !

— Laurel... Entre nous, tu ne vas pas bien du tout.

— Au contraire, Aidan me fait un bien fou...

— Arrête tout de suite ces allusions ! s'exclame Audrey. Julie n'est pas la seule à avoir du mal à conclure. Un peu de pitié, pour nous autres célibataires !

— Quel genre d'homme te plairait ? me demande Laurel, imperturbable.

J'essaie de réfléchir.

— Quelqu'un de bien. Courtois, élégant, loyal...

— Plus personne n'est *courtois* de nos jours, me fait remarquer Audrey. Le mot s'est éteint en même temps qu'un certain type d'homme. L'élégance est un terme à géométrie variable. Quant à la loyauté, il y aurait beaucoup à dire sur le sujet !

— Raison pour laquelle je suis célibataire ! je conclus, triomphante. Moi, j'aime les hommes d'un autre temps.

— Tu voudrais un gentilhomme, en fait, intervient Cindy.

— C'est ça. Un homme bien élevé, bien habillé, doté d'un bon caractère...

L'image des T-shirts déchirés de Terrence me traverse l'esprit. Parfait contre-exemple de mes goûts.

— Si je croise un jour un spécimen de ce genre, je te ferai signe, me promet Laurel. Mais revenons au *people* du jour. Dis-moi, tu n'as jamais aperçu Liz Tellman dans ton immeuble ?

— Qui ça ?

— Liz Tellman ! La campagne pour les jeans, tu sais bien...

— Aaaah ! La brindille ?! C'est n'importe quoi, ces pubs avec des mannequins taille enfant, je grommelle en lissant mon pantalon de taille résolument adulte.

Je joue avec le feu depuis des lustres, avec mon 40. Un feu plus mental que physique, peut-être, mais je sais qu'il me suffirait de négliger une seule des règles que je m'impose pour basculer du côté des femmes fortes. Et je suis toujours célibataire, comme dirait ma mère.

— Les brindilles rendent bien sur les photos. Dans la vraie vie un peu moins, mais ça, personne n'y songe, commente Laurel.

— Et pourquoi devrait-elle s'aventurer dans mon immeuble ?

— Julie ! Tu ne peux pas écrire des comédies romantiques et ignorer les potins ! s'indigne Audrey.

— Bien sûr que si ! Surtout les potins de ce siècle...

— Plus maintenant que tu habites au-dessous d'un VIP !

— Elle serait quoi, sa fiancée ?

— Le mot est un peu fort. Disons plutôt une de ses fantaisies du moment. Les jeunes d'aujourd'hui ne visent pas les relations durables. Mais tu ne sais vraiment rien sur ton nouveau voisin ! Quelle honte. Tu ne l'as pas cherché sur Google ?

— Non ! je riposte fièrement.

Je me suis rongé les ongles jusqu'à l'os... mais je me suis retenue ! Chercher des infos sur une personne que je connais en chair et en os signifierait qu'elle m'intéresse, d'une manière ou d'une autre.

Or, Terrence Graham ne m'intéresse pas du tout.

Je m'en fiche complètement ! Il pourrait sortir avec le troupeau complet des anges de Victoria's Secret, la nouvelle me laisserait indifférente. Moi, j'aimerais seulement pouvoir continuer à écrire comme je l'ai toujours fait, dans le calme rassurant de mon merveilleux appartement.

Audrey esquisse une moue sceptique.

— Tu n'es peut-être pas curieuse, mais nous, si. Pas vrai, les filles ?

Mes copines hochent la tête avec vigueur tout en dégainant leur portable, les garces. Les rires fusent autour de la table à mesure que les images apparaissent sur les écrans. Une minute plus tard, je rends les armes.

— D'accord, montrez-moi.

— Nous ne voudrions pas corrompre une âme aussi pure que la tienne, glisse Audrey.

— Je le fais seulement par amitié. Il ne doit y avoir aucun secret entre nous.

Ma réponse fait sourire Laurel qui me tend néanmoins son téléphone. La voilà, la rock star au T-shirt en lambeaux, la brindille à son bras. Une chose est sûre, il fera des économies, côté restaurants ! Il n'aura pas non plus à redouter qu'elle lui chipe ses biscuits préférés si cohabitation il y a un jour. Moi, c'était ma spécialité, du temps où je vivais avec Allen. Avec le résultat que l'on sait.

Jeunes, lumineux, célèbres...

— Ils sont mignons, je fais remarquer, sincère.

— Ils sont très mal assortis, tu veux dire, rectifie Audrey. Ils brillent trop, à eux deux. Chacun aurait besoin d'une personne plus normale à ses côtés.

— La normalité, ils ne savent même pas ce que c'est, ces gens-là !

— Les VIP... Un autre monde, soupire Audrey.

Aucun commentaire ne me vient à l'esprit. Je me sens triste, soudain, et j'ai envie de changer de sujet. Moi, je me contenterais volontiers de l'homme le plus banal du monde. Peu importe son physique, son compte en banque, je n'en ferais rien, et je serais même prête à supporter une belle-mère teigne, pourvu que cet homme en vaille la peine. Et qu'à ses yeux *j'en* vaille la peine.

Hélas, je crains fort qu'un homme pareil soit plus difficile à rencontrer qu'une rock star, de nos jours...

Le duc délaça fébrilement son corset et le lui retira d'un geste plein d'autorité.

— Si nous allons plus avant, tu ne pourras plus changer d'avis, chuchota-t-il d'un ton presque menaçant.

Lady Eleonor se borna à lui sourire. Juste pour lui rappeler qu'elle n'avait eu à aucun moment la possibilité de changer d'avis, en un sens. Elle laissa nonchalamment glisser à terre sa chemise et ne bougea plus, dans l'attente de...

Dring !

Dring ! Dring ! Driiing !

À ma place, Laurel aurait déjà fusillé l'auteur de ces interruptions continuelles. Moi, j'apprends à être plus patiente et à mettre à profit ces moments de pause – ceux où Terrence reste chez lui pour composer – pour prendre du recul et réfléchir calmement à l'histoire que je suis en train de raconter. Je ne risque pas de le lui dire, bien sûr, mais ce temps que je m'octroie, même sous la contrainte, m'aide à creuser plus profondément la psychologie de mes personnages.

En ouvrant la porte, je me retrouve nez à nez avec l'illustre rock star.

— Tiens, la jeunesse débarque...

— Tu vas arrêter un jour de me vanner sur cette question de l'âge, dis ? réplique Terrence en posant négligemment une main sur le chambranle.

— Je ne crois pas, non.

C'est tellement amusant de l'asticoter. Je commence à y prendre goût.

Un parfum masculin a envahi mon appartement. Mes narines en restent toutes frémissantes – les malheureuses ont un peu perdu l'habitude de sollicitations aussi délicieuses... Il faut avouer qu'il en jette, le rockeur, avec ce blouson de cuir qui le flatte divinement. Même moi qui n'ai jamais été sensible au charme de ce genre de tenue, je suis forcée de me rendre à l'évidence.

— Je m'en doutais, femme cruelle. Voilà pourquoi je suis ici, prêt à te corrompre.

— Avec quoi donc ? De la nourriture, peut-être ? Si elle regorge de glucides, je capitule d'avance.

À coup sûr, les filles qu'il fréquente fuient les glucides comme la peste...

Terrence éclate de rire, ce qui le fait paraître encore plus jeune.

— C'est bon à savoir pour la prochaine fois ! Mais non, pas de gâteaux aujourd'hui. Juste une proposition. Tu as juste à émerger de ta grotte pour m'accompagner.

— Qui, moi ?

— Qui d'autre ? Tu vis avec une sœur jumelle ?

Alors ça, c'est fort... Je souris malgré moi.

— Il se trouve que j'ai bien une sœur jumelle. Mais elle n'habite pas ici, elle vit en Europe.

L'air ahuri de Terrence vaut son pesant de cacahuètes.

— Sérieux, tu existes en double ?!

— Oh ! Non, je suis unique. Jumelles hétérozygotes. Elle est beaucoup plus jolie que moi, tout le monde le dit.

Il s'esclaffe en secouant la tête. Je me borne à hausser les épaules. Je suis bien dans ma peau, et la vie n'est pas une compétition.

— Et toi, tu as des frères et sœurs ?

— Un frère aîné. Mais je suis franchement plus beau que lui.

À mon tour d'éclater de rire.

— Je savais que tu finirais par me sortir une réplique de ce genre !

— Pourquoi, je ne suis pas beau, peut-être ?...

— Très.

— Content qu'on soit d'accord sur un sujet aussi essentiel. Alors, on y va ?

— Où donc ?

— Élémentaire, mon cher Watson : acheter le casque.

Devant mon expression dubitative, Terrence se penche un peu plus vers moi.

— Tu sais, ces drôles d'objets ronds qu'on pose sur les oreilles...

Je n'aurais jamais cru devoir l'admettre, mais son maudit accent sexy commence à devenir un problème. Un *gros* problème.

— Ah, oui. Ces gadgets pour écouter de la musique de sauvage.

— Ou pour ne pas l'entendre, précise-t-il.

— Mais à quoi bon sortir pour en trouver, à l'époque des achats compulsifs sur Internet ?

— Seuls les *losers* achètent tout à distance. Et puis les casques, il faut les essayer. Tu ne peux pas choisir le premier venu, si par malheur il avait des basses médiocres...

— Cela t'a peut-être échappé, mais je fais partie du club des *losers* et j'en suis fière. J'ai ma carte de membre, dis-je en exhibant mon sweat-shirt jaune canari floqué Bob l'Éponge.

— Un choix de couleur... insolite, je te le concède.

— Et très réfléchi.

— Je n'en doute pas. Impossible de porter cette couleur par erreur. Je parie qu'elle brille dans le noir, ajoute-t-il avec un grand sourire. Pratique, en cas de panne d'électricité.

Nom d'un chien ! Pourquoi est-il aussi drôle ? Il aurait pu... Je ne sais pas... Être affreusement imbu de lui-même... Arrogant...

C'est pénible à la fin, cet humour craquant qui pétille à tout bout de champ ! Et comme je me défends honorablement, question humour...

— Ma foi, s'il devait y avoir une catastrophe, chose qui semble imminente avec ce gouvernement qui s'obstine à nier la réalité du réchauffement climatique, j'aurais au moins un pull sans trous qui me servira de lampe de poche. Toi, tu en serais réduit à tenter de survivre en haillons...

— L'état de mes T-shirts te tient décidément à cœur ! Celui d'aujourd'hui est gris, et en petits morceaux, comme les autres.

— J'aimerais comprendre. Allez, dis-moi ton secret. Un lave-linge mal réglé ?

— Le mystère fait partie de mon charme, femme curieuse. De toute façon, je serais bien en peine de te répondre : je ne fais pas la lessive moi-même.

— Donc, vouloir attraper froid, c'est un choix de vie conscient. Intéressant.

— C'est la mode du moment, mademoiselle ! Chez les musiciens, du moins.

— Moi qui suis si frileuse, je me réjouis de ne pas appartenir à cette catégorie à risques !

Terrence fait de gros efforts pour garder son sérieux. Je n'en mène pas large non plus, entre nous soit dit...

— Nous pourrions échanger sur ce ton pendant des heures, me fait-il remarquer.

— Mais nous ne le ferons pas.

— Dommage, je m'amusais bien.

— On dirait que ça t'étonne... Tu ne t'amuses jamais, d'habitude ?

Terrence se passe la main sur la joue d'un air pensif. Il est blond, en fait. Je le comprends à force de scruter avec une attention excessive le duvet léger qui court sur sa peau.

— Si, mais... la vie d'un musicien offre moins d'occasions de rigoler qu'on ne le croit.

— Pauvre petite rock star, je murmure en lui tapotant l'épaule.

Il écarquille les yeux et me considère d'un air plus perdu que jamais.

Rouge comme une pivoine, je retire vivement ma main et me détourne en feignant de chercher Dieu sait quoi dans l'appartement. Ma veste ! Où donc l'ai-je fourrée ?

— Mais tu ne peux pas sortir, toi ! je lance. Les célébrités traquées sortent rarement en plein jour.

— La grande majorité des gens ne s'aperçoit jamais de rien.

— Tu veux dire que tu te balades à New York sans être dérangé ?

— Tout à fait. C'est pour ça que j'ai voulu revenir vivre ici. À Los Angeles, il fait trop chaud pour sortir emmitouflé. Et puis à New York il y a tellement de personnages bizarres que personne ne fait attention à toi. Même pas ta voisine ! conclut-il en riant.

— Je suis un mauvais exemple.

— Au contraire. Tu appartiens à une catégorie qui me tient à cœur.

— Celle des loufoques restés bloqués dans le passé ?

— Non, celle des humains indifférents à la célébrité. Ma catégorie préférée.

Je l'observe quelques secondes... Oui, il est sérieux. Je commence à me dire que son extrême gentillesse à mon égard ces jours-ci tient surtout au fait que je le traite comme une personne normale et non comme un VIP. Terrence Graham est peut-être connu dans le monde entier et suivi par des tribus entières de filles extatiques, pour moi il n'est que le voisin du dessus, un jeune un peu excentrique, qui aime se promener avec un T-shirt en loques. Et comme je suis encore plus bizarre que lui, un rapport amical s'est vite créé entre nous. C'est ce que je voulais depuis le début, non ? Être en bons termes avec tous mes voisins...

— On y va ? je lui demande, ma veste à la main.

Il met sa casquette fétiche qu'il tenait cachée dans son dos, range avec soin ses mèches en dessous, puis attrape les lunettes solaires effet mouches suspendues à son cou et se les cale sur le nez.

— On y va !

— Essaie celui-ci.

Terrence s'approche de moi, un casque énorme dans les mains, et me le pose directement sur la tête sans me demander mon avis.

Le tumulte ambiant de la boutique laisse brusquement place à un silence ouaté. Je vois Terrence qui me demande quelque chose, mais...

— Pardon ?

Il sourit et me retire le casque.

— Super efficace !

— C'est sûr. Je n'entends strictement plus rien avec ce truc sur les oreilles.

— Attends, je teste à mon tour. Dis quelque chose, pour voir ?

J'hésite.

— Tu es une personne vraiment intéressante, dis-je, seulement parce que je suis tout à fait certaine qu'il ne captera pas le moindre décibel de ma voix.

— Hein ? Qu'est-ce que tu as dit ?

Il retire aussitôt le casque avec un grand sourire.

— Cool ! C'est le calme absolu là-dessous ! Essayons avec la musique maintenant.

Il m'entraîne vers un ordinateur disposé non loin de là en évidence à l'intention des clients, branche le casque, sélectionne YouTube et lance une recherche « Alien Temptation ».

— Mais tu ne peux pas t'écouter toi-même !

— Pourquoi ? Ce serait trop égocentrique ?

— Ma foi...

— J'aimerais juste que tu écoutes une de nos chansons, dit-il en haussant les épaules. D'autres idées ?

— Abba, je réponds après deux secondes de réflexion.

— *Quoi* ?!

Il hurle littéralement de rire.

— Chut ! Tu vas attirer l'attention...

— Alors ne me parle pas d'Abba !

— C'est un groupe merveilleux. Et ils n'ont pas quatre-vingt-dix ans...

— Pas encore, mais bientôt. Bon sang ! Il ne manquerait plus que tu aimes Europe, aussi...

J'observe un silence assez éloquent.

— Mon Dieu ! Tu aimes Europe...

Il lève les yeux au ciel, comme si j'étais un cas désespéré. Ce que je suis sans aucun doute, mais ce qui ne me désespère pas du tout, moi.

— Bon. Qu'est-ce que tu préfères, *Carrie* ou *The Final Countdown* ? me demande Terrence.

— Euh... *Carrie* ?

— Non ?! Pas *Carrie* ! Quelle torture...

— Alors pourquoi tu me l'as proposé ?

Et pour bien savourer ma victoire, j'entonne sur-le-champ le refrain. Fiasco total, je ne suis pas du tout dans le ton, mais à la fin je ris tellement que j'en ai les larmes aux yeux.

— Assez ! s'écrie Terrence en roulant des yeux horrifiés. Assez, avec ce supplice...

— Lequel ? Ma voix ou la chanson ?

— Le cocktail des deux, je crois. Absolument... létal.

— Létal ! Merci ! Je rêvais en secret depuis toujours d'être perçue comme telle dans un domaine ou un autre.

— Julie, ta culture musicale... laisse à désirer. Et je pèse mes mots ! Une femme qui a le cran de se promener avec un pull pareil doit montrer le même courage dans ses choix musicaux. Essaie encore.

Je réfléchis un instant – désespérément... –, le temps que surgisse dans mon esprit un titre susceptible de lui plaire.

Je lui fais signe de s'écarter et je tape : AC/DC *Thunderstruck*.

Le regard qu'il me lance est sincèrement épaté.

— Enfin ! À quoi doit-on ce réveil miraculeux ?

— Ma sœur adorait AC/DC. Je lui imposais Abba, elle répliquait avec du rock pur et dur. Mon adolescence a été une souffrance sonore permanente. Sans compter la dissolution des Take That, dont je ne me suis jamais remise. Ce genre de drame te marque, quand tu es jeune.

— Je me refuse à discuter de ton amour tragique pour les boys bands des années 1990. Tu devrais plutôt remercier ta sœur. Je n'en reviens pas qu'une femme aux pantoufles en licornes connaisse l'existence d'AC/DC...

— Oh ! Mais je connais plein de choses, moi. C'est l'avantage des adultes. Dis-moi, est-ce qu'un membre de ton groupe serait cap de jouer l'intro ?

Là-dessus je lance le morceau et je me remets le casque sur les oreilles. Si bien que je n'entends pas la réponse de Terrence. Mais je vois son regard : plutôt vexé. J'ai dû toucher son orgueil. La rock star est susceptible... Du moins lorsqu'on s'interroge sur les capacités musicales de son groupe. Oh, il s'en remettra rapi...

— Hey ! Qu'est-ce que tu as dit ? je hurle.

Terrence vient de m'arracher le casque de ma tête.

— On prend celui-là, décrète-t-il. Et ensuite, tu viens avec moi.

4

Perchée sur ma chaise pivotante qui pivote un peu trop à mon goût, je n'en mène pas large. Je rêve de me fondre dans le carrelage rutilant. Je peux presque me voir dedans, et ce n'est pas franchement rassurant : ma tête me fait peur. Ce serait peut-être une bonne idée, à mon âge, de me maquiller un peu le matin... Fini le temps où mon grain de peau suffisait à donner le change.

Le problème, c'est que je ne suis même pas la seule à me sentir mal à l'aise. À ma gauche est assis un quinqua dont le regard torve ne me lâche pas. Difficile de le blâmer. Honnêtement, si une inconnue se présentait en sweat jaune canari dans le studio de répétition, même invitée par l'artiste star, moi aussi je me ferais du souci. J'aurais tort, cependant : le manager des Alien Temptation ne le sait pas encore, mais je suis l'intruse la moins dangereuse qui soit.

Cet homme ne m'a rien demandé – tout juste s'il m'a adressé la parole – mais il me scrute avec une méfiance si palpable que je prends sur moi de rompre la glace pour tenter de le rassurer.

— Je ne suis *que* la voisine de Terrence. J'habite l'appartement juste au-dessous.

— Mmm...

Pas d'autre commentaire. Il continue à me fixer d'un air incrédule et soucieux.

— Je ne suis pas une harceleuse, je le jure !

En général mon sourire est de nature à dégeler les interlocuteurs les plus coriaces. Là, rien. Aucune réaction.

L'humour, peut-être… ?

— Je ne suis ici que parce que Terrence a des problèmes d'estime de soi.

— Terry ? Un problème d'estime de soi ? On parle de la même personne, vous êtes sûre ?

De fait, à le voir là, maintenant, il y a de quoi douter.

Il a enlevé son blouson, offrant à tous les regards ses jolis bras tatoués. Enfin libéré de ses divers accessoires de déguisement, il est en train de brancher sa guitare sur l'ampli. Un musicien d'aujourd'hui dans toute sa splendeur. Ce T-shirt troué me dérange toujours un peu, c'est clair, mais j'essaie de passer outre, de me focaliser sur sa posture assurée, sur ses mains. De très belles mains, d'ailleurs.

Le manager n'est pas le seul à s'interroger sur la raison de ma présence dans le studio de répétition du groupe. Quatre autres paires d'yeux ne me lâchent pas depuis mon arrivée ici il y a dix minutes. Terrence n'a pas donné beaucoup d'explications. Il s'est contenté de communiquer mon nom. J'imagine qu'il n'a pas l'habitude de se justifier.

Lui peut-être pas, mais moi… Je suis du genre à éprouver le besoin de me justifier même à mes propres yeux.

— On s'échauffe avec de l'AC/DC, annonce-t-il à ses potes avec le plus grand naturel. *Thunderstruck*.

— Ah, quand même, murmure un grand garçon à sa gauche.

Lui aussi porte un T-shirt éprouvé par les vicissitudes de la vie de rock star. Pas de doute, les trous sont un *must*.

— L'intro, tu la prends ? Ou tu veux que je m'en charge ?

Terrence lève les yeux, me transperce du regard et répond, lapidaire :

— C'est pour moi.

L'autorité de mon jeune voisin dans ce contexte m'impressionne, j'avoue.

— Vous avez dit que vous étiez qui, déjà ? me demande à voix basse le manager, à qui n'a pas échappé l'étrange regard échangé entre Terrence et moi.

— La voisine du dessous.

— Mmm...

L'amorce de conversation tourne court, Dieu merci, dès que Terrence attaque l'intro d'AC/DC.

Tout de suite, sa dextérité me laisse pantoise. Je me retrouve à regarder, fascinée, ses doigts qui volent sur les cordes à une allure époustouflante. Non seulement Terrence Graham sait jouer, mais sa technique est sublime.

En théorie, ce rock pur et dur ne devrait pas correspondre à mes goûts. Pourtant le morceau me plaît. L'effet du *live* ? L'énergie dégagée par Terrence ? Quoi qu'il en soit, j'en ai le souffle coupé. Dommage pour Audrey que les artistes de la scène rock ne soient plus tendance dans les romans érotiques. Terrence Graham est résolument sexy. Sexy à tel point, même, que je refoule une envie de rire.

Personne ne chante, mais la musique se suffit à elle seule. À la fin, j'applaudis spontanément, un peu gênée. Mes joues sont toutes chaudes, car l'espace d'une seconde... de plusieurs secondes, même, si ça se trouve... mes pensées ont pris un tour étonnamment impur. En fait, je commence à comprendre pourquoi les adolescentes courent après Terrence !

— Waouh..., je murmure.

— Yep, waouh, Terry ! répète son pote en rigolant. Tu étais pressé ou quoi ? On a eu un mal fou à te suivre !

— Non, mais on m'avait lancé un défi.

Là-dessus, son regard se braque sur moi une nouvelle fois.

— Ce n'était pas du tout un défi ! je m'exclame.

Terrence hausse à peine les sourcils. J'éclate de rire.

— Bon, d'accord, c'était un défi..., j'avoue.

— Alors, j'ai gagné ? demande-t-il en s'approchant.

— Oui. Haut la main.

C'est un guitariste absolument génial.

Mon compliment sincère se voit récompensé d'un sourire à cent mille volts.

— Parfait ! Maintenant que la glace est rompue et que nous avons découvert que tu t'y connaissais un peu malgré tout en son rock, si tu prenais le temps d'écouter un morceau de ce siècle ?

Sa musique à lui, sûrement.

Je suis tentée. Terriblement tentée. Si tentée que cela m'apparaît vite comme une très mauvaise idée.

— Merci Terrence, mais j'ai des choses à faire.

— Du shopping ? suggère-t-il avec malice.

— Exactement. J'ai des tas de pulls noirs et gris à acheter. Et si je trouve un T-shirt entier, je t'en rapporterai un, peut-être.

Il part d'un grand rire, à la stupéfaction de toutes les personnes présentes dans le studio.

— Pourquoi pas ? Mais je le veux avec une licorne, sinon rien.

Puis il reprend sa guitare et retourne à sa place, prêt à se remettre à jouer.

Je suis à peine descendue de ma chaise que je le vois me faire un clin d'œil en guise de salut.

— Vous m'avez dit que vous étiez qui ? J'ai déjà oublié, me glisse le manager alors que je m'apprête à quitter les lieux à la vitesse de la lumière.

— La voisine !!!

— Plus vite, l'éventail !

— Je fais ce que je peux, proteste Laurel. Tu es si rouge… Mais qu'est-ce que tu as fabriqué avant de venir ici ?

— Continue à m'éventer, et je te le dirai après. Peut-être.

— Pardon pour le retard !

Audrey vient d'entrer dans le pub, tout essoufflée, et se laisse tomber à côté de Laurel.

— Julie ! Mais d'où te viennent ces bonnes joues couleur tomate ?!

— Elle ne veut pas le dire, souffle Laurel d'un air de conspiratrice.

— Mmm... J'adore les secrets. Les histoires érotiques en regorgent.

— Les *histoires érotiques* ! N'importe quoi... Arrêtez, toutes les deux, je grogne.

— Et en plus, elle se vexe !

— Je viens de vivre une expérience très éprouvante, voilà tout.

Là-dessus, je prends la carte des mains de Laurel pour m'éventer moi-même avec énergie.

— Non ?! Tes héros ont consommé avant le mariage ? Quelle indécence ! s'exclame la championne de l'amour libre.

— Pour ta gouverne, les romans historiques ont évolué. Et depuis un bon moment, très chère. Mes personnages s'envoient en l'air avant le mariage, et pas qu'un peu !

— Mais à la fin, ils se marient. Toujours. On attend toujours un scénario avec un beau scandale à la sortie. Mais non ! Tous à l'église, à se jurer un amour éternel... Beurk !

L'aversion d'Audrey pour le mariage ne date pas d'hier, mais elle s'aggrave, ces derniers temps. Écrire des histoires sur l'amour physique, c'est bien, mais je ne vois pas ce qui empêcherait de les associer à un sentiment durable. Mon côté romantique, sans doute. Rien de plus affriolant à mes yeux que le sexe conjugal, l'intimité complice d'un couple uni. Et loyal, cela va de soi.

— Que voulais-tu que fassent les femmes, il y a deux siècles ? je lui demande, pragmatique.

Que ce soit clair, je suis tout à fait pour les progrès accomplis de haute lutte par le féminisme mais, même dans un monde imaginaire dominé par les femmes, elles ne peuvent pas toutes être des guerrières amazones. Moi, franchement, je ne pense pas avoir ce tempérament, à la différence d'Audrey et de Laurel, auxquelles je confierais sans hésiter des armées entières.

— Si nous avions commencé à nous rebeller plus tôt contre les conventions sociales et l'idée folle du mariage pour la vie, nous aurions obtenu bien plus tôt le droit de vote, le droit de travailler et ainsi de suite, décrète Audrey. Et peut-être qu'aujourd'hui nous aurions une présidente au lieu de... ce... ce machin orange, là...

Sa grimace dégoûtée me fait sourire.

— Je ne suis pas assez soûle pour discuter politique ! dis-je. En tout cas, je te ferai remarquer que Cindy est mariée et heureuse. Bien plus heureuse que nous... Et Laurel suivra son exemple, tôt ou tard.

Audrey pose ses grands yeux verts écarquillés sur Laurel qui se marre dans son coin.

— Laurel ! Tu ne peux pas me faire ça ! s'exclame-t-elle, horrifiée. Tu t'es *fiancée* ?!

— Non... Mais Julie a raison. Ça viendra un jour ou l'autre. Je ne vois pas pourquoi on s'en priverait. L'idée d'appartenir à quelqu'un, ne serait-ce que sur le plan légal, est subtilement perverse, mais très amusante.

— C'est justement ce concept d'appartenance qui ne tient pas debout ! Tu n'appartiens qu'à toi-même !

Aïe. La voilà repartie pour un tour...

— Respire, Audrey...

— Maintenant, vous êtes deux à ressembler à des tomates bien mûres, fait remarquer Laurel, hilare.

— Oh ! Moi, c'est juste que je me sens très seule dans ce débat entre sœurs, tandis que Julie...

Le regard d'Audrey se rive sur moi... et je n'ai pas d'autre choix que de m'expliquer.

— Et moi, je viens d'assister à un truc de dingue. Terrence Graham est un fabuleux guitariste...

— Évidemment qu'il sait jouer de la guitare, réplique Laurel. La musique, c'est son métier, non ?

— Oui, mais je ne le voyais pas aussi... Je ne sais pas... Aussi talentueux.

— En clair, tu étais en apnée, la salive aux lèvres devant sa prestation, traduit Audrey.

Je rougis de plus belle.

— Qu'est-ce que tu racontes ? On ne peut pas saliver devant un mec de cet âge !

— Bien sûr que si. Il n'est pas mineur, que je sache. Et le pic de puissance sexuelle se situe précisément autour de vingt-cinq ans. Ensuite, ce n'est qu'une lente décadence...

Audrey parle fort, quand un sujet lui tient à cœur – assez souvent, d'ailleurs –, et là, elle parle un peu trop fort à mon goût. Plusieurs regards curieux se braquent sur nous. Ai-je précisé qu'il n'y avait autour de nous que des hommes d'âge mûr, au ventre de buveurs de bière ? Non ? Voilà, c'est fait.

— Audrey... Si tu pouvais t'abstenir de parler de puissance sexuelle dans un pub sportif ? je lui suggère.

— Je pourrais... mais ce serait moins drôle !

— Et comment t'es-tu débrouillée pour l'entendre jouer ? intervient Laurel. Ne me dis pas qu'un artiste de cette trempe répète chez lui avec son groupe !

— Non, ils ont un studio de répétition.

— Et tu es allée dans ce studio attifée comme ça ? murmure Audrey, totalement ahurie.

— Ben... oui. Et alors ?

— Laurel, tu te rends compte ? Elle a rencontré un groupe célèbre en pull Bob l'Éponge !

— Bon sang, ce pull est trop, même pour toi, murmure Laurel en se mordant la lèvre.

— Mes fringues n'ont aucune importance. Ce n'est que mon voisin.

— Mais il fréquente sûrement des gens intéressants... Il a peut-être un pote dans le groupe, plus proche de nos âges...

Je secoue la tête.

— Ils sont tous désespérément jeunes.

— Ah ça, si c'était le contraire, les hommes auraient moins de scrupules... Une fille de vingt-cinq ans sort sans problème avec un homme de trente-six. Alors que l'inverse ne passe pas. Et pourquoi, à votre avis ? lance Audrey en recommençant à s'agiter.

— Simple, répond Laurel. Le timing est différent. Nous pouvons nous targuer d'une autonomie toute neuve et d'une foule d'autres choses, mais l'horloge biologique tourne. L'homme, lui, ne bute pas contre une date de péremption, il n'a pas de souci pour se reproduire tard dans la vie. En clair, nous, nous avons un laps de temps assez court pour procréer. Et encore faut-il trouver un compagnon sérieux et fiable.

— En évitant de baver devant des rock stars immatures, je glisse à Audrey.

— Oh, moi, je n'aurai jamais d'enfants, assure Audrey. Je peux baver tant que je veux !

J'éclate de rire. Pour un peu, j'aurais presque envie de l'épouser !

— Ce que Julie ne nous dit pas, c'est *comment* elle est arrivée jusqu'à ce studio de répétition.

Laurel ne lâche jamais un os. J'aurais dû m'en douter.

— Nous sommes voisins, nous pouvons aussi être amis, non ?

— Je ne sais pas… Moi, je connais à peine le nom de mes voisins de palier. Mais c'est mon caractère, je me confie peu, juste le strict nécessaire. Toi, tu as toujours été une fille aimable. Mais de là à te faire inviter à la répétition d'un groupe super connu… Moi, je dis qu'il y a anguille sous roche…

— Ce mot « aimable », dans ta bouche, on pourrait croire à une maladie mortelle…, je marmonne, sans relever sa dernière remarque. Mais pour en revenir à ma visite au studio, c'était un hasard. Terrence ne m'a pas *invitée* à proprement parler. Et puis je crois comprendre que ce personnage hors norme de la scène musicale contemporaine a besoin d'un ami, en réalité. Ou d'une amie.

Et ça, j'en mettrais ma main à couper. L'illustre rock star a fondu comme neige au soleil en découvrant que je me fichais royalement de son statut de VIP, et plus encore de celui de beau gosse. Avec une fille aussi inoffensive que moi, il peut enfin se détendre et être lui-même. Qu'est-ce que je pourrais bien lui faire, hein ? Le transpercer avec la licorne de mes chaussons ?

— Hasard ou pas, je suis jalouse, déclare Audrey. Fais-toi offrir des billets pour un concert, on ira chasser les petits jeunes...

— Je ne veux pas être le genre de voisine à lui soutirer des billets gratuits.

— Pourquoi t'en priver ? Lui, de son côté, te demandera sûrement bientôt d'arroser ses plantes.

— C'est une allusion salace ? je m'enquiers, méfiante.

— Mais non, idiote ! Je parle sérieusement. Monsieur te confiera ses plantes quand il partira en tournée. C'est courant, entre *aimables* voisins.

— Tu ne t'es jamais demandé pourquoi je n'avais aucune plante chez moi ? intervient Laurel.

— Elle, elle est bizarre, ne l'écoute pas. Nous, on fait pousser de la verdure dans nos appartements.

Je me garde de répliquer, car si j'ai effectivement des plantes chez moi, ou ce sont des fausses, ou elles se renouvellent à une fréquence suspecte.

— Et donc, reprend Audrey, un jour ton aimable et célèbre voisin te demandera d'aller arroser ses plantes, et...

— Tu parles ! Il a sûrement un tas de connaissances à qui confier ses clés. Il ne va pas faire ça avec la première nana venue qui affectionne les tenues ridicules.

Le sourire convaincu d'Audrey ne vacille pas.

— Tu sais très bien que j'ai toujours raison !

Le drame, c'est que bien trop souvent... elle a raison.

Je rends les armes en soupirant.

Mon planning prévoyait de boucler une scène précise, mais l'envie est aux abonnés absents. Pour une raison qui m'échappe, imaginer des gentilshommes élégants ne me fait pas l'effet habituel. L'apparence exerce pourtant une certaine séduction sur moi, d'habitude, surtout une garde-robe masculine. Mais là... calme plat.

Je ferme les yeux, j'inspire... et je me surprends à revivre malgré moi la scène d'hier après-midi. Elle s'est insinuée dans ma tête, maléfique, opiniâtre. Pour la première fois de ma vie, je joue avec l'idée d'écrire une histoire qui se passerait de nos jours. Mais suis-je seulement assez moderne ? La narratrice en moi n'est pas du tout familière des us et coutumes de cette époque. La femme encore moins ! Elle, elle n'essuie que des désastres.

Je quitte ma table de travail et me dirige vers la cuisine, décidée à me préparer du thé. Une tasse fumante résout tous les maux, paraît-il.

Au moment de glisser ma tasse pleine d'eau dans le micro-ondes – oui, je suis terriblement paresseuse –, j'entends sonner à la porte. Décidément, cette sonnette ne chôme pas, ces derniers temps. C'est sûrement Laurel, elle m'avait dit qu'elle passerait peut-être au déjeuner.

Mais non, c'est encore Sa Majesté la rock star. Surprise ! Le T-shirt du jour semble avoir échappé par miracle à la taille sauvage qui a décimé ses congénères. Blanc uni, mais pas banal pour autant, puisqu'il moule son corps à la perfection...

J'éprouve tout à coup le besoin de m'asseoir un instant.

— Salut, dis-je en toussotant.

— Salut... Tu as vu, celui-là est entier ! me dit-il, tout fier, avant d'inspecter ma propre tenue.

Son sourire s'efface lorsqu'il s'aperçoit que je suis vêtue de noir aujourd'hui.

— Qu'est-ce qui se passe ? Où sont passés les personnages de dessins animés ?

Il semble réellement déçu. Je pouffe malgré moi.

— Jour de lessive ! C'est toujours un événement déprimant que je fête à ma manière.

— Une sorte de jour des morts ?

— Disons que je prie pour que mes pulls survivent. On ne sait jamais dans quel état ils ressortiront de la machine.

— Les pulls ne se lavent *jamais* en machine ! s'exclame-t-il, horrifié. À la main, ma chère !

Il a une façon si britannique de faire rouler les *r* que la tête me tourne. Cette histoire d'accent menace d'échapper à mon contrôle.

— Ma main, je ne m'y fie pas beaucoup, je réplique. Quant à la tienne... Tu as sûrement quelqu'un qui lave à ta place.

— À sec, alors. Au pressing.

Est-ce qu'il se soucie du bien-être des pulls en général, ou seulement des miens ?

— Devant un adulte, je n'oserais pas l'avouer, mais devant toi... Voilà, j'ai toujours eu, comment dire, une phobie du lavage à sec, je lui explique. *Laver à sec*. Un peu contre nature, tu ne trouves pas ?

— Je ne me suis jamais posé la question, j'avoue. Grave lacune.

— Très grave.

— Ah ! Tu as quand même gardé les licornes...

— Elles risqueraient de perdre leur corne, dans la machine.

— Ce serait une triste perte, convient-il avec le plus grand sérieux.

— Oui, pour l'humanité tout entière.

— Et pour Harry Potter.

Je bats des cils.

— Là, nous avons un léger souci générationnel, très cher. J'étais déjà grande quand les livres du petit magicien se sont envolés en librairie.

— Tu veux dire que... tu ne les as pas lus ?!

— Bien sûr que si. Mais longtemps après. J'étais trop adulte pour sentir la fameuse *magie*.

— On n'est jamais trop adulte, comme tu dis, pour sentir la magie.

La phrase est délicieuse. Si douce à l'oreille. Je devrais la noter pour un prochain roman. Je devrais aussi arrêter de fixer ses bras. Jamais compris l'obsession des jeunes pour les tatouages ineptes. D'ici quelques décennies, que penseront-ils de leur choix de se peinturlurer le corps ?

Toutefois, les dessins choisis par Terrence ne semblent pas complètement dénués de sens. Une certaine harmonie s'en dégage. Je le soupçonne d'ailleurs d'être une créature plutôt harmonieuse dans tout ce qu'il fait... Stop ! Retournons au sujet.

— Je pourrais même être d'accord avec toi, moi qui écris des histoires d'amour... Sauf que mes romans parlent d'autres types de magie. Toi, tu voudrais transformer les gens en grenouilles.

— Ce serait magnifique, non ? Je suis prêt à parier que ça te plairait beaucoup, à toi aussi !

— Oui... et non. Ces informations sont assez compromettantes...

En fait, il n'a pas tort : j'adorerais ! Je serais donc infantile à ce point ?

J'imagine que oui, à ma manière. En outre, je me suis toujours sentie en décalage vis-à-vis de mon époque, comme l'atteste mon choix d'écrire des romans historiques. C'est un moyen de survivre aux temps modernes, n'en déplaise à Chaplin.

Très détendu et visiblement amusé, Terrence dégage de ses yeux d'un geste machinal une longue mèche moitié noire, moitié blonde.

— Bravo ! s'exclame-t-il en riant. Il ne faut jamais rien confirmer. Surtout vis-à-vis de la presse, ajoute-t-il, redevenant sérieux un instant.

Je me hâte de le rassurer.

— Je n'irai jamais raconter quoi que ce soit aux journalistes. Juré craché !

— Je sais. Je ne faisais pas allusion à ça.

Il secoue la tête et ajoute :

— Tu veux la vérité ? J'ai bien peur d'avoir des préjugés sur tout le monde, même sur des gens qui ne le méritent pas. Entre nous, je me suis étonné moi-même, quand on s'est connus toi et moi. D'ordinaire je ne suis pas spécialement aimable, mais avec toi...

— À la magie de la licorne, j'affirme avec une absolue certitude.

Le sourire revient sur ses lèvres.

— Oui, ce doit être la licorne.

— Donc, jeune fan de licornes, non que cette conversation passionnante sur le pas de ma porte ne m'amuse pas, mais tu sais ce que c'est...

— Oh, pardon ! Entrons.

Là-dessus, il fait un pas vers l'intérieur de mon appartement, puis un autre, m'obligeant à reculer.

— Je dois t'avouer quelque chose, me dit-il tout en matant mes documents de travail étalés sur le bureau.

Il y a là, pêle-mêle, des ouvrages sur les costumes du XIXe siècle, des cartes détaillées de Londres, et même des notes sur les danses de cette époque. Il est manifestement intrigué et ne fait rien pour s'en cacher.

De mon côté, je joue les filles très sereines.

— Oui ?...

Il relève la tête et son regard croise le mien. Ses yeux, dans la lumière matinale, sont d'un bleu invraisemblable. Les miens aussi sont bleus... Mais d'un bleu moins profond.

— J'ai acheté un de tes livres, dit-il.

J'ouvre la bouche pour dire quelque chose, n'importe quoi. Rien n'en sort. Je reste muette de saisissement.

Mon exultation intérieure, qui n'a aucune raison d'être, dure peu et cède vite la place à un « Oh, mon Dieu ! » paniqué. Terrence ne peut pas lire un roman de ce genre... C'est un homme ! Enfin, un jeune homme, mais dans ce cas précis cela ne fait aucune différence. Au grand maximum, les hommes trouvent le courage d'ouvrir un roman contemporain – pour le sexe, ça me paraît évident. Mais un *historique* ! Soyons sérieux...

Je dois faire une drôle de tête : Terrence est sur le point d'éclater de rire.

— Je n'aurais pas dû ? demande-t-il.

— Non. Enfin, je veux dire, chacun est libre de ses choix, bien sûr. Et... tu l'as lu ?

— Pas encore. Mais je dois partir et j'ai pensé que ça m'occuperait pendant le vol. C'est la raison qui m'amène, à propos. Est-ce que ça t'embêterait beaucoup si je te laissais ma clé pour que tu viennes arroser mes plantes ? Je viens de les acheter, je n'ai pas envie qu'elles meurent tout de suite.

Je reste imperturbable, mais je n'en pense pas moins. *Pourquoi* Audrey a-t-elle toujours un temps d'avance sur tout le monde ? C'est pénible, à la fin.

— Bien sûr, je bredouille avec un petit rire forcé. Si tu as confiance...

— Je ne devrais pas ?

— Si ! Je plaisantais, pardon. C'était maladroit de ma part. Bien sûr que tu peux avoir confiance. C'est-à-dire, je ne ferai pas un double de tes clés, promis. En revanche, je ne garantis rien quant à la survie de tes plantes.

— Les tiennes se portent plutôt bien, non ? me fait-il remarquer, les yeux sur les feuilles luxuriantes au fond de mon salon.

— Celle-là est fausse, je lui avoue à contrecœur. La vraie m'a quittée il y a quelque temps...

— Mais elle aura eu une vie longue et merveilleuse, n'est-ce pas ?

— Mmm... Disons qu'elle n'a pas eu beaucoup de chance.

— Tu as aussi des plantes bien vivantes, sûrement... Non ?

— Bien sûr, dis-je en le précédant vers ma petite collection de romarin et de basilic disposée sur mon balcon.

Un balcon minuscule mais précieux, étant donné la pénurie d'espace à New York.

— Pourquoi ce petit air déplumé ? demande Terrence en s'efforçant de garder son sérieux.

— Parce qu'elles le sont. Je les mange !

— Ne mange pas les miennes, surtout. Pas sûr qu'elles soient comestibles.

— Je ferai une exception, alors.

— Tu veux monter les voir ? Comme ça je te montre tout. Si ça ne te dérange pas, bien sûr.

— Volontiers.

Une trentenaire plus sage se tiendrait prudemment à l'écart de l'appartement et plus généralement de la vie de Terrence Graham. Je dois traverser une phase de masochisme extrême.

Je ne suis pas curieuse ; seulement gentille et *aimable*, comme l'ont justement souligné mes amies. Les gentilles voisines arrosent les plantes, n'est-ce pas ?

Deux minutes plus tard, nous sommes chez lui, au dernier étage. Il m'indique un boîtier mural dans l'entrée.

— Tu te débrouilles comment, avec les alarmes ? me demande-t-il.

— Mal. Très mal. La technologie n'est pas mon amie, en général. C'est toujours très compliqué.

— Ici, rien de plus simple ! s'exclame-t-il avec l'enthousiasme des jeunes pour qui *tout* est simple. C'est le modèle le plus récent, avec lecteur d'empreinte digitale. Attends, je vais le programmer avec la tienne aussi.

Il pianote à vive allure sur le petit clavier, sous mes yeux vaguement inquiets.

— Tu n'as pas beaucoup d'amis, hein ? je lui demande soudain.

Un rire nerveux lui échappe.

— Oh ! J'en ai plein...

Quelque chose me dit que la quantité d'amis est inversement proportionnelle à la solidité des liens : Terrence a tellement d'amis en qui il n'a aucune confiance qu'il est en train de saisir ma main pour poser mon index sur le scan de son alarme...

Un bip menaçant retentit. Me voilà fichée à vie.

— Tout de même, on ne se connaît que depuis une semaine toi et moi, je lui rappelle, dans l'espoir qu'il renonce à cette folie.

Raté ! Ma nervosité semble le divertir, au contraire. Tenant toujours ma main, il se penche vers moi et murmure :

— Je me suis déjà envoyé en l'air avec des filles que je connaissais depuis quelques heures à peine. Une semaine, pour moi, c'est une éternité.

Mais oui, où avais-je la tête ? Terrence Graham est jeune. Terrence Graham est *très* jeune. Je me répète ça en boucle, comme un mantra. Il portait encore des couches quand je lisais Jane Austen. Et puis, il sort avec des brindilles à la plastique irréprochable. On en ferait trois comme elles, avec ma seule personne.

— Compris, je réponds d'une voix morne tout en dégageant ma main pour reprendre discrètement mes distances.

— Bien ! Donc... Tu presses cette touche, là, ensuite tu plaques le doigt ici. La lumière verte s'allume et tu as le champ libre. Génial, non ? Les plantes, maintenant. Elles sont... un peu partout, en fait. Tiens, là c'est un dracéna. Le tuer relève de l'impossible.

On parie ?

— Et lui, c'est un banal ficus benjamina. Benji, pour les intimes. Il est un peu plus compliqué. La règle d'or, c'est ni trop d'eau ni trop peu. Arrosage deux fois par semaine, je dirais. Mais sans excès.

« Ni trop d'eau ni trop peu », cela ne veut rien dire, pour moi... « Sans excès » non plus, d'ailleurs. Mais je garde ma réflexion pour moi. « Deux fois par semaine », ça c'est clair !

Nous passons dans le coin salon, devant l'écran géant sûrement volé dans un cinéma et qui fait office de téléviseur. Sur la table basse trône un... bonsaï. C'est bien ma chance ! Je *déteste* les bonsaïs. Ils sont élevés avec un soin maniaque pendant des années, on en adopte un chez soi, et pouf ! Mort certaine assurée dans le mois.

— Et lui ? je demande, angoissée.

— Ah ! Lui, c'est la seule plante à laquelle je tienne beaucoup. Je l'ai depuis très longtemps.

C'est bien ma chance...

— Écoute, Terrence... Tu es riche, sûrement, vu que tu as pu t'offrir ce loft...

Il me regarde, interloqué.

— Euh... Oui, et alors ?

— À ta place, j'engagerais un professionnel qui a la main verte. Tu m'as bien dit que tu employais une femme de ménage ? Elle pourrait aussi se charger d'arroser tes plantes, non ?

— Elle pourrait. Seulement il se trouve que sa mère est malade et elle va profiter de mon absence pour aller la voir au Mexique.

La *lose*...

— Très peu d'eau, pour le bonsaï, reprend Terrence d'un ton docte. Et moi, je lui parle. Tu peux en faire autant.

— Tu *parles* au bonsaï ?!

Nous sommes en 2018. Trump est notre président – plus pour longtemps, j'espère – et les rock stars parlent aux bonsaïs. Eh bien ! N'ai-je pas décidément des motifs solides pour douter de l'intérêt de la modernité ?

— Bien sûr ! Viens que je te présente. Jimmy, mon ami, voici Julie. Elle a gentiment accepté de prendre soin de toi en mon absence.

Ce type est dingue ou c'est moi qui commence à perdre la boule ?

— Enchantée, Jimmy.

Oh, mon Dieu ! C'est moi qui ai dit ça ? J'en suis encore à lorgner mon nouveau protégé d'un œil soupçonneux – il ne manquerait plus qu'il agite ses minuscules feuilles pour me répondre ! – que Terrence est déjà passé à la suite.

— Il ne nous reste plus que les orchidées, annonce-t-il.

Ah non, non et non !

Les orchidées sont les fleurs les plus perverses du monde, c'est de notoriété publique ! Les arroser, c'est la garantie d'une frustration perpétuelle. Quoi que l'on fasse, elles dépérissent systématiquement, pour des raisons qui échappent à l'entendement humain.

— Il y en a combien ? je demande d'une voix mourante.

— Voyons... Quinze ! C'est une collection, précise-t-il fièrement.

— *Quinze* ? Mais tu les caches où ?

— Dans la salle de bains.

Devant mon air ahuri, il ajoute :

— Parce que l'humidité leur plaît.

— Elles sont bien les seules, à New York !

Il éclate de rire

— Tu es drôle, tu sais ?

— Bien sûr que je le sais. Toi aussi tu es amusant, mais tu ne t'en doutes même pas.

— Détrompe-toi. C'est pour ça qu'on s'entend bien, dit-il avec un sourire étincelant.

— Tu veux dire que deux farfelus ensemble égalent une personne normale, plus équilibrée ?

— Non, ils restent farfelus... mais ils se sentent moins seuls !

Intéressant, ce point de vue. Celui-là aussi finira sûrement dans un de mes romans.

— D'accord, monsieur le farfelu qui se sent moins seul... Tu me montres ta salle de bains et ta collection florale, maintenant ?

Il me précède dans le couloir en laissant échapper un petit rire... coquin ?

— D'habitude, les femmes demandent plutôt à voir ma chambre à coucher.

— Parce qu'elles manquent cruellement d'imagination. Et puis ce ne sont pas des *femmes*...

À ces mots, il pile net et me toise d'un drôle d'air du haut de sa stature respectable.

— Je ne sais pas..., murmure-t-il. Je ne demande jamais l'âge exact. La seule chose qui me tient à cœur, c'est qu'elles soient majeures.

— Eh bien, tu devrais songer à t'intéresser à ce détail !

— Pourquoi ?

— Comment ça, « pourquoi » ? Mais parce que c'est naturel ! Ce n'est pas la première chose que l'on demande, juste après le nom ?

— Ah, Julie, comme tu es vieille..., me rabroue-t-il gentiment. Et ce n'est pas une question de nombre d'années, mais de mentalité. L'âge, on s'en fiche. Le concept est banal et dépassé.

— Vraiment ?

— Vraiment !

— En somme, si je comprends bien, tu sortirais sans souci avec une femme de mon âge ?

J'ai lancé ça plus par défi qu'autre chose. Alors, bien sûr, c'est un sujet de débat très tendance par les temps qui courent, mais en discuter sur les réseaux sociaux est une chose, le penser sincèrement en est une autre. Quant à mettre ces idées en pratique... C'est un peu comme l'écart abyssal entre les sondages électoraux et le vote réel le jour J.

— Tout dépend de la femme, répond Terrence avec le plus grand sérieux. Mais en aucun cas je ne réduirais la décision de sortir ou non avec elle à une bête question d'âge. Vingt-cinq, trente ou même quarante ans, qu'est-ce que ça change ?

— Eh bien, maintenant, je suis sûre et certaine que tu te payes ma tête.

— Qui, moi ?!

— Qui d'autre, à ton avis ?

— D'accord. Pas d'histoire de sexe torride entre nous à l'horizon, si je comprends bien. Nous pouvons néanmoins devenir amis, non ?

— Nous le sommes déjà. Un peu trop, même. Je viens de consentir à arroser tes foutues plantes. Qu'est-ce que tu vas me demander, la prochaine fois ? De te céder un rein ?

— Va savoir...

Son rire me rassure à peine.

5

— Allez, Audrey ! Toi qui as la voix la plus sensuelle de nous toutes, viens dire un mot à Jimmy.

— Jimmy ? C'est qui, un chat ? Un poisson rouge ? Oh non... Ne me dis pas que c'est un boa ?

Mon amie, très occupée à dévorer du regard les moindres détails du loft, se tourne vivement vers moi.

— Tu n'y es pas du tout. C'est ce *truc-là*...

Et je désigne l'arbre riquiqui installé en majesté sur la ravissante table basse près du canapé.

— Julie ! Au cas où tu ne t'en serais pas aperçue, ce *truc* est un bonsaï. Et la conversation des bonsaïs laisse à désirer, entre nous.

Je lève les yeux au ciel. Le jardinage dans la maison Graham n'a même pas encore commencé que déjà le découragement me gagne. En désespoir de cause, je me tourne vers Laurel.

— Je t'en supplie, dis-lui quelque chose, toi.

Je l'ai voulue elle aussi à mes côtés parce que je me doutais qu'Audrey parviendrait à m'exaspérer en moins de cinq minutes. Gagné : deux ont suffi. Record battu !

— Le bonsaï ne nous entend pas, Julie, confirme Laurel en me regardant bizarrement. Audrey raconte souvent n'importe quoi, mais là...

— Ça, on ne peut pas le savoir, je décrète. La seule certitude que l'on ait, c'est que cette cochonnerie est très compliquée. Et qu'elle ne doit surtout pas crever. Terrence m'a demandé de lui parler, alors on lui parle !

— Si ce bonsaï t'entend vraiment, il ne va pas être très content que tu le traites de cochonnerie, souligne perfidement Audrey.

Je hausse les épaules et m'approche de la table basse pour faire une seconde tentative.

— Très chère... *chose*...

Comment suis-je arrivée si bas, au juste ? À quel moment ma vie a-t-elle échappé à mon contrôle ? Dieu seul sait quelle sera la prochaine étape... Je vais peut-être me réveiller bientôt dans la peau d'une petite vieille vivant en recluse, entourée d'une vingtaine de chats...

— Je t'en prie, petit arbre, fais un effort, ne meurs pas... Ou alors, plus tard, après le retour de Terrence, si ça te chante. D'ici là, pas de blague, compris ?

Le bonsaï ne me répond pas. Tant mieux : qui ne dit mot consent.

— À propos, où est partie la star ? demande Laurel avec sa curiosité coutumière.

— À Los Angeles, comme toutes les stars. Le groupe a prévu de rencontrer un DJ pour une future collaboration, quelque chose comme ça.

— Et tu nous as appelées à l'aide parce que tu as peur d'arroser trois plantes toute seule ? s'étonne Audrey en haussant les sourcils. Tout de même, quelle classe, le coup de l'empreinte digitale pour entrer, façon James Bond !

— Ne t'excite pas, ce n'est qu'une alarme.

— Les orgasmes se font rares, que veux-tu...

— Parlez pour vous ! Moi, je n'ai pas à me plaindre.

— Assez, Laurel ! s'écrie Audrey. Tu ne vas pas encore nous en mettre plein la vue avec ta vie sexuelle épanouie !

Laurel sourit sans mot dire.

— Excusez-moi, dis-je, est-ce que nous pourrions oublier un moment les orgasmes pour en revenir au problème qui nous occupe ce matin ?

— Quel problème ? Arroser trois plantes ? Voyons, Julie, tu verses un peu d'eau... Voilà... Et tu passes à la suivante. Limpide, non ? Au revoir Jimmy !

— Tu verses de l'eau comme ça, au petit bonheur la chance ? je demande, la gorge nouée.

— Pas au petit bonheur, non. Les bonsaïs ont besoin de la dose juste d'humidité.

J'écarquille les yeux.

— Alors tu t'y connais en bonsaïs ? Tu aurais pu me le dire avant !

— Ton expression angoissée était tellement drôle...

Et mes charmantes amies d'éclater de rire.

— Bon, quand vous aurez fini de rire, toutes les deux, venez par là, que je vous montre les orchidées. Non, Audrey, pas par là ! Tu ne peux pas aller où ça te chante, dans cet appartement !

— Bien sûr que si ! Je t'aide à arroser, en échange je veux voir de mes yeux comment vit une rock star. J'ai écrit dans le temps plusieurs livres sur le sujet sans avoir jamais eu l'occasion d'en toucher un seul pour de vrai.

Je fusille ma copine du regard.

— Comment veux-tu qu'il vive ? Comme n'importe quel être humain : en respirant. Et que ce soit clair tout de suite, tu ne toucheras pas un cheveu de Terrence !

Cette dernière phrase a été prononcée sur un ton plus menaçant que je ne l'aurais voulu, au point qu'Audrey se retourne et me contemple comme si j'étais devenue folle.

— Jalouse ? murmure-t-elle avec un agaçant sourire en coin. Détends-toi, ma chérie, je plaisantais. Il ne saura jamais que nous avons mis le nez dans ses affaires. À moins que ce loft sublime soit truffé de caméras de surveillance ? Dans ce cas...

Elle agite la main en souriant. Je vais m'évanouir, là.

— Oh, mon Dieu, tu as repéré une caméra ? je chuchote.

— Mais non, idiote ! Quand même, on ne sait jamais. Dis bonjour, toi aussi !

Je me prends la tête à deux mains.

— Laurel, il faut absolument qu'on lui trouve un homme ! je m'exclame. N'importe lequel, pourvu qu'il lui fasse oublier tout le reste par ses exploits au lit. Moi, je ne la maîtrise plus depuis qu'elle a attaqué un régime sans sexe !

— Tu as raison, je devrais rameuter quelqu'un à l'occasion, dit Audrey en affichant le plus grand sérieux. Ces privations vont finir par avoir ma peau... En attendant, voyons à quoi ressemble la chambre à coucher du célèbre Terry Graham...

Tout en parlant, elle ouvre la première porte qu'elle croise avant que j'aie le temps de l'arrêter. Et comme le karma joue systématiquement en sa faveur, c'est bien la chambre du propriétaire des lieux.

— Audrey, non ! Nous n'avons pas le droit !

— Mais si.

— Laurel, dis quelque chose, toi.

— C'est vrai, Audrey, je ne crois pas que ce soit une bonne idée...

— Parce que ta vie est déjà bien remplie, rétorque Audrey. Pas la mienne. Regarde, j'en suis réduite à fouiner dans les affaires des gens que je ne connais même pas.

Elle a bien dit... *fouiner* ?

— Personne ne fouinera ici !

Mon ton est si ferme que, cette fois, Audrey s'immobilise et s'accorde un temps de réflexion.

— Juste un tiroir, alors, dit-elle. Choisis toi-même... Allez ! Dis-moi.

Elle me désigne une commode en bois sombre près du lit.

Un lit énorme, soit dit en passant.

Je ne veux pas penser à ce qui se fait dessus. Je ne *veux* pas y penser...

— Un tiroir, et on sort d'ici tout de suite, je soupire. C'est clair ?

— Mais bien sûr. Un pacte est un pacte. Pour qui me prends-tu ?

De guerre lasse, je pointe du doigt le tiroir du milieu. Avec un peu de chance, il sera vide. Après tout, Terrence vient à peine d'emménager...

Sans perdre une seconde, Audrey s'approche pour l'ouvrir.

— Aaaaah !

— Qu'est-ce qu'il y a ? Qu'est-ce que tu as vu ?

Laurel et moi nous penchons par-dessus son épaule d'un même élan. La curiosité est contagieuse.

À l'intérieur, un océan de préservatifs marqués en gros : XXL – détail que j'aurais préféré ne jamais découvrir – et un vibromasseur rutilant.

— Referme immédiatement ce tiroir ! Nous n'aurions jamais dû fourrer le nez dans des choses qui ne nous regardent pas.

Audrey obtempère sans se faire prier.

— Dis donc, le p'tit loup..., murmure-t-elle d'un ton admiratif. Un vibro ! D'après vous, c'est pour lui ou pour sa partenaire ?

— Audrey !

— Julie, allons... Pourquoi te mettre dans des états pareils ? Ce n'est qu'un simple sex toy.

Je m'épargne la peine de répondre. Ce serait du temps perdu : à en juger son air rêveur, Audrey n'a plus les pieds sur terre.

— Parfois, je me demande quelle folle perversion pourrait la faire rougir...

— Une entrée dans les ordres ? suggère Laurel. À la suite d'une vocation découverte sur le tard ?

Audrey éclate de rire.

— N'exagérons rien, dis-je. Je pensais à des choses moins irréalistes. Comme perdre la tête pour un homme qui n'aurait pas envie de coucher avec elle, par exemple.

— Quelle idée ! Et pourquoi n'en aurait-il pas envie ? se récrie l'intéressée.

— Sait-on jamais, répond Laurel. Il pourrait vouloir attendre le mariage.

Audrey titube dans le couloir, morte de rire. Mais comment dit-on, déjà ? Rira bien qui rira le dernier...

À mon vif soulagement, le jour prévu du retour de Terrence à New York, les maléfiques orchidées et le sournois bonsaï sont toujours vivants. Car Audrey a beau jouer les ravissantes idiotes, en vérité elle s'y connaît, en jardinage.

Elle s'imagine que les gens ne font pas attention à tout ce qui sort de sa bouche, et c'est peut-être vrai s'agissant du sexe fort : elle accroche trop les regards pour que les hommes parviennent à se concentrer sur ses paroles autant que sur ses charmes. Mais nous, ses amies, savons passer outre. Même lorsqu'elle s'obstine à ne montrer d'elle qu'une certaine facette.

Donc, le maître des lieux retrouvera son bonsaï et ses chères orchidées en pleine forme. C'est pourquoi je pianote allègrement sur mon clavier tout en guettant ses pas au-dessus de ma tête. Le duc s'est fâché sérieusement avec Lady Eleonor. Incroyable mais vrai, pour une fois ce n'est même pas sa faute : c'est mon héroïne qui s'est mis en tête que le duc se proposait de l'épouser non pas poussé par un désir authentique, mais seulement parce qu'il s'y sentait obligé. Et pas moyen de lui faire entendre raison ! Nous autres femmes savons nous obstiner jusqu'au bout, de temps à autre.

Dring !

Dring ! Dring ! Driiing !

Je souris malgré moi : Terrence a décidément une manière très particulière de s'annoncer. C'est grave, docteur, si j'arrive à reconnaître mon jeune rockeur à sa façon de jouer de la sonnette ?

Je me lève aussitôt, tout en m'ordonnant de ne pas courir – ce qui serait franchement pathétique. Après une décennie de cohabitation avec un sale type, au cours de laquelle j'ai enchaîné les conduites pitoyables, j'ai retenu la leçon. Je me plais à penser que je suis devenue plus sage, avec le temps. Enfin, je l'espère.

Bizarrement, ma main tremble un peu en ouvrant la porte.

— Te voilà ?

Petite, j'étais assez timide, mais je croyais ce problème réglé… Je suis ouverte d'esprit, après tout, j'écris des livres avec de vraies scènes érotiques dedans… Pas aussi extrêmes que celles d'Audrey, soit, mais tout de même ! Alors, pourquoi diable suis-je en train de rougir comme une ingénue ?

— Me voilà ! confirme Terrence, imitant mon emphase en riant.

Il porte un sweat noir avec une capuche bien calée sur la tête, mais c'est bien lui. Bras grands ouverts, il attend…

Mais quoi donc, exactement ? Que je l'embrasse ?

À en juger à la drôle de tête qu'il fait, il regrette déjà son geste instinctif. Mais il est trop tard ; baisser les bras lui donnerait un sens qu'il n'a pas. L'attente se prolonge jusqu'à en devenir comique. Pour ne pas dire tragi-comique…

Dans les livres, une telle situation ne se produit jamais. Les embrassades passent comme dans du beurre, mieux : elles marquent souvent un tournant. On s'embrasse comme si on n'avait rien fait d'autre de toute sa vie, on s'échange des aveux improbables sous le coup de l'émotion. Seulement là, c'est la vraie vie, et l'embrassade semble uniquement destinée à créer de la gêne. Et encore, elle n'a même pas eu lieu.

— Je ne mords pas, me fait-il remarquer en souriant.

— Tu es sûr ?

— Et l'année dernière, on a mis aux enchères une accolade avec moi, pour une œuvre de charité. Tu veux savoir quel montant elle a atteint ?

Pour toute réponse, je lève les yeux au ciel et je m'engouffre entre ses bras ouverts. Qu'on en finisse !

Il m'étreint tout aussi maladroitement comme si, tout en jouant le jeu de l'accolade, nous redoutions de nous rapprocher réellement l'un de l'autre. Puis chacun réintègre avec joie son espace vital.

— Alors, tout va bien ? demande Terrence.

— Oui. Tes plantes sont encore vivantes !

Son sourire s'élargit.

— Je n'en ai jamais douté.

— Et toi, beau voyage ?

— Productif surtout. Et de ton côté ? Ce roman, ça avance ?

Ces assauts d'amabilités finiront par nous tuer, tôt ou tard.

— Oui, j'arrive à la fin. Il me reste juste à convaincre une femme têtue d'accepter la main d'un pauvre homme. Qui n'est même pas réellement pauvre.

— L'argument m'intéresse... Comment fait-on pour convaincre une femme têtue ?

— Dans les livres ? Avec une belle déclaration et une bague digne de ce nom, le plus souvent.

— Et dans la vraie vie ?

— La bague peut aussi fonctionner. Sauf pour les rock stars, qui n'ont pas besoin de déployer des trésors d'imagination puisque les filles se jettent spontanément à leurs pieds.

— J'ai de la veine, alors, conclut-il en s'adossant au chambranle.

Je m'efface pour l'inviter à entrer, mais il décline l'offre.

— Merci, mais je dois filer. Tu sais ce que c'est. Les bagages à défaire, l'écriture d'un morceau à attaquer...

Il semble sincèrement contrarié. Mon imagination me joue peut-être des tours, cela dit. J'ai bien partagé mes nuits avec un homme sans m'apercevoir qu'il me cocufiait depuis des années... Ma perspicacité laisse à désirer, c'est clair.

Je lui souris, ravalant un sentiment de déception assez inexplicable. Terrence n'a pas envie de passer plus de temps que nécessaire avec sa voisine du dessous décrépite et un peu frappée, quoi de plus naturel après tout ? À sa place, je m'esquiverais vite fait.

— Au fait, j'ai bien peur que le casque prenne du service à partir d'aujourd'hui, dit-il.

— Pas de problème. Tu me l'as offert exprès pour ce genre d'occasion, il me semble ?

— Bien sûr… Bon, je m'en vais…

Pourtant il ne se décide pas à bouger, à croire que le seuil de mon appartement est recouvert de glu.

Il semble même sur le point d'ajouter quelque chose lorsque ma voisine d'en face, la petite vieille dame la plus désagréable de toute la péninsule de Manhattan, surgit comme par magie sur le palier et nous observe d'un air soupçonneux. Son air habituel, entre nous. Un an et demi que j'habite cet immeuble, un an et demi qu'elle me dévisage comme si j'allais l'étrangler pendant son sommeil.

— Mademoiselle Berry ! je lance d'un ton que j'espère cordial.

Je retiens un « Quel mauvais vent vous amène ? », qui déclencherait à coup sûr une guerre de palier. Que voulez-vous, les gens comme elle mettent à rude épreuve mon impassibilité coutumière.

Terrence se retourne pour lui sourire. Je suis prête à parier qu'elle va refermer sa porte et s'enfuir terrorisée…

C'est alors que l'impensable se produit : Mlle Berry lui retourne son sourire.

En dix-huit mois, pas une fois elle n'a daigné faire l'effort de se montrer aimable avec moi !

Mais avec Terrence, apparemment, c'est une tout autre histoire.

— Mademoiselle Berry, je vous présente Terrence Graham, notre nouveau voisin, qui vient d'emménager à l'étage au-dessus du nôtre.

— Ha ! s'écrie-t-elle en s'avançant pour étudier Terrence de plus près. Un instant, j'ai cru que vous vous étiez trouvé un homme !

Je serre les dents pour contenir une réplique assassine. La décence élémentaire interdit d'envoyer au diable une dame de presque quatre-vingt-dix ans. La loi aussi, sûrement.

Par défaut, les exterminer à grands coups de gentillesses. Je plaque donc un grand sourire sur mon visage.

— Je suis célibataire et heureuse de l'être, mademoiselle Berry.

Elle me lance un regard tout sauf convaincu, qui se pose ensuite sur Terrence et s'adoucit aussitôt. Pourquoi lui et pas moi ?

— Jeune homme, vous voudriez bien jeter un coup d'œil à ma télévision ? Elle ne marche pas, je ne comprends pas ce qui lui arrive.

— Bien sûr !

Terrence n'a pas hésité une seconde, et c'est tout à son honneur. Je me sens néanmoins obligée d'intervenir pour le tirer d'embarras.

— Tu dois être fatigué... Je peux très bien m'en occuper moi-même, mademoiselle Berry.

Ma voisine me fixe d'un air consterné.

— Mais non, voyons. Réparer la télévision, c'est un travail d'homme.

Du coin de l'œil, je vois Terrence se mordre la joue pour ne pas éclater de rire.

— Voyons... Les notions de travail d'homme ou de femme sont dépassées, chacun doit savoir tout faire, aujourd'hui...

— Balivernes ! Encore un peu, et vous les féministes de la dernière génération, vous essaierez de nous convaincre que les hommes sont même capables d'accoucher ! riposte ma voisine d'un ton sarcastique. Si vraiment je n'avais pas eu le choix, je me serais adressée à vous. Maintenant j'ai une autre option.

— Comme vous voudrez, je soupire, les deux mains levées.

Ma mère me disait toujours, en référence à sa propre belle-mère : avec les personnes d'un certain âge, il est impossible de raisonner.

Mlle Berry se fend d'un sourire satisfait.

— Tu viens aussi ? me demande Terrence.

Serait-il moins serein qu'il ne le laisse paraître à l'idée de suivre Mlle Berry dans son appartement ? J'acquiesce. Parce que je suis *aimable*.

Aimable et terriblement curieuse, à ce stade. Je n'ai jamais mis les pieds chez ma voisine. Pourtant, j'ai tout fait selon les règles, au moment de mon installation. Je lui ai apporté des gâteaux en allant me présenter à elle. Cela me semblait un beau geste, une manière de me faire accepter. Sa réaction ? Elle m'a dit que l'on n'offrait pas de gâteaux sucrés – surtout confectionnés à l'extérieur et non faits maison – aux personnes d'un certain âge, à moins, je cite, « de vouloir leur peau ». Je me souviens d'en être restée comme deux ronds de flan. Alors que je cherchais mes mots, la porte m'a été refermée au nez, scellant le destin de notre relation de voisinage.

Mes clés à la main, je suis donc Terrence dans la grotte de l'ennemie.

La déco est telle que je me l'étais imaginée : fleurie et tout droit sortie d'une revue des années 1950. Non que la mienne reflète davantage de goût, à bien y réfléchir... Peut-être finirais-je moi aussi par recevoir un jour mes invités dans un intérieur aussi ridicule que rétro.

— Je ne comprends pas pourquoi elle ne veut pas s'allumer... J'ai suivi le mode d'emploi habituel pas à pas...

Tout en parlant, Mlle Berry s'empare d'une feuille posée sur la table basse pour nous montrer les instructions notées en lettres majuscules pour activer Netflix. Le papier est jauni et corné à force d'être manipulé...

Et soudain, confrontée à l'évidence de la difficulté de vivre seule passé un certain âge, touchée au cœur par une ligne des plus banales, *POUR ALLUMER, PRESSER LE BOUTON ROUGE*, je me sens fondre. Mlle Berry est la dernière femme au monde digne d'un élan de tendresse de ma part, mais c'est ainsi. Je n'y peux rien. Il en faut beaucoup pour me vexer, de toute façon.

— Mademoiselle Morgan, pendant que ce charmant jeune homme répare la télé, venez donc m'aider à éplucher ces pommes.

Et de m'indiquer la tonne de fruits posés sur la table de la cuisine.

Tout compte fait, l'antipathie n'est pas loin de ressurgir.

Zen, reste zen, je me répète tout en m'asseyant, sourire forcé aux lèvres, pour m'exécuter. J'attrape le petit couteau avec lequel Mlle Berry avait commencé l'épluchage – non sans mal, à en juger l'état des deux pommes déjà pelées – et je me mets au travail.

Pendant ce temps, *le charmant jeune homme* s'affaire avec les câbles et les prises Internet. Il a retiré sa capuche, et Mlle Berry n'a même pas cillé devant ses cheveux bicolores... S'il s'était agi des miens, qu'est-ce que je n'aurais pas entendu !

En outre, je ne suis pas une voyeuse, mais... À un moment, Terrence s'est penché sur le téléviseur et son T-shirt est remonté dans le mouvement, dévoilant un large carré de peau douce et vierge de tatouages au niveau des reins. Ni boxer ni slip apparents. Peut-être est-il du genre à ne rien porter dessous...

— Vous n'êtes pas très rapide, me fait remarquer Mlle Berry.

— Hein ? Quoi ? Oh ! Non, je suis une vraie catastrophe en cuisine...

— Raison pour laquelle vous ne trouvez pas de mari !

Exaspérée, je repose le couteau, de peur que me vienne la pulsion infantile, mais très séduisante, de le lancer dans sa direction.

— Mademoiselle Berry, sans vouloir être méchante, vous ne trouvez pas que c'est un peu hypocrite de me critiquer alors que vous vous trouvez dans la même situation ?

À son âge, en plus !

Le regard de la petite dame – quarante kilos toute mouillée – s'aiguise comme une lame. Elle a dû être *serial killer* dans une autre vie.

— Moi, c'était par choix !

— Eh bien moi aussi, figurez-vous !

L'escalade de violence verbale est stoppée net par la voix de saint Terrence.

— Mademoiselle Berry ? Venez par ici une seconde, s'il vous plaît...

Celle-ci détale à la vitesse du chien qui file rapporter la balle à son maître.

— Appelez-moi Barbara, roucoule-t-elle.

— Alors, Barbara, si vous voulez bien faire un essai maintenant ?

Ce garçon est décidément capable de séduire toutes les générations. Quelques instants plus tard, j'entends ma voisine qui éclate de rire et applaudit.

— Merveilleux ! Merci mille fois ! J'avais raison, c'était un travail d'homme. Et vous, mademoiselle Morgan, où en êtes-vous de votre travail de femme ?

Patience, patience, patience.

— Il avance tout à fait bien ! je réponds avec une audace qui m'étonne moi-même. Pardon, mais... qu'allez-vous faire de toutes ces pommes ?

— Mais... une tarte, évidemment !

— Ah, vous cuisinez donc, mais vous n'avez pas trouvé de mari pour autant.

Oups ! Ça m'a échappé. Un moment d'inadvertance, sans doute...

La maîtresse des lieux feint de n'avoir rien entendu. Terrence, qui en a terminé avec son trafic de câbles, s'approche de la table en souriant d'un air entendu.

— Besoin d'un coup de main ? demande-t-il.

Un soupir m'échappe. Serais-je devenue le cas gériatrique suivant ? Un de résolu, hop, on passe à l'autre ? J'apprécie le geste, mais il y a une limite à tout.

— Non, merci. Tu as mené ta mission à bien, je vais en faire autant de mon côté. Et puis j'ai entendu dire que les musiciens ne prenaient jamais de couteau en main pour éviter un accident. J'ai lu un jour un article sur un pianiste célèbre qui se faisait couper sa nourriture en petits morceaux comme un enfant.

Terrence ouvre de grands yeux.

— Un musicien classique, je parie ! Je ferai attention, t'inquiète.

Là-dessus, il s'empare d'un autre couteau qui traînait et se met aussitôt en devoir d'éplucher une pomme en un temps record. Le geste est précis, rapide. Pas de doute : Terrence est nettement plus doué que moi. Non qu'il en faille beaucoup pour me dépasser, mais...

La chose n'échappe pas à Mlle Berry, qui est sourde et aveugle exclusivement lorsque ça l'arrange.

— Lui, il pourrait tranquillement se trouver une fiancée, s'il le voulait.

— Barbara ! Il collectionne les fiancées comme moi les pulls invendables !

— *Barbara* ? Continuez donc à m'appeler Mlle Berry, merci. Nous ne nous connaissons pas assez bien pour nous permettre de telles familiarités, vous ne trouvez pas ?

Je grommelle quelque chose d'inaudible. À côté de moi, Terrence se tord de rire.

À cet instant, comme si ma situation n'était pas déjà suffisamment difficile, un énorme chat roux, qui doit peser une tonne, surgit de nulle part en courant et saute sur mon bras, toutes griffes dehors.

— Hé ! Mais qu'est-ce que... ?!

Je tombe des nues. Je ne savais même pas que ma sympathique voisine de palier, bourreau des écrivaines, possédait un animal.

— Tout doux, Attila ! Je ne sais pas ce qui lui prend, d'habitude il est doux comme un agneau...

Bien sûr. Comme sa patronne. Le duo infernal !

Le félin diabolique saute soudain sur les genoux de Terrence et s'y installe en ronronnant de plaisir. C'est un complot ou quoi ?

— Les chats m'adorent, dit Terrence.

— Les chats, les plantes, les femmes...

J'ai murmuré pour ne pas me faire entendre, mais à voir le sourire en coin de mon compagnon de galère, c'est raté.

Tandis que la corvée d'épluchage bat son plein, Mlle Berry sort du cellier divers ingrédients, puis entreprend de faire sa pâte à tarte. Le tour de main trahit une longue habitude. Si elle était plus sympathique et disponible, je pourrais envisager de lui demander des conseils culinaires. Non que je croie à la fable des hommes pris par le gosier, mais à ce stade, je ne veux plus rien laisser au hasard.

— Regardez-moi, m'ordonne-t-elle comme si elle avait lu dans mes pensées, et tâchez d'apprendre quelque chose !

Peu après, elle referme la porte du four d'un coup sec.

— Quarante-cinq minutes à cent quatre-vingts degrés ! À présent, pendant que la tarte cuit, si nous regardions quelque chose à la télévision ?

La proposition nous prend de court, Terrence et moi. Comment se tirer de ce guêpier ?

— Mademoiselle Berry... Terrence vient à peine de rentrer d'un déplacement professionnel, il est sûrement épuisé. Nous devrions le laisser partir.

Ma voisine tente sans succès de masquer sa déception.

— Bien sûr, murmure-t-elle. Je comprends. C'est naturel...

Terrence, qui a remarqué lui aussi son air affligé, la rassure aussitôt.

— Je suis fatigué, c'est vrai, mais pas au point de ne pas pouvoir regarder un film avant de goûter votre tarte. Qu'est-ce qui vous plairait, Barbara ? demande-t-il en se levant, Attila dans les bras.

Ses longs doigts fuselés caressent obstinément le pelage roux de l'animal, qui n'en finit pas de ronronner. J'en ferais sûrement autant, à sa place...

Mlle Berry passe en une fraction de seconde de l'abattement à la liesse.

— Je pensais à un grand classique !

— Julie aussi aime les classiques, déclare Terrence en m'adressant un clin d'œil.

Qu'est-ce qu'il me dit, là ? Qu'il a lu mon roman pour de bon ? Ou qu'il s'est borné à parcourir l'introduction ?

Après une brève hésitation, je quitte ma chaise à mon tour et les rejoins au salon.

Ma voisine ayant pris possession du fauteuil que je présume être son favori, il ne nous reste, à Terrence et à moi, que le canapé installé sur le côté. Encore un signe flagrant de solitude, ce fauteuil calé devant la télé, à la place du canapé traditionnel qui accueille les familles. Ces murs abritent une personne habituée à se débrouiller seule. Sans personne avec qui partager un film, une tarte, un chat...

À propos de chat, Attila visiblement n'a aucune intention de lâcher Terrence. Tout juste s'il soulève une paupière, le temps de me lancer un regard noir d'avertissement, avant de se remettre à ronronner, caressé avec application.

— Que diriez-vous de... *Confidences sur l'oreiller* ?

Je tressaille légèrement. Mlle Berry me regarde de travers et ajoute :

— C'est une comédie avec Doris Day et Rock Hudson.

— Rock Hudson a des arguments, dis-je, rassurée. Une carrure admirable...

— Il n'était pas gay ? demande Terrence.

Les hommes...

— C'est un détail. Il était admirable, point.

— Très juste, renchérit Mlle Berry. Grand, brun, bien bâti...

Enfin, nous sommes tombées d'accord sur quelque chose ! Il aura fallu exhumer rien de moins que Rock Hudson pour y parvenir.

— C'est pour ça que j'ai décidé d'être à la fois brun et blond. Pour contenter toutes les filles.

Mlle Berry rit de bon cœur. Moi, je lève les yeux au ciel.

— Prêts ?

Nous hochons la tête. Terrence s'empare de la télécommande et très vite la séance commence.

J'avais oublié ce film délicieux, avec Doris Day au faîte de sa splendeur avec ses tenues élégantes, très colorées, et son bel appartement aux tons pastel. Comme je me serais sentie à l'aise, dans les années 1950...

Nous sommes parvenus à la moitié du film lorsque le minuteur du four se met à sonner. Notre hôtesse se lève pour sortir puis découper habilement la tarte aux pommes, dont l'odeur divine a envahi toutes les pièces entre-temps, et elle nous sert à chacun une part.

Celle de Terrence est généreuse, la mienne nettement moins.

— Pour la ligne, souligne-t-elle sans la moindre pudeur en me tendant mon assiette. Et ne vous jetez pas dessus, même les murs savent que les tartes sont meilleures refroidies.

Nous bavardons de tout et de rien en attendant d'avoir le feu vert pour attaquer. Inutile de préciser que je finis ma part avant les autres. Puis je me porte volontaire pour la vaisselle.

— Je ne sais comment vous remercier, mais maintenant je dois aller dormir, nous annonce Mlle Berry d'un air grave.

Je suis un peu déçue. Non que sa compagnie soit très brillante, mais le film était amusant. Et surtout, je voulais savoir la fin ! Une auteure de comédies romantiques qui se respecte ne peut que se délecter d'un classique aussi somptueux.

— Nous vous laissons vous reposer, dit Terrence, soulevant un Attila passablement contrarié pour le déposer sur le canapé.

Après avoir pris congé de Mlle Berry, nous nous retrouvons une fois de plus sur le pas de ma porte. Ce palier est devenu un lieu de grandes rencontres et de discours profonds.

— Cet immeuble abrite quelques personnages intéressants, fait remarquer Terrence en souriant.

— Suis-je incluse dans la catégorie ?

— Oui, dans le meilleur sens du terme.

— Je parie que tu dirais la même chose de ta nouvelle amie *Barbara*.

— Barbara a du goût, en matière d'hommes. C'est indéniable.

— *D'hommes* ? N'exagérons rien !

— Tu me renvoies mon âge à la figure sans arrêt à défaut de meilleures armes à ta disposition, avoue...

— Pourquoi, c'est la guerre, entre nous ? Dois-je faire le plein de munitions ?

— Je ne sais pas... Je n'ai pas encore tout compris, avoue Terrence d'un ton grave après une brève hésitation.

— Je suis pacifiste depuis toujours.

— Les temps sont compliqués, ma chère pacifiste.

— Politiquement, tu veux dire ?

— Entre autres. Parfois, tu n'as pas l'impression de ne rien comprendre à la direction que prend ce monde ?

Ah ! Jeune et idéaliste...

— Au risque de passer pour une cynique, j'ai cessé de chercher à comprendre depuis un bout de temps.

— Tu n'es pas cynique.

C'est vrai. Et je suis épatée qu'il l'ait déjà compris, vu le peu de temps que nous avons passé ensemble.

— Allez, tu as une tête à avoir besoin de te reposer, rentre chez toi, maintenant.

Je le prends par le bras pour le diriger vers l'escalier. Mais sous le sweat se cache un muscle en granit, et mon projet tourne court.

— Nom d'un guacamole ! je murmure, impressionnée.

Terrence éclate de rire.

— Attends, j'y crois pas ! Tu as vraiment dit : « Nom d'un guacamole » ?

— Que veux-tu, je suis drôle jusque dans mes jurons. Et je le redirai volontiers... si je peux tester l'autre biceps aussi !

Je sais, ce n'est pas la honte qui m'étouffe. On dirait bien que j'approche dangereusement de l'âge où l'on se sent assez vieux pour se permettre de tout dire, ou presque...

Il me présente son bras droit, pour que je puisse faire précisément ce que j'ai eu le culot de suggérer. Mieux, il retrousse un peu sa manche, m'invitant à demi-mot à toucher sa peau.

J'ai la tête à l'envers, mais pas à ce point. Je me borne à poser les doigts sur le coton doux du pull.

— Sainte Mère des licornes...

Un fou rire le secoue.

— L'inverse, ça marche aussi ? demande-t-il. Je peux te palper à mon tour au beau milieu du palier ?

Je retire vivement ma main.

— Mais bien sûr que non ! Nous ne sommes pas sur un pied d'égalité. D'où te vient une idée aussi ridicule ?

— Pardon, pardon. Au temps pour moi, dit-il, les yeux rieurs.

Je me prête volontiers au jeu avec mes interlocuteurs, mais avec Terrence, c'est carrément un régal. Sans doute à cause de son âge, ou du fait qu'il soit si différent de tous les mâles que j'ai pu croiser jusqu'ici... En sa compagnie, je me sens libre de m'offrir le luxe de dire tout ce qui me passe par la tête – ou presque. D'autres me prendraient pour une folle. Lui, il s'en amuse.

Si seulement j'étais un peu moins sensible à son charme...

— Va te coucher, Terrence.

Tout à coup, il me paraît nécessaire et urgent qu'il s'en aille et que l'on en finisse avec les bêtises.

— J'y vais, j'y vais...

Sauf qu'il revient immédiatement sur ses pas. À croire que ce palier recèle d'étranges sortilèges.

— Demain soir, tu viendrais dîner chez moi ? demande-t-il.

— Qui, moi ? Mais... en quel honneur ?

— Pour te remercier de t'être occupée de mes plantes.

Réponse d'une logique imparable.

Entre voisins d'immeuble aimables et gentils, ça se fait.

Je relâche mon souffle. Tout est plus clair. Mais pas très rassurant pour autant.

Il ne manquait plus que Terrence Graham invite à dîner une femme comme moi, qui, ce soir, arbore fièrement la Belle au bois dormant sur un pull rose pâle.

— Rien ne t'y oblige, Terrence. Tu m'as déjà remerciée. Et tu as sûrement mieux à faire.

— Je n'ai rien de prévu.

— Quand même, tu as sûrement des gens plus intéressants à fréquenter.

Il secoue la tête d'un air déterminé.

Obstiné, le garçon.

À court d'arguments, je suis bien obligée de capituler.

— Alors, dans ce cas...

— Parfait ! Que voudrais-tu manger ? demande-t-il, tout joyeux.

— Pourquoi, tu cuisines ?

S'il me répond par l'affirmative, je me fais hara-kiri tout de suite sur ce palier, je le jure !

— Non. Mais je suis imbattable pour sélectionner les restaurants et commander des plats tout prêts. Alors ? Tu n'as que l'embarras du choix.

— Voyons voir...

Je devrais répondre : une salade verte. Mais la tentation est trop forte.

— Un poulet frit ?

La stupeur se peint sur son visage. D'accord, je n'aurais pas dû.

— Ou n'importe quoi d'autre, si tu préfères ! Je ne...

— Non, non, le poulet frit, c'est parfait, 19 heures ? Je t'attendrai là-haut ! lance-t-il avant de disparaître dans la cage d'escalier.

6

J'ai un peu honte de l'avouer, mais j'ai failli appeler Laurel pour lui demander conseil sur ma tenue de ce soir. Et puis… Telle que je la connais, elle aurait fait toute une histoire de cette invitation à dîner. Alors j'ai renoncé. En outre, je m'en veux d'avoir seulement *envisagé* de porter une tenue moins loufoque que d'habitude : je *suis* loufoque par nature, et surtout une tenue différente pour l'occasion aurait trahi un souci d'élégance chez moi, donc un intérêt pour mon voisin du dessus.

Intérêt qui n'a pas lieu d'être.

Cela me paraît évident.

Le motif de ce dîner est on ne peut plus banal : Terrence souhaite me remercier de ne pas avoir massacré ses plantes. J'ai un voisin sympa, voilà tout. Rien d'exceptionnel, dans ces conditions, à partager un poulet frit…

Sauf que le plat sur lequel je viens de poser les yeux n'a rien de commun avec la cochonnerie habituelle qui baigne dans l'huile génétiquement modifiée « certifiée conforme ». Loin de là ! Ce poulet-là dont la friture reste invisible tant la chapelure est fine semble si succulent, si parfait, que l'on pourrait le croire *fake*.

— D'où nous arrive ce bon dîner ? je demande, méfiante.

Attablé en face de moi, le maître de maison lève ses grands yeux bleus et me décoche un sourire de triomphe, bien conscient d'avoir mis dans le mille.

— Je ne révèle jamais le nom de mes dealers.

— Comment un poulet tout simple peut-il avoir un aspect aussi engageant ?

Pour toute réponse, Terrence saisit délicatement une cuisse dodue et l'approche de ma bouche.

— Tiens, goûte !

Il y a ceux qui s'extasient devant du caviar ou des truffes, et puis il y a les plébéiens comme moi...

À peine mon nez a-t-il identifié l'odeur presque indécente de cette royale cuisse de poulet dorée à point que mon estomac se met à gronder sans la moindre discrétion. Le sourire de Terrence s'élargit. Je le regarde. Il me regarde. Est-ce qu'il attend vraiment que je croque le morceau qu'il tient du bout des doigts ?

— Pose ça sur mon assiette, je lui ordonne.

Il s'exécute sans protester.

Je relâche mon souffle lorsque je le vois prendre sa propre assiette, puis se lever pour venir s'installer... à côté de moi.

La table étant assez longue, franchement, un minimum de distance entre nous n'aurait pas été de trop... Comme il m'observe sans rien dire, j'en déduis au bout d'un moment qu'il veut absolument me voir goûter ce maudit poulet.

Qu'à cela ne tienne ! J'attrape la cuisse et mords dedans sans barguigner. Chez moi, depuis toujours, cohabitent princesse Disney et camionneur, selon un dédoublement de personnalité assez serein. Ce soir, le camionneur n'a pas songé un instant à utiliser les couverts, j'en ai peur.

Oh, Seigneur... La saveur explose sur mes papilles. Ce poulet frit est une tuerie. Qui sait comment il a été préparé, mais surtout ne changez rien ! La croûte est craquante et savoureuse, la chair tendre, succulente. Contraste divin, affriolant. De quoi grimper au ciel et toucher les étoiles ! Un gémissement de pure volupté m'échappe. Puis un autre...

— Terrence, cesse de me regarder comme ça et mange !

— Pourquoi, ça te coupe l'appétit d'être observée ?

— Visiblement non, dis-je, saisissant un autre morceau dans le plat.

Terrence éclate de rire.

— Quelques frites, peut-être ?

Le mot interdit a été prononcé...

Quoi qu'il arrive, cette soirée restera dans les annales comme la soirée où je n'aurai su résister à aucune tentation. Et donc, je m'octroie une généreuse part de frites, non sans remarquer le sourire en coin de mon hôte. Cet amateur de brindilles n'a sûrement jamais vu une femme manger sérieusement. En dînant avec moi, il doit avoir l'impression de visionner un documentaire réaliste.

— Tu comptes m'observer encore longtemps ? je lance.

— Te regarder savourer ce repas m'amuse plus que de manger.

— C'est l'effet de la nouveauté. Ta nana est sûrement condamnée à la salade à vie.

Je me mords la lèvre. Encore une fois, j'ai parlé trop vite. Même la bouche pleine !

— Ma *nana* ?

— Tu ne sors pas avec un mannequin, ou un truc dans le genre ?

— Un *truc dans le genre* ? répète-t-il en riant.

— Je ne sais pas pourquoi tu m'as invitée, si c'est pour rire à mes dépens...

— Justement, je m'amuse beaucoup !

— Et les mannequins ne sont pas amusantes ?

Terrence met plusieurs secondes à me répondre :

— Si, à leur façon.

— Qui n'est pas la tienne ?

— Qui n'est pas *toujours* la mienne. Mais n'essaie pas de m'embrouiller avec tes élucubrations habituelles ! Crache plutôt le morceau : comment le sais-tu ? Te serais-tu enfin décidée à me chercher sur Internet ?

Pour une raison qui m'échappe, cette idée semble l'enchanter.

— Non, on m'en a touché un mot, c'est tout.

— Ah oui ? Donc, tu as parlé de moi...

— Uniquement parce que j'ai eu besoin d'aide pour ton bonsaï.

— Jimmy.

— Oui, *Jimmy*. J'avais trop peur de le tuer, je n'en ai pas dormi de la nuit.

Terrence balaie cet aveu d'un éclat de rire.

— Jimmy a la peau dure !

— Peut-être, mais je n'ai pas voulu prendre le risque. J'ai demandé un coup de main à des filles plus dégourdies que moi avec les plantes. Ce qui n'était pas difficile, entre nous. Et sois tranquille, les amies auxquelles je me suis adressée sont d'une discrétion absolue.

Et aussi d'une curiosité absolue... Quand je repense au tiroir de cette fichue commode...

— Je te crois, pas de souci, m'assure Terrence. Et donc, ces amies t'ont raconté l'histoire des mannequins ?

Des mannequins ? Il en aurait donc plusieurs à son tableau de chasse... Ou bien il aime le sexe à trois. Je sens mes joues s'empourprer violemment.

— Je donnerais cher pour savoir à quoi tu viens de penser..., murmure-t-il.

— Tu ne veux pas le savoir. Reprends donc quelques frites !

Sans un mot, il en rafle une et la porte à ses lèvres. Belles, ces lèvres, très belles...

Il fait très chaud tout à coup, ou c'est moi qui me sens mal ?

— Tu n'as pas trop chaud ? je demande, les joues en feu.

— Je suis en T-shirt. Tu devrais enlever ton gros pull.

Qu'est-ce que je porte en dessous, déjà ? Un simple T-shirt, qui mettra en valeur mon ventre qui s'arrondit à vue ce soir, à force de me goinfrer. Sans compter le stress.

— Je vais le garder, finalement.

Terrence me dévisage un instant, mais par chance s'abstient de commentaire.

— Et toi, tu es célibataire ? demande-t-il.

Il attend ma réponse, très concentré, menton calé dans la main. Il en oublie même de manger.

— Moi ? Tout à fait, je marmonne, la bouche pleine.

— Tu sembles contente...

— Normal, après avoir vécu presque dix ans avec un crétin, je suis un peu une divorcée aigrie. J'ai probablement l'âge de l'être, d'ailleurs.

— Là, tu exagères !

— Pas du tout. Pas plus tard que l'autre jour, je me faisais la réflexion que je pourrais avoir aujourd'hui des enfants ados. Beaucoup de femmes font des enfants dans la vingtaine.

— Et d'autres les font dix ans plus tard. Il n'y a rien de mal à préférer attendre.

Facile à dire pour lui ! Il a vingt-cinq ans et toute la vie devant lui !

— À condition de savoir ce que l'on attend, je précise. Si on se borne à regarder le temps passer dans l'espoir fallacieux qu'arrivera tôt ou tard celui qui saura nous comprendre mieux que personne, autant renoncer tout de suite. À mon âge, il faut savoir affronter les réalités désagréables.

— Ne renonce à rien, Julie. Le moment venu, tu retrouveras l'envie de replonger dans la mêlée.

— Je pensais la même chose il y a des années...

— Mais je ne dis pas ça parce que j'ai vingt-cinq ans ! Tu verras, quand le bon se présentera...

Quelle douceur, quelle gentillesse chez ce garçon ! Parce qu'il est encore plein des illusions de la jeunesse, sans doute... Et puis pour une rock star, il n'en croit pas moins aux contes de fées. C'est trop mignon.

— Et comment ? je demande. Annoncé par un courrier m'invitant à me présenter tel jour, à telle heure, sur mon trente et un ?

— Ha ! Donc, tu serais capable de porter une tenue classe, si l'occasion l'exigeait.

Il me provoque. Quoi de plus normal, puisqu'il m'a toujours vue accoutrée en *desperate housewife* ?

— Je vais te faire un aveu, jeune insolent. Je sortais *toujours* bien sapée, avant. Du temps où je vivais avec Allen. Je faisais très attention à ne jamais me montrer en jogging ou débraillée. Pas un cheveu de travers, pas une coulure de mascara... La perfection incarnée.

— Jusqu'au jour où tu as décidé que tu n'en avais plus rien à faire.

— Voilà. Je me suis débarrassée de mon souci de perfection en même temps qu'Allen et tous ces vêtements qui ne me correspondaient pas. Puis je me suis assise devant la glace et je me suis demandé pour la première fois de ma vie ce qui me plaisait vraiment. Réponse : les tons pastel !

— Et les pantoufles licornes, ajoute Terrence avec un sourire.

— Aussi. Plus c'était voyant, plus j'avais la sensation de tourner la page...

Un silence suit cet échange, assez inhabituel mais étrangement apaisant. Le regard de Terrence exprime une empathie réelle et spontanée. J'y vois une preuve des affinités que je pressentais entre mon voisin et moi. Je n'avais donc pas rêvé !

— Et maintenant ? lance-t-il.

— Maintenant ? Je mange du poulet. Avec les doigts !

7

— Si nous regardions la fin du film d'hier ?

Un bon kilo de poulet frit plus tard – hélas, ce n'est pas seulement une expression figurée –, Terrence me lance cette proposition avec le plus grand naturel, comme s'il était dans nos habitudes de nous empiffrer sans retenue et de visionner des films datant des tout premiers temps de la couleur…

— Tu parles sérieusement ? je balbutie, incrédule.

Il acquiesce avec vigueur.

— Je n'aime pas faire les choses à moitié. Même voir un film.

— Et même une comédie des années 1950 ?

— Mais oui. Je suis quelqu'un de précis. Pour moi, un film se regarde jusqu'au bout ou ne se regarde pas… La Terre du Milieu est infréquentable.

— Fan de Tolkien ?

— Comme tout le monde, non ? réplique-t-il en s'installant sur le canapé.

Il allonge ses jambes sur la table basse, puis il tapote les coussins à côté de lui à mon intention.

Je me pose à côté de lui – en évitant de ne pas m'affaler trop lourdement.

— Je n'appréciais pas beaucoup l'*heroic fantasy* avant de découvrir l'adaptation au cinéma. Là, j'ai subitement changé d'avis. Je me suis entichée d'Aragorn.

— *S'enticher* ? s'exclame-t-il en riant. Je croyais le mot disparu ! Mais tu as bon goût. Le vieux Viggo Mortensen est entré dans l'histoire.

J'ouvre de grands yeux.

— Les mots ne disparaissent pas. C'est plutôt l'apprentissage du vocabulaire qui s'est perdu en route. Quant à Viggo Mortensen, il est forcément vieux à tes yeux...

— Il l'est pour toi aussi.

— Impossible ! Quel âge peut-il avoir, aujourd'hui ? je demande, saisie soudain d'un doute.

Terrence dégaine aussitôt son portable et commence à chercher.

De mon temps, celui où les portables servaient essentiellement à téléphoner, on ignorait davantage de choses, et la vie était plus agréable.

— L'objet de ton désir a cinquante-neuf ans, m'annonce-t-il peu après avec une certaine satisfaction. Bah ! Vingt-trois ans d'écart, c'est trois fois rien, quand on s'aime...

— Je vois que tu t'es renseigné sur mon âge.

Je savais, bien entendu, qu'il trouverait l'information facilement. J'espérais néanmoins contre toute logique que ce détail lui échapperait, sans trop savoir pourquoi puisque la maturité ne m'a apporté que des avantages, finalement. Fini les traîtres en série dans ma vie. L'amour-propre avant toute chose. Aujourd'hui, je sais à peu près qui je suis et ce que je veux. Alors qu'à vingt ans je doutais de tout et de moi-même en particulier, maintenant, je ne doute que des hommes. Et ce pour d'excellentes raisons.

— C'est toi qui te refuses à me débusquer sur Internet, me fait remarquer Terrence. Je n'ai jamais promis d'en faire autant.

Pas faux.

— Bref ! Toujours est-il que Viggo Mortensen était beaucoup plus jeune, à l'époque où le film a été tourné.

— Il avait... quarante-trois ans, m'informe-t-il après avoir pianoté sur son iPhone. Soit sept de plus que toi aujourd'hui. Par souci de précision, je te ferai remarquer qu'il y a toujours eu vingt-trois ans d'écart entre lui et toi…

— OK, OK ! J'ai eu le béguin pendant des années pour un type beaucoup plus âgé que moi. Quel scoop !

Je ne suis ni la première ni la dernière dans ce cas. L'attrait de l'homme expérimenté sur la gent féminine, ce n'est pas nouveau. L'inverse reste une exception, bizarrement.

— Ne te fâche pas, chère voisine. Je voulais seulement te démontrer que l'âge n'est qu'une question de point de vue. Hormis Viggo Mortensen, qui d'autre te plaisait, quand tu étais plus jeune ?

Il va encore se moquer de moi…

J'ai honte, mais je lui réponds tout de même sans mentir. À ce stade, je n'ai plus rien à perdre.

— Tom Hanks, je marmonne, blottie entre les coussins du canapé.

— Quoi ? Non !

— *Vous avez un message*, ça te parle ? Le romantisme de certaines scènes m'a toujours bouleversée, voilà.

— Jamais vu ce film.

— Évidemment ! Tu as vingt-cinq ans. Dans ce film, les ordinateurs se connectaient encore avec un modem. Tu te souviens du petit bruit qu'ils faisaient ?

— Vaguement…

Je l'aurais parié !

— Il y a une scène géniale en particulier, une dispute qui éclate entre les héros dans un bar. Tom Hanks vient de découvrir que Meg Ryan n'est autre que la fille avec laquelle il échange des courriels depuis des mois, sous un pseudonyme. Elle, elle ignore son identité…

— Pourquoi est-ce que les femmes adorent entrer en conflit avec un homme ?

— Pas toujours. Seulement si l'homme en question est très séduisant.

Terrence pouffe de rire.

— Ah…

— Pardon, mais cette règle vaut aussi pour les musiciens rock, d'ailleurs. Les filles t'aiment pour ta beauté, pas pour ta musique !

Ses yeux clairs s'écarquillent.

— Je me demande si je dois me vexer que tu n'accordes aucun crédit à ma musique sans avoir écouté une seule de mes chansons, ou laisser tomber et me féliciter que tu me trouves beau. J'hésite.

Je le trouve beau... J'ai dit ça, moi ? J'ai *vraiment* dit ça ?

— Ne détourne pas le sens de mes propos. J'ai seulement sous-entendu que la qualité de ta musique ne comptait pas, dans certains cas.

— Ah. Ça change tout, convient-il en rigolant.

— Et puis, allez... Tu le sais très bien, que tu es beau, j'ajoute sur le ton de la plaisanterie, soucieuse de minimiser la portée de l'incident.

— Oui, mais je n'étais pas sûr que tu le saches, toi aussi.

Ravageur, décidément, ce cocktail chez lui d'orgueil et de sympathie irrésistible...

— Évidemment que je le sais. Je ne suis pas aveugle ! Tu as parfaitement conscience du charme que tu dégages, avec tes T-shirts mités *et* hors de prix.

— *Mités* ? Mes T-shirts ne te plaisent vraiment pas...

— Sincèrement ? Au début je n'étais pas très fan. Je me suis fait une raison, à force. Ce n'est pas moi qui dois les porter, après tout ! Et les T-shirts ne sont que la partie visible de l'iceberg.

— Il y aurait donc autre chose ? demande-t-il, amusé.

— Tes cheveux. Horribles.

Notre relation est bizarre, décidément. Je sais que c'est un mâle - je ne le sais même que trop bien - mais son âge le rend *off-limits*, si bien que je peux tranquillement me détendre et rester moi-même. Chose que je ne me permets jamais avec les hommes qui me plaisent. Du moins, depuis que j'ai découvert que celui qui partageait ma vie en partageait d'autres aussi. La confiance est une petite plante fragile : une fois piétinée, elle a un mal fou à repousser.

— Et dire que les filles les aiment à la folie...

— Folie ! Voilà, c'est le mot.

— J'étais certain que tu rebondirais là-dessus !

— Si tu es content, j'en suis ravie.

Il se penche en avant pour récupérer la télécommande.

— Bon, tu m'as assez insulté comme ça, on passe au film ?

— Je ne t'ai pas insulté ! Je viens d'avouer que je te trouvais beau...

— Vous avez une façon très discutable de me complimenter, mademoiselle Morgan. Comme si j'étais pestiféré... Mais peu importe. Mettez-vous à l'aise maintenant, les pieds sur la table, et savourons ensemble la fin de ce sublime film.

Il fait défiler les images jusqu'à l'endroit où nous nous étions arrêtés hier, enclenche la lecture... et met le film sur pause quelques secondes plus tard.

Le visage de Rock Hudson reste figé sur une drôle de grimace.

— Hier, j'ai oublié de te dire que j'avais fini ton roman.

Il se tourne vers moi pour voir ma réaction. Son visage est neutre. Ce garçon est doué pour ne rien révéler de ce qu'il pense.

— Et tu l'as trouvé nul, dis-je en souriant. Tu l'as jeté direct à peine descendu de l'avion.

— Pas du tout. C'est un livre étonnamment... sexy.

J'en perds mes mots...

— Tu pensais que j'écrivais des livres pour jeunes filles ?

— Pas du tout. Je ne sais même pas à quoi je m'attendais. Il n'empêche, tu as réussi à rendre captivant un banal contact entre des mains gantées...

— Ce genre de contact l'était toujours, jadis. Il faut imaginer un monde très différent du nôtre, dans lequel un simple tête-à-tête prolongé dans une même pièce était considéré comme le summum de l'indécence.

— Nous sommes en plein scandale, alors ! s'exclame-t-il en éclatant de rire. Je ne m'attendais pas à cela, j'avoue, de la part des pantoufles à licornes.

Je lui lance un regard réprobateur, me sentant quelque part en devoir de prendre le parti des femmes aux pantoufles à licornes, plus nombreuses que ne le croient les hommes.

— Et sinon, que penses-tu du roman ?

Je n'aurais peut-être pas dû poser la question. Ou pas aussi directement...

— Il n'est pas exactement mon genre de lecture, mais c'est juste que je n'aime pas verser des larmes en public, ma notoriété ne me le permet pas... Sincèrement, il m'a plu. Il m'a surtout permis de comprendre beaucoup de choses à ton sujet.

— Lesquelles ? je demande, un peu inquiète.

— Tu aimes les bonnes manières. L'élégance. Le respect.

— Quand on vit dans un monde qui fonctionne avec des valeurs opposées, on finit par regretter le temps d'avant.

— Et les avancées technologiques ? Les réseaux sociaux ? L'univers interconnecté, tout ça ?

Je hausse les épaules.

— Que veux-tu que je te dise ? Je renoncerais volontiers à tout cela, si je pouvais obtenir en échange un peu d'authentique respect. Et aussi des tenues qui mettent mes formes en valeur tout en cachant les défauts...

— Quels défauts ?

— Comment ça, « quels défauts » ?! Mes jambes, par exemple. J'ai hérité des bonnes cuisses de ma famille paternelle. Même avec dix kilos de moins, je paraîtrais toujours aussi ronde. Raison pour laquelle je n'essaie même pas de perdre du poids. Mourir de faim pour rester trapue, non merci !

— Tu n'es pas trapue du tout !

— Mais si. La nature compense toujours, cela dit. Ma poitrine n'est pas trop mal.

À ces mots, les grands yeux étonnés de Terrence se braquent sur ma poitrine, bien cachée sous un sweat extra large floqué du lapin Pan-Pan.

Quand une femme est stylée, elle l'est jusqu'au bout !

— Tu sais, je ne pensais pas te l'avouer un jour, mais... je suis fasciné malgré moi, murmure Terrence. Je vis entouré de filles qui s'affichent avec des décolletés jusqu'au nombril, et toi, tu débarques avec un pull pareil. Alors du coup je m'interroge...

— Sur quoi donc ? Ma santé mentale ?

— Sur la couleur de tes sous-vêtements.

Je sens mes joues s'enflammer. À mon âge, c'est franchement pathétique. D'autant que Terrence joue la provocation, c'est clair. Il s'amuse comme un fou à choquer sa voisine vieille fille...

— Qui sait ? je rétorque. Je pourrais aussi n'en porter aucun.

Là-dessus je me tourne vers lui pour savourer un instant sa mine subjuguée, et je profite de sa distraction pour m'emparer de la télécommande, gage universel de pouvoir. Plus fort que l'anneau de la Terre du Milieu.

Je souris tandis que le film redémarre. Laurel serait tellement fière de moi !

— J'ai quelque chose de bizarre sur la figure ?

Laurel prend le temps de refermer son casier avant de me répondre. Nous sommes toutes là, dans le vestiaire de la salle de sport. Le cours de Pilates hebdomadaire que notre amie attentionnée nous oblige à suivre va bientôt commencer – saura-t-il éliminer les trois kilos généreusement offerts par mon poulet-frites de la veille ?

Laurel est beaucoup plus en forme que moi, puisqu'elle va régulièrement courir. Cindy aussi, sans être une adepte du jogging, affiche une silhouette enviable. Audrey est dans une bonne moyenne. Je suis donc le cas désespéré du groupe, et sans doute de la classe tout entière. Voire de la suivante.

— Juste une expression très inhabituelle, me répond-elle enfin. Tu as des soucis ?

Mon amie est si intuitive que je me demande parfois si elle ne lit pas dans les pensées. Les miennes, en particulier.

— Un léger manque de sommeil, rien de plus.

— Quelque chose que nous devrions savoir ? s'enquiert aussitôt Audrey d'un ton dégagé, toutes antennes dehors.

— Navrée de te décevoir, Audrey, mais ça n'a rien à voir avec le sexe. C'est juste une soirée qui s'est prolongée plus tard que prévu. Je manque d'entraînement.

Ma copine se rassoit en faisant la moue. Cindy s'en mêle à son tour.

— Une soirée, tu dis... ?

— Oui. Une soirée télé, devant une vieille comédie avec Doris Day. *Confidences sur l'oreiller.*

Je souris, assez contente de moi. Avec une telle déclaration, je suis inattaquable !

— Seule ?

Ce n'est pas possible, cette intuition féminine...

— C'est un interrogatoire ?

— Allez, Morgan, avec qui t'es-tu mise à regarder des films pour vieilles filles ?

— Les comédies romantiques vintage ne sont pas du tout des films pour vieilles filles, Audrey. J'ai le plaisir de t'apprendre que Doris Day, à la fin, entre en salle d'accouchement sans être mariée.

L'argument est balayé d'un geste.

— Oui, oui... Mais ensuite elle se marie. Comme toutes les autres ! Une écervelée de plus !

— Avec tout le respect que je te dois, ton hostilité pour le mariage n'est pas vraiment dans la tendance, je lui fais remarquer. Quasiment toutes les femmes du monde se battent pour se faire passer la bague au doigt.

Une dure réalité que mon amie, visiblement, a du mal à digérer.

— D'abord, dit-elle, tu te réfères à des statistiques remontant à plusieurs décennies. Les femmes ont enfin cessé de considérer le mariage comme leur unique but dans l'existence. Ensuite, tu fais exprès de détourner la conversation. Réponds : avec qui étais-tu hier soir ?

— Ah, pardon, Audrey, intervient Cindy. La vérité, c'est que les femmes rêvent toujours d'une alliance, mais comme elles sont plus malignes aujourd'hui, elles évitent d'en parler. Sinon les hommes partent en courant.

— Eh bien, qu'ils partent ! Ce n'est pas moi qui irai leur courir après. Pour en revenir à Julie...

Autant en finir tout de suite.

— J'ai regardé le film avec Terrence. Mais s'il vous plaît, pas de conclusions hâtives...

— Ha, ha ! Je le savais !

— Qu'est-ce que tu savais, Audrey ?

— Que le petit jeune te plaisait !

— Bien sûr qu'il me plaît. Comme voisin. Il est sympathique, et lui au moins ne me déteste pas, contrairement à la redoutable Mlle Berry.

— Sérieusement, Julie, tu voudrais convaincre trois nanas au Q.I. supérieur à la moyenne que la rock star et toi vous passez vos soirées à visionner des vieilles comédies ?

— *Une* soirée. *Une* comédie. Et *basta*. C'était un banal dîner auquel il m'a conviée pour me remercier des soins affectueux prodigués à ses plantes.

Dit comme ça, l'affaire semble tout à fait logique.

— Tu veux dire, que *j'ai* prodigués à ses plantes, souligne Audrey.

— Oui, oui...

— Et combien de temps a duré ce fameux film ? demande Laurel, impitoyable.

— C'est que nous... nous avons beaucoup discuté et...

— Vous avez *discuté*.

— Oui ! Nous sommes amis, lui et moi. Et des amis, ça discute.

Et en ce qui nous concerne, Terrence et moi, on discute beaucoup. Nous avons passé toute la soirée à stopper le film pour commenter divers passages, rire ensemble, nous raconter des anecdotes et des trucs absurdes... Pour finir, il était 2 heures passées lorsque je suis redescendue chez moi.

— Je m'amuse beaucoup en parlant avec lui, je précise. Il est intelligent et ne se vexe jamais, quoi que je lui dise. Pas si mal, ces petits jeunes, finalement...

— Si je comprends bien, tu passes la soirée avec une star ultra sexy, adulée par la moitié de la population féminine de ce monde, et tout ce à quoi tu aspires, c'est à son *amitié* ?

J'éclate de rire devant la mine consternée d'Audrey.

— Je n'ai jamais eu d'ami garçon ! À l'adolescence, j'étais trop timide, pendant la période Allen, sa jalousie m'en empêchait, le moment est peut-être enfin venu...

— Quel gâchis, marmonne Audrey, vraiment très, très consternée.

Je ne peux m'empêcher d'enfoncer le clou.

— Je pensais que ce serait impossible, vu l'écart d'âge entre nous, mais les affinités existent bel et bien ! On rit des mêmes choses. Des choses complètement idiotes, en plus ! Mais au moins, on rit à deux. Un ami, dans certaines circonstances, c'est beaucoup mieux qu'un amant.

— Et les orgasmes, alors ?

S'ensuit une franche rigolade dans le vestiaire.

Une fois le calme revenu, Laurel me couve d'un regard attendri.

— À sa façon un peu brutale, Audrey vient de souligner un point crucial : pour tisser une relation durable, il te faut quelqu'un qui puisse être un amant au moins autant qu'un ami.

— Par ces temps difficiles, il faut surtout apprendre à se contenter de peu, je réplique. En ce qui me concerne, l'amitié l'emporte haut la main. L'orgasme dure combien de temps, hein ? Même le roi des orgasmes, comme dirait Audrey ?

— Là, je ne peux pas te donner tort, murmure Laurel, songeuse, tandis que je lui emboîte le pas sans grande conviction vers la salle de Pilates.

Je suis à mi-chemin de chez moi, entre Broadway et la 79e, lorsque mon portable se met à sonner.

Une des filles, probablement, qui m'annonce que j'ai *encore* oublié une bricole dans le vestiaire... Ou encore ma mère, pour me rappeler que les fêtes de Pâques approchent. Mes grands-parents maternels étaient catholiques pratiquants, et si ma mère nous a rarement traînées dans une église, ma sœur et moi, elle adore réunir la famille à l'occasion des fêtes. De *toutes* les fêtes. Qui sont, dit-elle, les seules occasions de nous voir tous ensemble sous le même toit.

Ma mère est méthodique dans tout ce qu'elle entreprend, appels téléphoniques compris. Une femme charmante, bien sûr... Mais qui l'est encore davantage, comme nombre de parents, à la juste distance.

— Maman chérie ! je m'exclame sans ralentir le pas, le portable vissé à l'oreille.

— Tu as pensé à acheter ton billet pour venir nous voir ? me demande-t-elle sans perdre de temps en civilités inutiles.

— Tout à fait !

Énorme mensonge. En maniaque de l'organisation, ma mère est du genre à réserver ses vacances six mois à l'avance et planifier les cadeaux de Noël pour chacun un an à l'avance. Un souci qui apparaît carrément pathologique lorsque l'on tend à être de l'autre école – la mienne –, celle de l'improvisation de dernière minute pour les congés comme pour les cadeaux...

— Tu viendras seule, ma chérie ?

— Et avec qui veux-tu que je vienne ?

— Je ne sais pas. Ta sœur amène un garçon. C'est une affaire sérieuse, paraît-il. Ils habitent déjà ensemble.

— Maman, je ne suis pas ma sœur.

En fait, nos timings respectifs ont rarement coïncidé. Célibataire à vingt ans, Emma a bien profité de la vie, avant de se ranger, la trentaine venue. Depuis, elle n'a connu que des histoires sérieuses. Elle n'est pas mariée, mais de mémoire, pas une fois elle ne s'est présentée seule à une fête familiale. Moi, en revanche... J'ai eu tout faux : je suis restée bloquée trop jeune dans une relation au long cours, et maintenant je vis dans la terreur de retomber dans le piège. C'est peu de dire que la vie à deux, en ce moment, ne m'attire pas du tout.

— Je sais, je sais ! s'exclame ma mère. Je n'ai rien dit. Mais rester seule, ce doit être difficile, non ? Tu n'as pas l'habitude...

J'apprécie qu'elle se fasse du souci pour moi, sincèrement, mais quelquefois ce discours me fait grimper aux rideaux.

— Après deux années, je te garantis que je suis tout à fait habituée.

— Mmm...

— Maman, je *suis* heureuse !

— Oui, tu l'es toujours. Je ne comprends pas comment tu fais.

— C'est parce que je suis objective et rationnelle. J'ai un travail que j'aime, un appartement que j'adore et une mère qui se préoccupe de mon sort, donc tout va bien !

— Tu es une petite futée, Julie Morgan.

— Je l'espère bien. J'ai pris ça de toi.

— Non, de ton père. N'est-ce pas, Mitch, que Julie est ton portrait craché ?

Il est assez fréquent qu'un échange téléphonique avec ma mère dégénère en conversation à trois. Mes parents se sont connus enfants. Je devrais m'en féliciter pour eux, mais leur exemple tend à me déprimer. À mon âge, ils s'aimaient depuis deux ou trois décennies et avaient déjà deux enfants... Le moyen de rivaliser avec un tel amour ?

— Ton père dit que j'ai raison et que tu es sa copie conforme !

— Il veut avoir la paix, c'est tout.

— Je ne crois pas. Sinon, il ne m'aurait jamais épousée ! s'exclame ma mère en riant.

— Nous faisons tous une exception pour toi. Le pouvoir magique de ton charme…

— Est-ce que ça signifie que tu viendras avec quelqu'un ?

Cette manie de revenir à la charge, sans se soucier du reste !

— Un inconnu, alors ? Tiens, le premier que je croise dans la rue, je te l'amène, promis !

— Julie…

— Écoute, maman, laissons faire le temps, d'accord ? Patience ! À moins que tu ne souhaites que je m'offre un gigolo ?

À la réflexion, ce ne serait peut-être pas une si mauvaise idée… Au prochain Noël…

Ma mère éclate de rire.

— Un *gigolo* ? Comme dans le film ?

— C'est ça.

— Ma foi, pourquoi pas ? À condition qu'il soit très, très mignon !

— C'est obligé, je crois, dans la profession. Bonne soirée, maman. Fais de beaux rêves !

Elle rit encore en raccrochant.

Je rempoche mon téléphone en secouant la tête, sans cesser de marcher, lorsque se matérialise soudain à côté de moi une silhouette assez inquiétante, vêtue de noir de la tête aux pieds. Blouson de cuir, casquette sombre à la visière rabattue sur le front, grosses lunettes de soleil. Heureusement que j'ai appris à l'identifier très vite, sans quoi j'aurais eu la peur de ma vie.

— Mademoiselle ma voisine…

— Monsieur mon voisin. Tu as failli me flanquer une crise cardiaque.

— Désolé. Le mode furtif est devenu une seconde nature chez moi depuis que ma renommée a échappé à mon contrôle. Mais d'où arrives-tu donc ? demande-t-il en détaillant avec curiosité ma tenue.

Je suis farfelue, d'accord, mais pas au point de porter un jogging pour autre chose que le sport. Même moi je n'oserais pas.

— De la salle de gym. De temps en temps, mes amies et moi nous faisons semblant de pratiquer le Pilates.

Ma réponse le fait rire.

— Vous faites *semblant* ?

— Oui. On se cale au dernier rang, on essaie d'imiter tant bien que mal les positions de la professeure, et on discute.

— Des hommes.

— Des livres, des hommes, de ce que l'on ira manger en sortant...

— Alors tu as déjà dîné ?

— En fait, non. Aujourd'hui mes copines étaient toutes occupées. Cindy par son mari, Laurel par son petit ami. Quant à Audrey, elle enfile les rendez-vous comme des perles...

— Et toi ?

— Moi, je vais m'acheter un maxi-burger juste là au coin de la rue, pour faire la nique à mon régime.

Ma sincérité me prend moi-même de court.

— Génial ! s'exclame Terrence. Alors on en prend deux, à emporter. Avec des frites, bien sûr.

Si seulement... Mais je crains d'avoir déjà dépassé ma dose mensuelle, hier soir chez lui.

— C'est que... j'ai des limites que je m'impose de respecter, non sans difficulté, je t'avoue. Moralité, zéro frite pour moi, aujourd'hui !

Que ce soit clair, la seule idée me fait saliver, mais je feins l'indifférence. Vis-à-vis des frites, mais pas seulement. Mine de rien, Terrence souhaite de nouveau dîner avec moi. Deux fois d'affilée, c'est un peu beaucoup, non ? Possible que ce garçon n'ait rien de mieux à faire ?

— OK, je n'insiste pas, dit-il. Alors on demandera une seule portion.

— Marché conclu. Et si jamais je te supplie de m'en donner une, tu ne céderas pas. Jure-le !

Il abaisse un instant sur son nez ses lunettes noires ridicules que lui seul réussit à garder même dans l'obscurité et me fixe d'un air narquois.

— Je ne céderai pas, déclare-t-il d'un ton solennel.

— Je t'en prie... Je t'en conjure... Juste une !

Je le supplie depuis un quart d'heure. Rien à faire, il résiste. Sadique ! Comment peut-on rester de marbre face à une pauvre malheureuse affamée ?

Terrence secoue obstinément sa crinière bicolore. Je me suis presque habituée à son look improbable, à la longue. Ou je n'y fais plus autant attention.

— Julie, tu m'as fait jurer. Un serment est un serment.

— C'était juste une façon de parler...

— Pas du tout. Tu as beaucoup insisté.

Et tout en parlant, il porte lentement à sa bouche une frite qui sent délicieusement bon, après un plongeon dans le ketchup...

— Tu es perfide. Cruel. Pervers. Tu n'aurais même pas dû prendre des frites pour toi, d'abord !

— Mais tu étais d'accord !

— Justement. *J'étais*. Maintenant, je veux les goûter. Une seule, c'est pas la fin du monde, quand même !

Sourcils froncés, Terrence fait mine de s'accorder un temps de réflexion.

— Bon, dit-il enfin. Une seule. Et une petite.

Il n'a pas fini sa phrase qu'une énorme frite est entre mes doigts.

Alléluia !!! Nouvelle trempette dans le ketchup, et la frite disparaît dans ma bouche.

Les choses interdites sont-elles toujours aussi savoureuses ? Ou est-ce que tout est un peu spécial, ce soir ?

— J'ai changé d'avis. Deux, ça ira.

Ma voix n'est qu'un murmure. Un duel féroce s'est engagé entre mon sentiment de culpabilité et mon amour des frites.

— Julie ! Je suis choqué ! s'écrie Terrence, incrédule.

— J'ai eu une soirée difficile.

— Ce n'est pas vrai. Tu es allée faire semblant de transpirer au Pilates et tu viens d'engloutir un maxi-burger !

— Engloutir, comme tu y vas... J'avais faim, c'est tout.

Mon voisin me considère d'un air compatissant.

— Bon, prends-en une autre. Mais quand même, je ne comprends pas pourquoi tu m'as fait jurer, tout à l'heure. Ni pourquoi tu ne t'es pas acheté une portion.

— Parce que ces acides gras saturés finiront par s'accumuler sur mes hanches. À trente-six ans, on tend à passer au large des sources inutiles de coussinets adipeux. Mais chaque fois que je parle avec ma mère, comme tout à l'heure juste avant que tu débarques, j'ai besoin d'un truc fort.

Terrence retire ses boots de rockeur et se met à l'aise sur le canapé. J'avais presque oublié ce que c'était d'avoir vingt-cinq ans et d'envoyer promener toutes les règles de l'étiquette, les repas à table et tout le tralala.

— Ta mère est une harpie ? demande-t-il.

— Une femme merveilleuse, je rectifie, la bouche pleine. Mais elle se fait un sang d'encre pour moi.

— J'imagine que c'est normal de s'inquiéter, pour une mère.

Il a un ton bizarre en disant ça, mais je lis comme un avertissement dans son regard qui me dissuade de fourrer mon nez dans des sujets qui ne me regardent pas.

— Sans doute. Mais voilà maintenant deux ans qu'elle ne me lâche pas et crois-moi, deux ans c'est long, quand on vit en permanence sous l'œil de la caméra maternelle.

— Pourquoi est-ce qu'elle se fait autant de souci ?

— Va savoir... C'est depuis que je suis redevenue célibataire...

— Il n'y a rien de mal à ça. Tu trouveras un homme dès que tu en auras envie, déclare Terrence sans hésitation.

Je le regarde, sincèrement touchée.

— Merci... C'est ce que je lui répète sans arrêt. Mieux vaut être seule que mal accompagnée.

Je lâche enfin le cornet de frites et ramène les genoux sous le menton. Mes chaussettes à tête de Mickey n'échappent pas à Terrence, qui sourit, amusé.

Si on m'avait dit qu'un jour je me serais retrouvée à confier mes problèmes existentiels à une jeune rock star en survêt, chaussettes ridicules et sans aucun maquillage, j'aurais pris mon interlocuteur pour un fou. Et pourtant nous voilà, Terrence et moi, assis côte à côte, à partager des calories que lui perdra tout de suite, le métabolisme fonctionnant à merveille à son âge...

J'ai enfin l'occasion d'observer de près ses bras tatoués. Il y a là, en vrac, une rose rouge qui s'épanouit sur l'avant-bras droit, des notes de musique, des clés de violon, des symboles tribaux... La curiosité me gagne, j'ai envie d'en savoir plus. Il me semble deviner un message là-dessous.

S'apercevant de mon intérêt, Terrence étend les bras, offrant les détails à mon regard. Sur la main gauche, je distingue une matriochka, un dragon, un masque...

— Ma mère collectionnait les poupées russes, dit-il à voix basse.

L'usage du passé, en plus du ton grave, me fait comprendre tout ce qu'il y a à savoir.

— Elle collectionnait les dragons, aussi ?

J'ai réussi à lui arracher un petit rire délicieusement musical.

— Non, mais je pense qu'elle aurait apprécié. Elle me racontait toujours des histoires de dragons quand j'étais petit. Et toi, tu caches une licorne tatouée quelque part sur ton corps ?

Je secoue énergiquement la tête.

— Je n'ai pas un seul tatoo.

— Il existe encore des personnes vierges ? Ça alors !

— Ravie de te l'apprendre. Mais si pour une raison ou une autre je devais me faire tatouer quelque chose un jour, je choisirais sûrement une licorne.

— Symbole de sagesse et de pureté...

— Il n'est pas interdit d'aspirer à ce genre de choses, non ? Et toi, fan de *Harry Potter*, tu devrais comprendre pourquoi elles m'attirent.

— Bien sûr que je comprends. Et c'est toujours mieux que la tronche de Tom Hanks.

J'éclate de rire à cette seule idée.

— Je te jure que j'étais sous le charme, à l'époque de *Vous avez un message* !

— Impossible. Et je vais te le prouver. Tu sais ce qu'on va faire ? demande-t-il soudain en s'illuminant.

Dans la fougue du moment, pour un peu il m'aurait fait basculer du canapé.

— Quoi ? On va se faire tatouer Tom Hanks ?

— Mais non, idiote. On va regarder le film !

Je bats des cils.

— Tu parles sérieusement ?

— Oui ! Évidemment, après une comédie aussi sucrée, je propose qu'on s'avale ensuite *Harry Potter*. Par souci d'équilibre.

Seul un mec de vingt-cinq ans pourrait avoir l'idée de revoir *Harry Potter*. Mais je hausse les épaules. En vérité, je n'ai rien de mieux à faire, ce soir.

— D'accord.

Tandis qu'il bricole sur son écran géant ultra connecté, j'essaie désespérément de trouver une position confortable. Son canapé, immense et incontestablement stylé, est tout sauf douillet, ce qui, à mon avis, est d'un ridicule confondant : « canapé » doit forcément rimer avec « confort ». L'autre soir, je suis repartie de chez lui avec toutes les vertèbres en vrac – et il y en a, des vertèbres !

Je m'assois, je me cale contre le dossier, je me relève, et je recommence.

— Tout va bien ? demande le maître de maison en refrénant un petit rire.

— Plus ou moins...

— Ce canapé est magnifique, mais proprement démoniaque, j'avoue. La première fois on n'y prête pas attention, dès la deuxième, ton dos crie vengeance. C'est pourquoi j'ai choisi de regarder la télé dans ma chambre, allongé sur mon lit... Nous pourrions faire ça maintenant aussi, me propose-t-il avec le plus parfait naturel avant de préciser devant mon air ahuri : J'ai un grand lit.

Là, il devient tout rouge, et je retiens à mon tour une envie de rire.

— Je voulais dire... que tu n'as rien à craindre, il y a beaucoup de place. Pense à ton dos. Et puis je viens d'acheter un matelas de folie, en latex, avec une flopée de zones de pression spécifiques. Un vrai paradis pour le sacrum.

— Mmm...

— Je n'ai pas l'intention de te sauter dessus, tu sais.

Hein ?! Je donne libre cours à mon fou rire, cette fois. N'importe quoi ! Terrence Graham qui me saute dessus... C'est juste grotesque.

— Oh, mon Dieu, bien sûr que non !

— Tu trouves l'idée si absurde que ça ? demande-t-il.

— Plus qu'absurde ! Allez, tu m'as convaincue, on va opter pour le confort. J'ai le dos en miettes, je tuerais père et mère pour m'allonger, là, tout de suite.

— Vraiment ? Dis-moi, tu écris des polars ou des comédies sentimentales ? s'exclame-t-il en me faisant signe de le suivre vers la chambre à coucher.

— Tu n'as pas idée du nombre de personnes qui me demandent régulièrement pourquoi je n'essaie pas d'écrire un roman policier !

— Tu préfères peut-être traiter avec des amoureux plutôt qu'avec des cadavres ?

Il me sourit tout en ouvrant la porte de la chambre.

Je reste stupéfaite qu'il me comprenne mieux que tant de proches qui me connaissent depuis bien plus longtemps.

— Tout paraît facile avec toi...

— Julie, parfois *c'est* facile. Si tu savais combien de fois on me demande quand j'écrirai une chanson d'amour !

Je ne résiste pas à l'envie de le taquiner.

— Et quand est-ce que tu en écriras une ?

— Jamais, sans doute. Je ne crois pas que ce soit mon genre.

Je préfère ne pas commenter, n'ayant aucune idée de la musique qu'il compose en général, ce qui est ridicule, tout bien considéré. Si Terrence a relevé le défi titanesque de lire un de mes romans, je peux très bien de mon côté décider d'arrêter de me poser dix mille questions pour écouter enfin une de ses chansons. Quelque chose me freine, c'est évident, mais quoi ? Une sorte de... peur. Mais de quoi ai-je peur ?

En tout cas, différence d'âge abyssale ou pas, il est clair qu'il me fascine. Et même bien au-delà du raisonnable, à en juger les prémices.

Me voilà, moi, Julie Morgan, sur le point de pénétrer dans la chambre à coucher d'une rock star adulée par les minettes. Je peux avoir une photo pour immortaliser ce moment ? Et vivre de mes souvenirs le jour, pas si lointain, où je me retrouverai dans la même situation que ma voisine de palier, seule avec un chat odieux ?

Terrence s'installe sur un côté du lit et m'invite d'un geste à en faire autant. Je m'exécute, de l'air de celle à qui ce genre de choses arrive tout le temps. Audrey, par exemple...

Je plonge dans l'océan de coussins, accueillie par un matelas absolument divin qui a dû lui coûter une fortune, mais qui la vaut.

— Qu'en pense le dos de madame ?

— Graham, tu t'y connais en oreillers et matelas, pour un aussi jeune homme.

— Oh ! Je m'y connais dans une infinité de domaines...

Plus il essaie de m'impressionner, plus j'ai envie de rire... Ce que je fais sans remords.

— C'est bien la première fois qu'une femme me rit au nez quand je l'invite sur mon lit !

— Je n'en doute pas, ô dieu du rock ! Cette nouveauté te perturbe ?

— Non. Ce genre de déconvenue arrive à tout le monde un jour ou l'autre de toute façon, n'est-ce pas ? réplique-t-il avec un clin d'œil. Alors, comment trouves-tu ma chambre ?

— Très... masculine.

Ce qu'il ignore, c'est que sa chambre et moi avons déjà eu l'occasion de nous connaître.

— Elle ne te plaît pas, en somme.

— Tu as vu mon appartement. C'est tout le contraire, un royaume féminin. Nous sommes toi et moi aux antipodes, niveau déco. Mais tes oreillers me plaisent. Je peux en emporter un chez moi ?

— Tous ceux que tu voudras.

Terrence s'est tourné vers moi pour me regarder, appuyé sur un coude.

D'accord, ce lit est vaste et une distance certaine nous sépare, mais il me semble tout à coup qu'il en faudrait un peu plus, de distance... Que me serinait ma mère, il y a quelques heures à peine ? De me trouver un homme ? Eh bien, je devrais commencer à y songer sérieusement. Mes pulsions sont moins endormies que je ne le croyais.

— On lance le film ? propose-t-il en exhibant la télécommande.

Face à nous, suspendu au mur, un écran au moins aussi impressionnant que celui du salon.

— Volontiers, dis-je. Juste une question, avant : est-ce que tu appartiens par hasard à une secte qui vénère les téléviseurs géants ?

— Tous les hommes veulent un écran énorme ! C'est dans leur nature.

— Pas tous...

— Détrompe-toi, femme. La seule différence est dans le choix du programme : les gens sérieux restent branchés en permanence sur CNN pour regarder Anderson

Cooper rire au nez de Kellyanne Conway, les autres, comme moi, se contentent de Tom Hanks jeune.

— Que personne ne touche à Anderson Cooper !

Je ne plaisante pas. Dans ces temps politiquement obscurs, CNN assume presque un rôle social.

— Tu sais qu'il est gay, n'est-ce pas ? me demande Terrence.

— Peu importe, c'est un très bel homme. Intelligent, avec ça. J'aime les gens intelligents, même si cette qualité semble peu à peu passer de mode. Sans compter que Cooper ne vieillit pas. Je ne sais pas comment il fait, mais il semble plus jeune, lui, à presque cinquante ans, que moi quand j'en avais vingt !

— Sottises ! Je t'aurais donné vingt-neuf ans max, la première fois qu'on s'est vus.

Je m'esclaffe.

— Et moi, je t'en aurais donné dix-neuf !

— Ce n'est pas un compliment, dans ta bouche, dit-il avec un drôle d'air.

— Question de point de vue, jeune rock star. Allons ! Voyons un peu ce film...

Terrence ne proteste pas et très vite nous plongeons dans l'histoire de la petite librairie et de son exquise propriétaire en lutte contre la chaîne concurrente cruelle, à la taille redoutable. Même cet aspect n'est plus d'actualité, je pense tout à coup avec une pointe de mélancolie : les petites librairies ont presque toutes disparu depuis des lustres, et ce sont maintenant les grandes chaînes qui voient leur existence menacée par les géants du commerce en ligne. Il s'est écoulé tant de temps depuis la sortie du film ? Ou c'est la technologie qui a accéléré les cycles de vie de façon exaspérante ? Est-ce que tout est condamné à progresser à une vitesse telle que nous n'avons plus d'issue de secours ?

Nous rions, nous blaguons, mais la gêne est bel et bien palpable entre nous. Elle se dissipe néanmoins dès la deuxième scène et l'atmosphère se détend de nouveau. L'obstacle est passé. La consternation de Terrence devant les modèles de portable antédiluviens et les modems qui mettent un temps fou à se connecter me fait sourire. Sans parler de sa stupeur quand je lui répète que oui, pour moi Tom Hanks avait beaucoup de charme à l'époque du tournage.

— On t'a déjà dit que tu avais un goût déplorable en matière d'hommes ? s'exclame-t-il en se redressant en position assise.

Il ne tient pas en place, décidément...

— En règle générale, tu n'as pas tort. Il n'empêche, Tom Hanks était séduisant.

— Comment peut-on être séduisant avec des cheveux aussi ridicules ?

Alors ça, c'est un comble !

— C'est toi qui dis ça ?

— Mes cheveux ne sont pas ridicules !

— Exact. Tes cheveux sont *au-delà* du ridicule.

Je commence à me dire qu'il va finir par se vexer à mort – jeune ou pas, c'est quand même un homme ! – lorsque son visage s'éclaire.

— Merci !

— Ce n'était pas tout à fait un compliment de ma part...

— Tu crois ?

Je garde un moment le silence, décontenancée.

— Terrence, tu ne trouves pas que nos discussions sont souvent un peu absurdes ?

— Si. C'est ça qui est beau.

— *Beau*, vraiment ?

— Oui. C'est un hasard heureux, je dirais. Rappelle-toi, deux farfelus qui s'entendent bien...

— D'accord, mais j'ai du mal à comprendre comment c'est possible. On a des goûts tellement différents dans tous les domaines... La musique, les livres, le cinéma, la mode...

— Quel ennui, quand on est d'accord sur tout ! s'exclame-t-il en riant. Là, au moins, on peut se disputer tranquillement.

— Mais on ne se dispute pas, toi et moi... On bavasse, on partage des trucs idiots sans queue ni tête, des élucubrations...

— Justement ! Ces trucs idiots, je n'avais jamais pu les exprimer avec autant de décontraction jusqu'ici, tu comprends ?

Oh que oui...

Le drame, c'est que je le comprends *tout à fait*.

Quelques minutes plus tard, nous prenons congé de Tom et Meg, passionnément enlacés parmi des fleurs splendides dont New York n'a jamais vu la couleur. Magie de la fiction...

Terrence se redresse, tout joyeux, dès l'apparition des premières mentions du générique.

— Et maintenant, *Harry Potter* !

— Tu n'as pas sommeil ? je demande, un peu mal à l'aise.

Loin de moi l'intention de me défiler, je le jure. Mais mes paupières commencent à se faire lourdes.

— Pas du tout. Et je ne veux pas entendre tes excuses bidon ! Nous avions un pacte, les pactes se respectent. Qu'est-ce que tu as de si important à faire demain ?

La vérité ? Rien. Je viens de remettre à la maison d'édition les aventures de Lady Eleonor et je me trouve dans la phase crispante dite du *brainstorming*, où il s'agit d'inventer un scénario correct pour mon prochain roman. En théorie, je devrais mettre en route l'histoire de la sœur de Lady Eleonor, mais en pratique, une singulière apathie me gagne. Je prends du temps pour décider dans quelle direction poursuivre...

Je hoche la tête, vaincue.

— D'accord, je marmonne. Tu me réveilleras, si je m'endors ? Promis ?

Cela m'arrive assez souvent, et je connais mes limites : j'ai réussi à tenir très tard un soir, deux longues soirées d'affilée relèveraient de l'exploit.

— Promis. Je ne compte pas te séquestrer ici...

— Alors, que le spectacle numéro deux commence !

Je remets en place les somptueux oreillers et je me blottis au milieu avec un abandon encore plus libre que tout à l'heure.

— N'oublie pas, secoue-moi sans remords au besoin !

— Promis, Julie. De toute façon, qui pourrait s'endormir devant un chef-d'œuvre comme *Harry Potter* ?

En effet, qui ?

8

Un bruit bizarre m'arrache à un sommeil de plomb.

Je n'en reviens pas d'avoir aussi bien dormi... D'habitude, quand je pique un roupillon devant la télé, j'émerge toujours à une heure décente pour me transférer dans mon lit. La faute à un sommeil assez tourmenté depuis deux ans. Je ne me suis pas encore complètement résignée à l'idée de dormir seule, peut-être, et puis les pensées parasites que je parviens tant bien que mal à chasser le jour reviennent en force la nuit. Fichu inconscient.

Alors, pour une fois que je dors pour de bon comme le commande la nature, je n'ai aucune envie de soulever les paupières. Mon matelas me semble beaucoup plus confortable que d'habitude et... une odeur masculine très insolite me chatouille les narines. Et c'est quoi, cette étrange chaleur qui m'enveloppe... ? Il pourrait presque s'agir de la proximité d'un autre corps. Sauf que, même dans mon état comateux, je me rends bien compte que c'est impossible.

— Terry...

Un murmure, dans le lointain. Un murmure bien réel.

Ahurie, je me redresse à contrecœur pour scruter la chambre.

Il fait si noir que je ne distingue rien du tout. Ou presque rien. À mesure que je reprends mes esprits, une certitude prend forme : je dormais collée à un autre être humain. La panique me saisit. Qu'est-ce que j'étais en train de faire au juste, avant de sombrer ?

— Terry, répète la voix, plus proche maintenant. Hé, Terry, surprise !

La pièce passe brutalement de l'obscurité totale à la lumière la plus agressive que l'on puisse imaginer. J'en reste aveuglée plusieurs secondes. Le corps allongé près du mien s'ébroue et grogne.

— Terry ! Mais qu'est-ce que tu fous, bon sang ?

Le murmure a fait place à un hurlement indigné.

Ma vision devenant plus nette, je m'aperçois que je me trouve encore dans la chambre à coucher de Terrence. Terrence qui est là, étendu à quelques centimètres de moi. Ha ! Visiblement, on s'est endormis l'un à côté de l'autre. L'un *contre* l'autre, même : nos jambes se touchent.

Je me libère de cette proximité contre nature le plus discrètement possible.

— Liz ? articule Terrence d'une voix éraillée, tout en se redressant avec effort sur les coudes.

Liz ? La furie qui nous transperce les tympans est donc sa fiancée...

— Qu'est-ce que tu fous ?! hurle-t-elle en s'approchant du lit d'un air menaçant.

— Du calme, dis-je en m'asseyant sur le bord du matelas. Tout le monde reste calme. Il ne s'est absolument rien passé ici.

L'autorité de ma voix la stoppe net dans son élan. Mais un instant seulement.

— Comment ça, il ne s'est rien passé ? Et t'es qui, toi, d'abord ?

Elle grince des dents façon chihuahua enragé. Brune, exotique, vingt kilos tout habillée, et la fureur personnifiée.

Par déformation professionnelle sans doute, sa familiarité me tape tout de suite sur les nerfs. Les jeunes d'aujourd'hui tutoient à tort et à travers et lâchent des insultes sans sourciller, alors que les parents investissent une fortune dans leur éducation pour qu'ils soient capables de prononcer une phrase digne de ce nom. Même dans les moments critiques. Un peu d'élégance, que diable !

— Julie, dis-je, la main tendue. La voisine. Enchantée.

Elle hausse ses sourcils au dessin irréprochable. Je l'ai déstabilisée, c'est clair. À présent, elle hésite : me serrer la main ou se remettre à brailler ?

La première option l'emporte. Elle s'exécute avec d'infinies précautions, comme si j'étais pestiférée. Puis elle se tourne vers Terrence.

— Pourquoi tu m'as donné ta clé, si c'était pour m'accueillir avec d'autres nanas dans ton lit ?

Elle s'est un peu calmée, mais elle n'a pas encore déposé les armes.

Je me tourne à mon tour vers Terrence. Il fourre les doigts dans sa tignasse avec un petit air désolé absolument craquant.

— Liz, c'est un malentendu, je te le jure. Julie est ma voisine. On regardait un film hier soir, c'est tout, et on s'est endormis. Regarde, on est encore habillés.

Heureusement !

Devant cette preuve irréfutable, Liz se détend imperceptiblement. Mais juste imperceptiblement.

— Peut-être, mais ça ne me fait pas plaisir d'entrer ici et de te trouver dans les bras de... de *celle-là* !

C'est la première fois de ma vie qu'une autre femme me donne du « celle-là ». Dans des circonstances moins dramatiques, j'en serais presque fière.

— J'imagine, marmonne Terrence. Mais Julie n'est que ma voisine. Et de toute façon...

Il n'achève pas sa phrase.

— De toute façon... ? insiste Liz.

De mon côté je me tais. J'attends la suite, résignée au pire. J'ai déjà deviné où il veut en venir. Pour autant, je ne vois pas bien comment me préparer à l'impact.

— Oui... C'est-à-dire... Julie est...

Il bredouille ! Une première.

— Je suis... ? je demande d'un ton dégagé.

À ce stade, je suis sincèrement curieuse de voir s'il va tourner autour du pot ou tailler dans le vif.

Il déglutit.

— Julie est... beaucoup plus vieille que moi.

Bonté divine ! J'ai beau avoir senti le coup venir, l'humiliation me glace.

— Pas faux, maintenant que tu le dis, renchérit sa copine.

Bien ! Pas question que je m'attarde ici une seconde de plus, à encaisser un affront après l'autre. Je remets un peu d'ordre dans ma crinière ébouriffée et m'arrache un sourire pas très réussi, sûrement, mais les circonstances n'aident pas.

— Bon, moi j'y vais, je marmonne tout en cherchant des yeux mes chaussures échouées Dieu sait où.

Je les avais à la main en entrant dans cette chambre, preuve supplémentaire que j'avais l'intention ferme de décamper avant de m'évanouir de fatigue... *Pourquoi* ne l'ai-je pas fait ?

— Julie...

Ah, non !

Il a enfin lâché ce qu'il pensait vraiment de moi. À juste titre : je suis effectivement nettement plus vieille que lui. Je suis d'une autre génération, comme on dit. Il me vient presque une envie de sourire au souvenir des *vingt-neuf ans max* qu'il prétendait me donner, il y a quelques heures à peine. Mais bien sûr !!!

Mais voyez-vous, ce qui me chagrine le plus dans l'histoire, c'est que l'espace d'un instant j'aurais réellement voulu être plus jeune. Inconscience ? Orgueil ? Je ne sais pas très bien comment interpréter ce désir fugace très nouveau pour moi. Un moment d'égarement, d'aveuglement fatal, face à cet individu qui me fait rire comme personne ? Simple empathie humaine que je commençais à prendre pour autre chose, sans raison valable ? Aucune idée. De toute façon, le débat est clos.

— Navrée de ce malentendu, Liz. Nous autres, anciens, avons parfois quelques soucis de narcolepsie.

Mon sarcasme échappe complètement à l'intéressée qui me sourit avec indulgence. Comme si elle pouvait se permettre de se montrer aimable, maintenant que la question de l'âge est venue sur le tapis. Non, plutôt condescendante. L'amabilité, c'est autre chose, et les jeunes seraient incapables de la reconnaître même s'ils trébuchaient dessus.

— Julie...

Un frou-frou de tissu derrière moi. Terrence s'est levé.

Je file avant qu'il parvienne jusqu'à moi. Qui se soucie des chaussures, après tout ? Je n'ai qu'un étage à descendre.

Je sors d'une longue douche bouillante censée laver l'affront de cette nuit.

L'étrillage énergique n'a rempli qu'à moitié sa mission : les cellules mortes ont bien été délogées – en même temps qu'une couche d'épiderme bien vivant ! – mais pas la honte. Ni la rage ! Mannequins, rock stars, qu'ils aillent tous se faire pendre ! Je ne suis pas aussi décrépite qu'ils ont voulu me le faire croire hier soir. Je suis dans la fleur de l'âge, moi ! Avec un peu de motivation, je pourrais encore mettre des enfants au monde ! Je pourrais faire un tas de choses ! Même un marathon serait dans mes cordes, pour peu que je me mette un projet aussi débile en tête !

D'accord, un *demi*-marathon, à la rigueur... C'était juste pour dire. Bref ! J'ai tout le temps pour accomplir les choses qui comptent dans la vie. À condition, bien sûr, d'arrêter de tergiverser et de me trouver toujours de nouvelles excuses...

Je prends mon portable pour appeler Laurel et lui proposer un déjeuner qui offrirait une diversion bienvenue, lorsqu'on sonne à ma porte. Je suis en legging noir et long pull bleu, pas maquillée, les cheveux chargés de toute l'électricité statique de Manhattan. Honnêtement, ce matin, je n'ai aucune envie de croiser Terrence.

Je vérifie dans l'œilleton et manque me trouver mal. Ce n'est pas Terrence. C'est sa chérie. Il n'a même pas eu le courage de venir me parler en personne. Il a préféré l'envoyer elle au front !

Je me compose mon plus beau sourire avant d'ouvrir la porte. Décrépite, mais souriante !

— Bonjour !

Face à moi, un microshort noir, un T-shirt court dénudant le nombril et un ventre absolument parfait ; en un mot, un corps sans une once de graisse. Plus un maquillage soigné, une masse de cheveux noirs cascadant en vagues merveilleuses...

Moi qui m'interroge souvent sur le sens de tout ce temps perdu chaque jour par les femmes pour se coiffer, je tiens enfin une réponse : le but est de se sentir supérieure à toutes ses congénères de bon matin.

— Salut ! Terrence a insisté pour que je ne vienne pas te déranger, il est tellement sûr que tu n'utilises pas ce genre de truc... Mais je lui ai dit que ce n'était pas possible ! s'exclame Liz en riant.

— De quoi parlons-nous, au juste ?

— Oh, pardon ! Bien sûr, quelle idiote. Les sucrettes ! Aucune femme qui se respecte ne consomme du vrai sucre calorique aujourd'hui, n'est-ce pas ? ajoute-t-elle.

Je ne réagis pas à son clin d'œil complice. Elle s'attend sans doute à ce que je l'invite à entrer, mais pour cela il lui faudra me passer sur le corps.

— Non, dis-je. Je n'ai pas de sucrettes.

Son petit sourire niais s'efface dans la seconde.

— Ah...

Et voilà ! Décrépite *et* consommatrice de sucre, donc pestiférée, maintenant. Il va falloir que je me fasse une raison.

— Il y a une autre porte sur ce palier..., fait remarquer Liz. Sais-tu si j'en trouverais chez tes voisins ?

Chez Mlle Berry ? La vieille demoiselle aurait tout intérêt à bannir absolument le sucre, du fait de son diabète.

Mais c'est sans compter sa prédilection pour les chemins de traverse...

Je m'apprête à l'expliquer à ma visiteuse quand... Et puis non ! Je veux absolument voir la tête de Liz face à ma redoutable voisine.

— Peut-être, dis-je. À ta place, je tenterais ma chance.

— D'accord, j'y vais !

Sitôt dit, sitôt fait, la brindille s'en va sonner à côté.

Une personne moins malveillante que moi aurait refermé sa porte illico, mais pour rien au monde je n'aurais loupé la scène qui va suivre.

— Bonjour ! Je viens de l'étage du dessus. Je me demandais si par hasard vous auriez des sucrettes pour me dépanner, gazouille Liz.

Pénible, vraiment, cette voix d'oisillon qui vrille les oreilles. Comment un musicien comme Terrence arrive-t-il à la supporter ?

Campée sur le seuil, Mlle Berry la dévisage d'un air sévère avant de poser brièvement sur moi un regard étonnamment compréhensif.

— Bonjour, mes fesses ! Et non, je n'ai pas de sucrettes.

La porte claque au nez de la pauvre petite Liz, qui en sera réduite ce matin à avaler du vrai sucre. Oh, comme c'est bête...

Elle en reste un moment interloquée avant de se retourner vers moi. J'éprouve une satisfaction légèrement infantile à voir ses efforts pour se recomposer un sourire. Nous aussi, les anciens, savons redevenir des gosses de temps en temps.

— Oh ! Tant pis, pas grave. Terry et moi, on ira prendre le petit déjeuner à l'extérieur !

Qu'elle pense à s'habiller d'abord, surtout. Se promener dans les rues en short et T-shirt du style *Alerte à Malibu* en plein mois de mars peut conduire à la mort. Même moi, je n'arrive pas à lui souhaiter ce triste sort.

— Tu t'es vraiment endormie avec lui sur le lit ?!

Ce doit être la troisième fois que ma copine me pose la question. Elle n'en revient toujours pas.

— Ça ne t'arriverait jamais à toi, c'est ça ? je réplique, agacée.

— De comater à côté d'un dieu du rock ? Certainement pas !

— Pour moi il n'est qu'un voisin, Laurel.

— Tu es vraiment...

— Je suis vraiment *quoi* ?

— Un cas à part ! *Personne* ne s'endort sur le lit d'un type avec ce physique-là, permets-moi de te le dire !

— Et que font les autres, hein ?

— Elles lui sautent dessus, par exemple.

— Je ne saute pas sur les hommes déjà pris, moi.

Après ce que j'ai moi-même subi, je ne pourrais jamais faire une chose pareille...

— Ha ! Donc, s'il était libre, tu lui sauterais dessus ? réplique aussitôt Laurel.

— Tu te prends pour un procureur, maintenant ?

— Pas du tout, proteste mon amie en riant. Je ne suis qu'une écrivaine de comédies romantiques. Mais en effet, j'aurais pu plaider, avec mon sens inné de la repartie...

— C'est incontestable, je conviens en soupirant.

— Alors, il te plaît ?

— Non ! Absolument pas ! Il a onze ans de moins que moi. Tu comprends ? *Onze ans*...

— Tu deviens lourde avec cette histoire de différence d'âge, tu sais ?

— Peut-être. Mais Terrence m'a traitée de vieille ! Toi-même, j'en suis certaine, tu n'aurais pas pu rester stoïque si on t'avait assimilée à un vieux débris !

— Il ne voulait peut-être pas vraiment dire ça.

— Crois-moi, c'est ce qu'il voulait dire, et il l'a dit.

— « Mûre », tu l'aurais mieux pris ?

— À ton avis ? Est-ce que je ressemble à une pêche ??

— Ma foi, ton teint n'en est pas loin, répond Laurel en souriant.

Entre-temps, sont arrivées nos commandes respectives. Des pâtes pour Laurel, une salade de crudités pour moi – la vinaigrette à part.

— Tu m'expliques pourquoi tu manges de la salade tout d'un coup, toi qui détestes ça ? s'étonne Laurel en désignant mon assiette.

— J'ai trente-six ans et aucun homme dans ma vie. Je dirais... que c'est le moment de me mettre à la salade !

Oui. Et je mériterais une médaille...

Laurel secoue la tête.

— Tu as la tête à l'envers... Qu'est-ce qui te prend depuis quelque temps ?

— On appelle ça la crise de milieu de vie, je crois.

— Aujourd'hui, la durée de vie moyenne est de quatre-vingt-dix ans ! Il te reste encore neuf ans avant d'arriver à la moitié...

— Au Japon, peut-être. Mais ici ? On se goinfre de cochonneries, on altère génétiquement le maïs, on drogue les porcs, on n'a pas d'assurance maladie publique... Grignoter de la salade, c'est le minimum que je puisse faire.

Joignant le geste à la parole, j'enfourne une grosse bouchée de verdure. Je mâche avec soin, j'avale non sans difficulté. Je cherche un adjectif élogieux pour mon plat... J'ai trouvé ! Répugnant. Mais qui pourrait vivre de poulet frit ?

— Où est passée mon amie ? ironise Laurel. Celle qui avait la tête sur les épaules et prenait la vie avec philosophie ?

— On l'a traitée de vieille.

Le découragement me gagne. Je suis doublement irritée : d'avoir été cataloguée comme vieille *et* de m'être vexée devant l'évidence.

Laurel repose sa fourchette, les yeux rivés sur moi.

— Écoute, si l'affaire t'a marquée à ce point, arrête de passer du temps avec des jeunes. Sors, pour l'amour du ciel ! Et avec des hommes de ton âge !

— Oui, je devrais.

— Le conditionnel ne suffit pas. Fais-le ! Je vais t'arranger moi-même un rendez-vous, tiens ! dit-elle brusquement en s'illuminant.

— Avec qui ? je demande, alarmée.

— Je ne sais pas. Je réfléchis, là. Voyons... Un homme intelligent, célibataire, de notre âge... Mais bien sûr ! Norman.

— Ton agent ?!

Son idée la ravit tellement que je crains un instant qu'elle se mette à sautiller dans la salle de restaurant.

— Oui ! s'exclame-t-elle. Vous vous êtes croisés plusieurs fois. Il est bel homme, tu ne peux pas le nier.

— Séduisant, oui. Mais un tantinet rigide, dans mon souvenir...

— Sottises ! Norman est un amour. Pas un animal des plus sociables, je te le concède à la rigueur. Mais toi tu es détendue, tu sais entretenir une conversation.

— Vraiment ?

— Oui ! Vos caractères respectifs sont faits pour s'équilibrer. Et puis la littérature vous passionne tous les deux. Que demander de plus, dans une relation ?

— Excuse-moi, mais s'il est si parfait, cet homme, pourquoi est-il encore célibataire ?

Le problème, passé trente ans, c'est que l'on se méfie de son prochain. Le célibat dans ma catégorie d'âge ne peut se justifier que par une longue et douloureuse rupture. Sinon le type est bizarre, point. Donc, à fuir.

— Il a des divorces sur le dos ? je demande. Des histoires d'amour tourmentées ? Il est du genre « un petit coup, et puis s'en va » ?

Mon amie a bien saisi mon raisonnement et se redresse imperceptiblement sur sa chaise.

— Norman est quelqu'un de sérieux, Julie. Tout sauf un coureur.

— Alors qu'est-ce qui cloche, chez lui ?

Après une brève hésitation, elle finit par lâcher :

— Sur le papier, rien. Il est parfait, je t'assure, je le connais depuis des années... Mais entre nous, je pressens une vieille histoire pas tout à fait réglée. Il semble faire en permanence un effort pour garder le contrôle. Voilà pourquoi j'ai pensé à lui. Je crois qu'il a lui aussi besoin de se changer les idées. Vous êtes deux belles personnes. Il n'y a aucune raison que ça ne marche pas entre vous.

— Tu ne m'as pas dit un jour que tu soupçonnais une vague histoire entre lui et la sœur d'Aidan ?

— Oh ! Que veux-tu que je te dise... Il paraît qu'il s'est fait des illusions. Alors, j'organise ?

Je pose ma fourchette avec un soupir de défaite. Je ne réussirai jamais à finir cette salade qui décidément ne me plaît pas.

— Comme tu voudras, je marmonne. Je n'ai rien de mieux à faire, de toute façon...

— Tu veux dire, à part te rouler dans le lit d'une jeune rock star ?

— Tu n'es pas près de me lâcher avec cette histoire, hein ?

Laurel secoue la tête en riant.

— Désolée. Elle est trop drôle !

La mésaventure l'amuse parce qu'elle ne l'a pas vécue... En ce qui me concerne, je reconnais que l'expérience a été formatrice, voire nécessaire pour m'ouvrir les yeux, mais amusante, ça non ! Vraiment pas !

— Laisse tomber cette salade et goûte mes pâtes, me propose Laurel. Tu te sentiras mieux après, tu verras.

Je reprends ma fourchette et la pique joyeusement dans son gratin de macaronis.

— La tristesse s'envole tout à coup, avoue, dit Laurel en souriant.

— Presque. Et c'est déjà miraculeux.

Je sors de l'ascenseur sur la pointe des pieds et me dirige à pas de loup vers mon appartement.

Oui, parfaitement : à pas de loup. J'essaie de ne pas faire de bruit et de passer inaperçue. Bien que je sois la plus mature dans l'histoire, et donc censée me conduire comme telle, je préfère éviter Terrence plutôt que de lui parler par obligation. Pour une fois, je me fiche d'être raisonnable ou pas !

À la seconde où je pose un orteil sur mon paillasson, j'entends la porte de Mlle Berry qui s'ouvre en grand.

— Ah ! Vous voilà enfin !

— Chuuut !!!

— Qu'est-ce que vous fabriquez ? Vous vous cachez ?

— Moi ? Pas du tout, je...

— Parlez donc plus fort, je suis sourde !

Je serre les dents et me rapproche d'elle.

— Je ne me cache pas.

Mais je suis une piètre menteuse, et ma conviction feinte ne tromperait personne.

— Ah non ? Mais peu importe, je vous attendais, de toute façon. Entrez.

C'est un ordre. Aboyé d'un ton de général à la retraite.

— C'est-à-dire que...

— Ne me dites pas que vous avez des choses à faire, je ne vous croirai pas !

— Je travaille, figurez-vous, de temps à autre.

— Oui, oui, je sais que vous écrivez. Mais aujourd'hui vous êtes de méchante humeur parce que le petit jeune du dessus envoie sa poupée Barbie mendier dans l'immeuble.

J'en reste bouche bée.

— Mademoiselle Berry !

— Je suis vieille et bientôt morte, je peux me permettre de dire tout ce que je veux.

— Et prétendre ne pas avoir de sucrettes, par exemple ?

— Elle ne m'a pas demandé si j'en avais, seulement si je pouvais la dépanner. J'ai dit non. Ce pays est encore libre, que je sache.

— Sur ce point, je commence à avoir des doutes, mademoiselle Berry.

— Laissez tomber la politique, voilà des années que je n'ai plus la patience nécessaire pour parler de ça. Entrez, plutôt !

J'obéis, de guerre lasse. Quelle journée, décidément...

— Je vais vous apprendre la recette de mon fameux gâteau au chocolat, décrète ma sympathique voisine.

Oh non... Pas les gâteaux... Plutôt l'art de rendre de la verdure mangeable.

Sur la table de la cuisine sont déjà rassemblés tous les ingrédients nécessaires, plus un petit carnet noir, celui des recettes secrètes, sans doute. Écrites à la main, comme il se doit. Je souris malgré moi.

— Je vous rappelle que je ne sais pas cuisiner.

— Ma mémoire a beau être aussi vieille que moi, elle fonctionne encore, mademoiselle Morgan. Je sais très bien que vous ne savez pas cuisiner. Justement, j'ai décidé d'y remédier.

— Pourquoi donc ? je balbutie, confuse.

Elle me dévisage avec un drôle d'air.

— Parce que vous avez sérieusement besoin d'un coup de main.

Je m'affale en soupirant sur la chaise, abattue par la justesse de ses paroles. Je n'ai pas fini de soupirer que ce maudit chat me saute dans les bras encore une fois. C'est l'animal le plus angoissant que j'aie croisé dans ma vie...

— Attila est un excellent juge des humains, m'assure Mlle Berry. Si vous lui plaisez, je ferai moi aussi un effort pour vous trouver sympathique.

— Trop aimable.

— Et maintenant, lisez !

L'affaire lui tient décidément à cœur. Étant en infériorité numérique face à l'adversaire, je me résigne à obtempérer.

Par chance, la recette se révèle assez simple. Je suis pas à pas les instructions.

— Vous savez comment se conquièrent les hommes ? me demande soudain Mlle Berry alors que je m'attelle à dissoudre le chocolat à cuire au bain-marie.

— Non. En revanche, je sais que nous pourrions accélérer la manœuvre avec un micro-ondes, vous savez, cette invention magique... ?

— Jamais de la vie ! Mon gâteau nécessite de la patience et une dose de chaleur très précise. Le micro-ondes dessèche. Notre chocolat ne doit pas être sec !

Je lève les mains en signe de reddition. Résultat, de l'eau s'engouffre dans la petite casserole contenant le chocolat. Je sauve la situation de justesse, récoltant au passage un regard assassin de ma coach en pâtisserie.

— Les lieux communs sont une mine de crétineries pour la plupart, mais quelques-uns ont leur raison d'être, reprend ma voisine. Celui qui dit que les hommes s'attrapent par le gosier, par exemple. Savoir cuisiner ne m'a guère aidée dans ce domaine, personnellement, mais les temps changent, il faut s'adapter. C'est pourquoi je suis allée acheter du sucre normal, pour que vous puissiez emporter votre gâteau chez vous.

Très touchée, je lève les yeux.

— Mademoiselle Berry...

— Ne faites pas la sentimentale maintenant, dit-elle, un peu gênée. Ce n'est que du sucre.

— Je sais. Mais aujourd'hui, on dirait que tout tourne autour du sucre...

Nous prenons le thé pendant que le gâteau finit de cuire.

— En tout cas, vous lui plaisez, me dit-elle soudain, alors que nous sommes attablées, notre tasse fumante à la main.

— Pardon ?

— Allons, allons, vous avez parfaitement compris de qui je parle. Vous lui plaisez.

— Oui, comme amie et voisine...

— Aussi. Mais vous lui plaisez *tout court*. À mon âge, les choses les plus élémentaires se devinent au vol.

— Mademoiselle Berry, je ne sais pas si vous avez remarqué, mais... j'ai quelques années de plus que Terrence. J'aimerais trouver un homme de mon âge. Un homme avec lequel je ne me sentirais pas en défaut.

— Les hommes fréquentent depuis toujours des femmes plus jeunes et ne se sentent pas en défaut pour autant, souligne-t-elle très justement.

— C'est un monde à deux vitesses, avec deux unités de mesure... Et de toute façon, à supposer que je sois capable de me moquer des apparences, je vous rappelle que la brindille, enfin, la poupée Barbie, comme vous dites, avait la clé de chez lui.

— Et alors ? Vous aussi, vous avez la clé, non ?

Comment diable l'a-t-elle su ? Mystère. Cela ne m'étonne pas d'elle, cela dit. Je l'imagine assez bien agent de la CIA dans sa jeunesse.

— Oui, j'ai la clé, moi aussi. Mais seulement parce qu'il m'a confié l'arrosage de ses plantes.

— Je ne m'arrêterais pas à cette histoire de clé, si j'étais vous. Sincèrement. Les jeunes gens ont les idées confuses...

— Les jeunes seulement, vous croyez ?

— Attention à ce que vous dites !

— Oh, mais je parlais de moi.

— Mmm... Bref ! Vous devez vous montrer compréhensive. Les hommes ont besoin de temps.

— Mon problème dans la vie, entre autres, c'est que j'ai été *trop* compréhensive avec certains qui ne le méritaient pas... Quoi qu'il en soit, j'ai décidé de sortir de ma torpeur et de prendre le taureau par les cornes, figurez-vous. J'aurai très bientôt rendez-vous avec un homme sérieux, du même âge que moi.

Ma voisine esquisse un petit sourire.

— Eh bien, ce sera peut-être le bon.

— Ou pas. Aucune importance, de toute manière.

Ma réaction semble la surprendre. En bien, contre toute attente.

— Bravo ! Voilà l'attitude juste !

À cet instant mon portable émet un bip. C'est Laurel qui me confirme le rendez-vous avec Norman. Cette journée qui a si mal commencé se finira donc sous de meilleurs auspices : je vais repartir d'ici armée d'un délicieux gâteau au chocolat et d'un rendez-vous prometteur. Que demander de plus ?

Quelques jours plus tard, on sonne alors que je suis en pleine bagarre avec le fer à boucler brûlant.

Je me fige, cet instrument du diable à la main.

— Non ! Il ne peut *pas* avoir une demi-heure d'avance !!!

Laurel m'avait prévenue : Norman est toujours à l'heure. La ponctualité est une qualité louable, certes. De là à se présenter avec autant d'avance...

J'ai la moitié du crâne lisse et l'autre en pétard. Mi-caniche, mi-lévrier afghan... Je ne peux tout de même pas me présenter devant le premier type potentiellement intéressant depuis des siècles avec les cheveux dans cet état !

La sonnette insiste.

Résignée à l'inévitable, je me dirige vers l'entrée. Je suis une femme morte. Même le plus courageux des hommes prendrait ses jambes à son cou en me voyant telle que je suis actuellement.

— J'arrive !

J'ouvre la porte à la volée, sans même vérifier par l'œilleton l'identité de mon visiteur.

Mais ce n'est pas Norman.

Ma *lose* légendaire...

— Terrence, quel bon vent... ?

Mon ton est lourdement ironique, il aura sûrement capté le message : ce n'est *pas* le moment.

Après ma sortie de scène rocambolesque de l'autre nuit, je m'attendais, toute honte bue, à le voir débarquer chez moi d'une minute à l'autre, ne serait-ce que pour s'expliquer. S'excuser ? Oh, je n'irais pas jusque-là. Mais non. Après avoir envoyé sa chérie à la chasse aux sucrettes, monsieur a préféré se terrer dans son bel appartement. Et aucun son n'est sorti de l'étage supérieur. Pourtant j'ai tendu l'oreille. Oh ! Ce que j'ai pu tendre l'oreille...

Terrence a la grâce de rougir, signe qu'il a tout au moins conscience d'avoir commis un impair. Puis il lève une main et me tend les baskets que j'avais laissées chez lui, cette fameuse nuit.

Il ne manquait plus que ça...

Je récupère mes chaussures vite fait, pressée de refermer la porte et de poursuivre mes tentatives hasardeuses de brushing, mais Terrence prend appui contre le chambranle selon sa bonne habitude. Ses yeux voyagent sur mon corps. Il semble sincèrement étonné.

— Tu sors ?

— Pas du tout. C'est la semaine de la haute couture chez moi !

— Je ne t'ai jamais vue habillée aussi classe, murmure-t-il, ignorant délibérément mon sarcasme.

Il me croyait incapable de choisir autre chose que mes pulls fétiches ridicules, j'imagine.

Or, il se trouve que dès que je décide de soigner mon apparence, même si les occasions se font de plus en plus rares, je ne m'en sors pas trop mal. Je ne peux peut-être pas me permettre le microshort, mais je possède quelques tenues correctes. Que je *choisis* délibérément d'oublier au fond de l'armoire en temps normal.

— Oui, nous les *vieilles*, nous enfilons à l'occasion une robe élégante pour sortir.

Il fourrage dans sa tignasse, un peu nerveux.

— Allez, Julie, tu sais bien que je ne pensais pas ce que...

— Peu importe ce que tu pensais ou ne pensais pas, je réplique en croisant les bras d'un air que j'espère farouche. Je sais seulement ce que tu as dit !

— C'étaient des paroles en l'air, admet-il enfin avec trois jours de retard. On était en pleine nuit, j'étais à moitié endormi, on était emmêlés tous les deux... J'ai paniqué, je suppose...

Ces détails, j'ai moi-même tout fait pour les chasser de mon esprit à grand renfort de morceaux de chocolat, ces jours-ci.

— Tu *supposes*...

— Allez, aide-moi ! Je suis en train d'essayer de te présenter des excuses, là, dit-il d'un ton suppliant, avec des yeux de chien battu.

Je ne dois pas céder.

Sous aucun prétexte.

Même s'il porte un T-shirt noir – sans trous – qui sculpte ses épaules. Même si ses prunelles bleues sont spectaculaires...

Tôt ou tard, il faudra que je me décide à aller consulter. Et pas n'importe qui.

— Soit, dis-je. Excuses acceptées. À présent, lève le camp, tu veux ? Je dois finir de me coiffer avant l'arrivée de mon rendez-vous galant.

Sur ce, je tente de le pousser sur le palier pour pouvoir enfin refermer la porte. En vain : Terrence Graham a des pecs de granit.

— Pourquoi tu veux te faire une coiffure spéciale ? demande-t-il, étonné. Tes cheveux sont parfaits au naturel.

C'est lui qui dit ça ? Le fiancé d'un mannequin au brushing irréprochable ?

— Tout me va mal, Terrence. Lisses ou bouclés, ça ne fera aucune différence, mais j'ai commencé maintenant et je dois aller jusqu'au bout. Il me manque toutes les bouclettes derrière. Un vrai défi, alors s'il te plaît... dégage !

Au lieu de filer comme le ferait toute personne saine d'esprit, il éclate de rire.

— Je vais t'aider.

— À me coiffer ? Avec le fer à boucler ?!

Il hausse les épaules.

— Pourquoi pas ?

— Mmm... Tu vas m'aider comme tu m'avais promis de me réveiller ?

Son sourire s'efface aussitôt.

— Je ne l'ai pas fait exprès, tu sais. J'ai eu un coup de barre moi aussi, et j'en suis désolé. Pardon, pardon, pardon ! Je peux le répéter indéfiniment, si c'est ce que tu veux...

Je ne me donne même pas la peine de répondre.

Il n'y est pas du tout. Ce que je voudrais vraiment, c'est qu'il débarrasse le plancher. Tout de suite !

— Le fer à boucler n'est pas un problème pour moi, assure-t-il d'une voix grave. Je suis passé par plusieurs phases avant d'en arriver à ce bicolore, dont une période *revival* années 1980. Disons que j'ai eu plus d'une fois l'occasion de manipuler les fers à boucler et à lisser...

— Je ne suis pas sûre de vouloir connaître les détails de tes expériences extrêmes.

Il se penche en avant. Ce n'est pas du jeu, d'envahir ainsi mon espace vital !

— Très sexy, ta tenue, murmure-t-il. Je dis ça...

Je bats des cils, troublée malgré moi.

— Merci. C'est un peu ce que j'escomptais.

La robe que j'ai choisie est moulante, en dentelle noire, avec une encolure bateau et un décolleté plongeant dans le dos. Je ne porte pas de soutien-gorge, et de fait, je me sens aussi à mon aise qu'un pingouin aux îles Hawaï.

— Et qui est l'heureux élu ? demande Terrence en faisant un pas vers mon salon.

Je finis par m'écarter pour le laisser entrer. Une décision qui tient moins d'un choix réfléchi que de mes battements de cœur erratiques.

— Il s'appelle Norman, c'est un agent littéraire.

— *Norman* ! Ce n'est pas un prénom très prometteur.

— Pardon ?

— Imagine-toi un peu, au summum de la passion, te mettre à crier : « Oui, Norman ! Juste là, Norman ! »

J'éclate de rire.

— Par pitié... ! Les femmes ne crient plus ce genre de choses aujourd'hui. Ou alors les folles furieuses. Et celles qui simulent, bien sûr.

— Donc, tu n'es pas du genre à crier ?

— Ah non ! J'en suis même assez fière. Tu comprendras à quel point c'est appréciable d'ici quelques années.

Terrence secoue la tête d'un air peu convaincu tout en me suivant vers la salle de bains, où m'attend le fer à boucler chauffé à blanc.

Avant que j'aie pu l'arrêter, il saisit une brosse et se met en devoir de diviser la masse de ma chevelure. Puis il empoigne le fer et enroule autour de la tige avec une dextérité inattendue une mèche que je n'aurais jamais pu atteindre par mes propres moyens.

— Si je comprends bien, dit-il soudain, lorsque toi tu me harcèles sur mon âge c'est de l'humour, tandis que si un mot malheureux m'échappe, c'est une offense mortelle ?

J'observe le reflet de son visage dans le miroir. La tentation est grande de rafler le portable posé sur l'étagère pour immortaliser ainsi cette scène qui ne se reproduira jamais : Terrence et moi, aux prises avec un fer à boucler.

— Justice à deux vitesses, très cher.

— Eh bien, si tu l'admets, c'est déjà quelque chose...

Ses doigts libèrent une mèche ondulée à la perfection avant de passer à la suivante. Pendant le temps de pause, il baisse les yeux sur mon dos nu. Je l'entends distinctement soupirer.

— Bon sang ! Je n'avais pas vu ce décolleté...

Sa voix mélodieuse s'est enrouée.

Je n'arrive plus à détacher les yeux du miroir, fascinée par l'intensité extraordinaire de ce regard qui me caresse la peau.

— Disons que j'ai de grands espoirs pour cette soirée...

— Mmm. Un agent littéraire.

J'ai la sensation qu'il aimerait bien arrêter de fixer ma peau. Le fait qu'il n'y parvienne pas me procure une satisfaction assez puérile. D'autant que ses joues, entre-temps, ont encore gagné en couleur.

— C'est ça. Nous devrions avoir beaucoup de choses en commun.

— Tu le connais déjà ? demande-t-il.

— De vue. Il représente une de mes amies écrivaines depuis plusieurs années. Nous avons échangé quelques mots à l'occasion d'un événement quelconque, il me semble, un salon du livre...

— Zéro étincelle, donc.

Je me retourne pour le regarder.

— Pardon ?

— Vous vous êtes déjà croisés, sans éprouver quoi que ce soit qui vous donne l'envie de sortir ensemble. Alors pourquoi maintenant ?

Où diable veut-il en venir, avec ses remarques ?

— Parce que je suis prête à fréquenter quelqu'un comme lui aujourd'hui, voilà pourquoi ! Lui, de son côté, est sûrement dans les mêmes dispositions, puisqu'il a accepté.

— Et il est dans la bonne tranche d'âge, j'imagine...

— Oui. La mienne.

— La perfection faite homme, ce Norman.

Tout en bavardant, il isole, lisse, cajole une mèche après l'autre, avant de la passer au fer. J'essaie en vain de ne pas remarquer les réactions de mon corps tout entier au simple contact de ses mains sur ma nuque. La faute à toutes ces années de régime sans câlins, sûrement.

— Et donc, s'il fait ce qu'il faut, tu coucheras avec ?

Je sursaute et lui arrache des mains le fer à boucler.

— Mais c'est *quoi* ces questions, à la fin ?

— Des questions très simples. Tu as envie de coucher avec, oui ou non ?

— Je ne sais pas ! Je n'ai même pas encore *dîné* avec lui, bon sang ! On verra bien... Je ne suis pas du genre à coucher le premier soir, mais sait-on jamais ? Au fait, où est passée ta chérie ?

— Dans un avion pour Paris. Une séance photos, précise-t-il avec une indifférence sans doute affectée.

— Elle est très jolie, en tout cas.

— Oui, très.

— Vous êtes ensemble depuis longtemps ? Je veux dire, ce doit être sérieux entre vous, puisqu'elle a un double de ta clé.

— Depuis quelques mois. Et non, ce n'est pas une affaire si sérieuse que ça.

— Quand même, la clé...

— C'est une longue histoire, marmonne-t-il d'un ton bourru. La clé, elle me l'a pratiquement extorquée sous prétexte qu'elle a des horaires impossibles et que ça lui permet de ne pas me réveiller la nuit.

— C'est vrai qu'elle est arrivée très tard.

— Elle est surtout arrivée sans prévenir.

— Et ça te dérange ?

Mission brushing impossible accomplie ! Il ne me reste plus qu'à tirer un peu sur les boucles pour limiter les frisottis qui me font ressembler à un caniche électrocuté.

Terrence sourit et esquisse un geste pour m'aider dans cette entreprise prométhéenne : me rendre présentable. Nos doigts se frôlent ici et là, d'une bouclette à l'autre...

— En effet, ça me dérange un peu, reconnaît-il au bout d'un moment. C'est normal, tu crois ?

— Je crains de ne pas être un bon juge pour distinguer ce qui est normal et ce qui ne l'est pas.

Moi qui ai longtemps vécu avec un traître à mon insu, qu'est-ce que je connais des hommes ? Ou des femmes, du reste ? J'ai enfin trouvé des amies dignes de mon estime et de ma confiance, mais rien à faire, la sensation d'être différente de tout le monde sur certains plans me colle à la peau. Chacun bien sûr connaît des moments délicats dans sa vie, où il se sent comme un poisson hors de l'eau, mais moi, c'est tout le temps !

— J'ai rencontré Liz à un moment particulier de ma vie, explique Terrence. Comme elle était déjà célèbre, je me suis dit qu'elle ne sortait pas avec moi pour ma notoriété, tu comprends ?

Oui, je vois parfaitement de quoi il parle.

— Eh bien, la seule chose dont je sois certaine, c'est qu'une relation réclame un engagement fort et beaucoup de patience. On ne peut pas s'attendre à ce que tout file droit en permanence.

— Comme tes cheveux aujourd'hui ? demande-t-il en riant. En tout cas, j'ai changé d'avis : ton choix de brushing me plaît. Je t'imagine plutôt bien au lit avec cette chevelure en folie...

Ma main se fige, mes yeux s'écarquillent de stupeur. Ai-je vraiment bien compris le sens de cette remarque ?

À cet instant précis, la sonnette résonne, impérieuse.

Je consulte ma montre : 20 heures pile. C'est Norman, sans l'ombre d'un doute.

— Veux-tu que j'aille ouvrir ? demande Terrence en me voyant hésiter.

— Non, non, j'y vais.

Je sors de la salle de bains la gorge nouée, j'enfile mes escarpins et je vais ouvrir.

Ma première pensée est que Norman Morrison est conforme à sa réputation : grand, cheveux blonds sévèrement taillés, les yeux très clairs et un costume trois-pièces que n'importe qui d'autre aurait jugé trop formel pour un premier dîner. Mais moi j'aime le formalisme, l'élégance excessive et les bonnes manières, et le sourire dont je gratifie le nouvel arrivant est sincère.

Je tiens beaucoup à ce que cette soirée soit une réussite. Je le souhaite de toutes mes forces...

— Bonsoir, Julie.

Pas la moindre trace d'accent britannique, naturellement. Néanmoins le timbre est profond, agréable à l'oreille. Tout va bien.

Il me tend un petit bouquet de fleurs. Un petit sanglot s'étrangle dans ma gorge.

— Pour moi ? je demande bêtement.

— Pour toi, confirme Norman d'un air grave.

Il paraît droit sorti d'un de mes romans, avec cet air austère et intrigant à la fois.

— Entre donc. Je vais les mettre tout de suite dans un vase. Il ne fallait pas... Mais merci ! Ça fait si longtemps que personne ne m'a offert des fleurs...

Sous le coup de l'émotion, j'ai complètement oublié la présence de Terrence. Alertée par la mine déconcertée de Norman, je suis son regard. Mon voisin est tranquillement assis sur ma table basse, un petit vase entre les mains.

— C'est ça que tu cherchais ? lance-t-il d'un air détaché.

— Oui, merci.

Je m'approche pour prendre le vase, mais il l'écarte hors de ma portée au dernier moment.

— Tu ne me présentes pas ?

— Si, bien sûr, je balbutie, en proie à une panique croissante que je m'explique mal. Norman, voici mon voisin du dessus, Terrence. Il était en train de m'aider sur... un souci électrique. Terrence, Norman.

Terrence se borne à hausser des sourcils interrogateurs tandis que Norman s'approche, la main tendue.

La vigueur de leur poignée de main m'évoque un combat de titans. Norman se tourne vers moi.

— Terrence est électricien ?

— Non, je suis musicien, répond l'intéressé avant que j'aie pu ouvrir la bouche.

Norman se concentre de nouveau sur lui.

— Vraiment ? Tu aspires à devenir musicien ?

Oh, bon sang ! Mauvaise question. Terrence va se vexer, j'en ai peur.

— Je *n'aspire* à rien du tout. Je suis le chanteur des Alien Temptation, réplique Terrence avec un sourire glacial.

— Je ne connais pas bien la musique pour ados, dit Norman d'un ton d'excuse. Il faut me pardonner.

— Bien ! je lance gaiement. Les présentations étant faites, passons à autre chose maintenant. Mes fleurs attendent, dis-je à Terrence.

Celui-ci me cède son trophée à contrecœur en me lançant un drôle de regard.

Je me dépêche d'aller remplir le vase au robinet, puis j'arrange la composition au centre de la table basse, obligeant Terrence à se lever. Cette manie des jeunes de s'asseoir sur les tables ! Je possède un canapé et plusieurs chaises, jusqu'à preuve du contraire.

Avant que la tension ambiante ne monte encore – je n'ai pas l'habitude de ces climats agressifs, moi ! –, j'attrape mon manteau au vol et je décoche un grand sourire à Norman.

— Nous y allons ?

— Tu ne peux pas marcher avec ces échasses, intervient Terrence.

Je lui lance un regard noir.

— Je peux. Tranquille.

— Tu n'as pas l'habitude !

Jamais je n'ai eu autant l'impression d'avoir été catapultée dans une réalité parallèle qu'en cette seconde... Qu'est-ce qui se passe ici, au juste ? Et surtout, *pourquoi* ?

— Nous prendrons un taxi, je marmonne.

— À condition d'en trouver un. Le trafic est terrible, à cette heure-ci.

Norman coupe court à cet échange grotesque en sortant son portable.

— J'ai réservé un Uber. Il sera là dans... trois minutes exactement.

— Ha ! Vu. Tout est sous contrôle !

— Quelle efficacité...

— On y va ? propose Norman.

— On y va !

9

Sur le papier, ce rendez-vous aurait dû être parfait. À l'image de l'homme assis en face de moi mais aussi du restaurant The Modern, deux étoiles au Michelin, avec vue sublime sur le jardin du MOMA. Norman a sûrement fait intervenir une relation influente pour réussir à décrocher une table ici un vendredi soir...

Cette attention me touche. Sincèrement. Le problème, c'est que je ne suis pas du tout branchée « cuisine raffinée ». Ici, tout est aussi étrange que... minuscule. Rien de plus pénible que de manger sans avoir la moindre idée du contenu exact de son assiette. Il pourrait s'agir de n'importe quoi ! La mienne contient un assortiment de violet, d'orange et de vert tendre que je serais bien en peine d'identifier. Qu'y a-t-il d'aussi *violet* dans la nature, hormis les navets, que je déteste ?

Je porte ma fourchette à la bouche avec appréhension, consciente du regard attentif de Norman de l'autre côté de la table. Après avoir goûté, je ne suis pas plus avancée : le mystère reste entier. Mais au moins, grâce au ciel, ce n'est pas du navet.

— Alors, le travail d'agent littéraire... ? Raconte-moi une anecdote amusante !

Je me suis toujours considérée comme une convive peu exigeante, néanmoins, ce soir, un élément essentiel à mes yeux accuse du retard au décollage : la conversation.

Mettre à l'aise mes interlocuteurs n'est pas un problème pour moi, d'habitude. Norman se révèle une exception. Sa posture rigide n'a pas bougé de toute la soirée. La timidité, me disais-je au début. Mais ce doit être autre chose, en fin de compte. Oh ! Il se conduit en parfait gentleman, il veille à ce que mon verre soit toujours plein, d'eau ou de vin – auquel lui-même ne touche pas – et me propose toutes les cinq minutes ce qu'ils osent appeler *du pain*, ici, mais on voit bien qu'il se force. Pour quelle raison ? C'est peut-être... moi ? Ou l'atmosphère de ce lieu... qu'il a pourtant choisi ? Ou les deux. Je commence à soupçonner cet homme d'éprouver quelque difficulté à lâcher prise hors du contexte professionnel.

Dans les autres occasions où nous nous sommes rencontrés, il me faisait l'effet d'un type censé, efficace, très pro. Et, en sa qualité d'agent littéraire, il est tout cela, sans aucun doute. En tête à tête, en revanche, en homme dînant avec une femme, son malaise est palpable. Pour ne pas dire : sa méfiance...

Par déformation professionnelle, j'ai la conviction que même les cuirasses les plus solides peuvent se craqueler au contact de la bonne personne. Que je ne suis pas, visiblement...

— Mon travail n'est pas tellement amusant...

Voilà en quelques mots un des rares sujets de conversation qu'il nous restait pulvérisé ! Seule ma bonne éducation me retient de manifester ma frustration.

— Tout de même, tu représentes Aidan et Laurel... Excuse-moi, mais c'est forcément amusant !

Mon obstination doit lui sembler un peu insolite : il me dévisage avec attention.

— Ce sont mes clients les plus drôles, en effet, reconnaît-il. Surtout depuis qu'ils forment un tandem.

Là-dessus, il me concède le premier presque sourire de la soirée. J'ai comme une envie de m'applaudir pour l'exploit.

— Ton ami est quelqu'un de bien. J'aime quand un homme perd la tête pour une femme.

Possible qu'un soupir m'ait échappé à la fin de ma phrase, car le sujet me tient à cœur. Je n'ai jamais connu une expérience de ce genre. Même au tout début de notre relation, Allen restait maître de lui en toutes circonstances. Là fut mon erreur, sans doute : j'ai pris pour du bon sens ce qui n'était que du désintérêt.

— Pas moi. Je n'aime pas ça du tout, dit Norman en se rembrunissant.

Je le savais ! C'était trop beau pour durer...

— Un peu de vin ? je propose d'un ton léger.

D'un geste vif, Norman plaque la main sur son verre.

— Non merci. Dis-moi, au fait, ce Terrence... C'est un drôle de personnage, non ?

Après la scène assez extravagante qui s'est déroulée chez moi tout à l'heure, je ne peux que lui donner raison.

— Attachant, je rectifie prudemment.

— Peut-être, mais bizarre, en tout cas. Il m'a semblé presque... *possessif*.

Ce dernier mot me fait tressaillir.

— Possessif envers quoi donc ?

Norman sourit franchement pour la première fois depuis que nous avons franchi le seuil de ce restaurant.

— Pas envers quoi. Envers *qui*. Envers toi, en l'occurrence !

Je pouffe de rire.

— Oh, non... Non ! Tu auras mal compris, Norman...

— Je t'assure que non. Il n'a pas cessé de me regarder de travers.

— Allons ! Terrence est beaucoup plus jeune que moi. Il s'inquiétait sans doute pour moi, en voisin vigilant.

— Combien d'années vous séparent ?

— Onze.

Onze foutues années...

Onze épines que je ne dois jamais oublier.

— Ah, murmure Norman d'un air songeur. Et d'après toi, onze ans d'écart, c'est excessif ?

Bizarrement, j'ai la sensation qu'il ne parle plus de Terrence et moi, là – ce qui me convient tout à fait. Le sujet l'intéresse, c'est évident. Après tout, qu'importe ? Au moins, nous sommes en train de discuter. Enfin ! Un gros progrès.

— Tout dépend du contexte, je réponds. Mon amie Audrey m'étranglerait si elle m'entendait, mais de mon point de vue, ce n'est rien si c'est l'homme le plus âgé des deux. Dans le cas contraire, un écart de onze ans devient un fossé abyssal.

— Question de maturité, d'après toi ?

— Pour l'essentiel. Toutefois, à supposer même que l'homme soit mûr pour son âge, reste la question de la famille à fonder... On se complaît parfois dans l'illusion, parce que les temps ont changé, parce que tout est envisageable ou presque grâce aux progrès de la médecine, mais la vérité, c'est que nous, les femmes, disposons d'un temps limité pour procréer. Pas vous ! Vous pouvez tout faire sereinement, à votre rythme. Vous investir dans votre carrière, par exemple, et ensuite seulement décider de vous poser, d'avoir quelqu'un dans votre vie de façon stable, et peut-être aussi des enfants. L'histoire nous enseigne que depuis que le monde est monde, les femmes n'ont jamais eu de problème à tomber amoureuses d'hommes bien plus âgés qu'elles. Le charme de l'expérience, dit-on... Mais l'inverse ne semble pas viable. Et puis les femmes ont, par nature, la tête sur les épaules. Même à vingt-cinq ans. Difficile d'en dire autant des jeunes gens.

Norman m'écoute avec attention, il ne semble pas tout à fait d'accord.

— Oublions un moment la question des enfants, qui peuvent toujours s'adopter, le cas échéant, dit-il. Une femme jeune a le droit d'avoir à ses côtés un homme de son âge, qui partage ses goûts et ses passions, plutôt que de se coltiner un être déjà usé par la vie et qui en portera toujours les stigmates, tu ne crois pas ? Parce que c'est ce qui arrive avec les années : l'expérience. Elle exerce peut-être un certain charme, mais pour moi elle tient plutôt d'une tare. Ce que nous avons vécu nous a endurcis, inutile de se voiler la face. Et cela ne s'effacera jamais, quoi que nous fassions !

— De quoi parlons-nous, au juste ? J'ai comme l'impression que nous sommes passés brutalement des pures hypothèses aux exemples concrets. Est-ce qu'une femme plus jeune que toi te plaît, par hasard ? je lui demande avec un sourire bienveillant.

— Quoi ?! Non !

Norman est devenu cramoisi. J'en suis la première étonnée : je ne pensais pas que cela pouvait arriver à un homme aussi maître de lui que Norman Morrison.

— Alors c'est oui, je murmure. Il n'y a rien de mal à ça, tu sais !

C'est l'auteure d'histoires d'amour improbables qui parle.

Norman soupire et se passe la main dans les cheveux. Il est plutôt sexy, quand il se laisse aller. Cette mystérieuse jeune fille, même à distance, aura réussi l'exploit de lui faire perdre son calme ! Je ne la connais pas, mais elle me plaît déjà.

— Je te jure que je suis venu ici animé des meilleures intentions..., bredouille-t-il.

— Je sais, Norman. Moi aussi, du reste. Mais il faut croire que le destin ne l'a pas voulu ainsi : je ne suis pas faite pour toi, et tu n'es pas fait pour moi. Nous ne pouvons rien y changer. Cette jeune femme, en revanche...

Norman rajuste son nœud de cravate.

— Je ne crois pas, non, dit-il vivement. Et de ton côté, Terrence... ?

— Terrence ? Bien sûr que non ! je m'exclame en riant. Il sort avec des mannequins sublimes ! Tu aurais sûrement entendu parler de lui, si tu avais dix ans de moins. Il est assez connu sur la scène musicale.

Dit la nana qui n'avait que *vaguement* entendu parler de lui, il y a encore peu de temps...

— Et sa célébrité te pose problème ? demande Norman dont l'intérêt pour la conversation s'est brusquement réveillé.

— Pas du tout. Terrence ne me pose aucun problème.

— Même quand il surveille tes sorties ?

— Encore une fois, il n'est *que* mon voisin d'immeuble ! Un voisin un peu trop zélé, peut-être, mais rien de plus. Je ne m'explique pas son animosité à ton égard, en toute sincérité.

— Oh, il y a une explication toute simple : tu sortais avec moi. Tu es vraiment sûre de ne pas lui plaire… ?

— Oh ! Il l'aime bien, la vieille fille qui habite en dessous de chez lui, c'est sûr… Nous avons d'excellents rapports, tant qu'il n'insulte pas mon âge. Je suis comme une sœur aînée pour lui, je pense.

Norman secoue la tête, peu convaincu.

— Moi, j'ai eu la nette impression que ses sentiments étaient très peu *fraternels*. Tu lui plais autrement, peut-être.

— C'est ça. Et les cochons volent peut-être !

— Ils volent, à en croire Boulgakov, réplique Norman en riant.

— Tu vois, ça c'est la preuve ultime : un homme qui cite *Le Maître et Marguerite* devrait être absolument fait pour moi. Pourtant ce n'est pas le cas… Dommage !

— Peut-être que Terrence cite aussi Boulgakov.

À ces mots, nous éclatons de rire.

Et à partir de là, la soirée prend une tout autre allure, celle d'une soirée entre potes partageant un intérêt commun : la littérature.

Le lendemain matin, ponctuelle comme une horloge suisse puisque je n'ai pas veillé tard avec Norman, je m'installe à ma table de travail comme de coutume.

Le but, attaquer une nouvelle histoire d'amour, originale, mémorable. Depuis toujours, l'incipit d'un roman est mon moment favori. Des personnages tout neufs à créer, des réalités différentes à construire, des dynamiques inédites à mettre en marche… La sœur de Lady

Eleonor s'est finalement lancée dans une quête désespérée d'un mari digne de ce nom. Ou d'un dépravé à racheter, défi dont les femmes se croient capables depuis des siècles : sur ce plan, rien n'a changé, ou si peu.

Le problème, c'est que pour la première fois de ma carrière, je n'ai pas envie de m'immerger dans la dentelle et les frous-frous, d'enfiler des gants ou de me passionner pour des rencontres clandestines pendant les bals. Vraiment pas. Sans aucun motif rationnel, je me suis réveillée ce matin avec le désir d'écrire un roman contemporain. Très contemporain.

Quelle folie !

Je suis à deux doigts de téléphoner à mon agent pour en discuter malgré tout avec elle, lorsque les notes d'une guitare électrique me vrillent les tympans.

Je sursaute, car je n'y suis plus habituée. Terrence s'est montré très respectueux, ces derniers temps ; tout au plus entendait-on ici et là quelques accords d'une guitare classique. Sa musique était devenue un bruit de fond plutôt agréable dans mes moments d'écriture.

Ce n'est pas le cas aujourd'hui. On dirait qu'il vient de brancher une guitare sur l'ampli le plus puissant de son arsenal. Le vacarme est tel que les objets sur mon bureau se sont mis à vibrer !

Je ressors le planning sur lequel nous nous étions mis d'accord, histoire de m'assurer que je n'ai pas la tête à l'envers. Non, elle est bien à l'endroit : le samedi et le dimanche matin sont bien *mes* plages horaires. Et je doute que Terrence l'ignore. Je suis même certaine que cette rupture de contrat est un acte délibéré de sa part...

Résignée, je me lève en soupirant pour aller chercher dans le réfrigérateur une part du gâteau au chocolat préparé l'autre jour avec Mlle Berry. Sur le palier, puis dans la cage d'escalier, le boucan s'amplifie. Je ne sais pas ce qui lui prend aujourd'hui, mais il ferait bien de se calmer avant qu'un autre voisin appelle la police. Les gens tendent à devenir susceptibles lorsqu'ils ne parviennent pas à boire en paix leur sacro-saint premier café du week-end.

Je sonne à deux reprises. Il n'entend pas, évidemment, avec le raffut qu'il est en train de faire. Mais brusquement le silence se fait, et un Terrence à l'expression passablement irritée s'encadre bientôt sur le seuil.

— Un réveil difficile ? je lance.

Et je lui mets mon assiette sous le nez.

— Qu'est-ce que c'est ? demande-t-il, méfiant.

— Gâteau au chocolat fait maison ! j'annonce fièrement.

— Mais tu ne sais pas cuisiner...

— C'est vrai. Mais ça, je sais faire. Mlle Berry m'a appris.

— Sérieux ?

Je souris. Difficile de lui reprocher ses doutes plus que justifiés.

— La preuve est là !

— Si vous l'avez fait ensemble, ce gâteau, il est probablement empoisonné.

— Terrence... J'en mange depuis plusieurs jours et je suis en parfaite santé.

— Certains poisons mettent un certain temps à faire effet.

— Bien ! Toi, tu as avalé un manche à balai de travers ! Qu'est-ce qui t'arrive, ce matin ? Je te rappelle que le samedi c'est *ma* journée de paix pour écrire !

Son air vaguement coupable me confirme qu'il le savait pertinemment.

— Tu fais exprès de me casser les pieds, c'est ça ? je demande en riant. Mais pourquoi ?

— Je voulais faire fuir ton invité...

— Qui donc ?

— Comment ça, qui donc ? Norman, voyons ! Pourquoi, tu as ramené quelqu'un d'autre, cette nuit ?

J'en perds aussi sec le sourire. Tout à coup le ton de sa voix ne m'amuse plus du tout. Norman n'avait donc pas tort : l'attitude de Terrence est bel et bien suspecte.

— Mais qu'est-ce qui te prend ? Ta fiancée te manque ?

— Absolument pas. Alors, Norman ? Il est là ou pas ?

— Il n'est pas là. Ça ne te regarde pas, entre nous, mais hier soir, ça n'a pas marché. Norman est une personne délicieuse, mais il ne me convient pas.

— Ah ?

— Oui… J'ai choisi de me fier à mon instinct, et mon instinct m'a soufflé que Norman Morrison n'était pas fait pour moi. On arrive à peine à rigoler ensemble. Et le rire, c'est essentiel dans une relation, tu vois ?

— Oh ! Je vois très bien, confirme Terrence sans hésitation avant de saisir enfin l'assiette que je lui présente depuis mon arrivée. Veux-tu entrer un moment ?

— Non, je vais me remettre au travail, si tu en as terminé avec le rock wagnérien…

— Je n'ai pas fini, mais je ferai une exception pour toi.

— Trop aimable. Alors, à la prochaine ! dis-je en tournant les talons.

— Attends ! Qu'est-ce que tu fais ce soir ?

— Soirée cinéma avec mes copines, pourquoi ?

— Je peux me joindre à vous ?

Je remonte illico les trois marches que je viens de descendre, parce que je veux absolument voir sa tête.

— C'est-à-dire… Nous avons prévu de voir *Cinquante nuances plus sombres*. Pas trop notre genre de films, mais tu sais ce que c'est…

— Je comprends. Recherches marketing, dit-il en souriant.

— Quelque chose comme ça, en effet.

— Eh bien, ça pourrait être intéressant.

Là, c'est moi qui n'y comprends plus rien.

— Tu… Tu veux venir avec nous ? Tu es sûr ?

— Si je ne suis pas de trop, murmure-t-il, mal à l'aise – ce qui ne doit pas lui arriver souvent.

— Bien sûr que non… Mais tu ne sors pas avec tes potes du groupe, le samedi soir ?

Il hausse les épaules.

— Ils vont aller draguer…

Et lui n'a plus envie de ça, maintenant qu'il y a Liz. Logique.

— Ma foi, si tu es sûr de toi...

Il hoche la tête avec une vigueur suspecte.

— L'idée est d'aller à la séance de 19 heures et de manger ensuite un morceau. Tu seras des nôtres pour le dîner aussi ? À supposer que tu puisses te montrer en public.

— Avec le déguisement adapté, je peux aller n'importe où, affirme-t-il.

— À plus tard, alors. Tu passes me prendre à 18 h 30 ? Si je ne te vois pas, c'est que ce gâteau était bel et bien empoisonné...

— Oh, mon Dieu ! répète pour la centième fois Audrey, assise à ma gauche.

À ma droite, Terrence, casquette vissée sur le crâne, est concentré sur les publicités d'avant-film. Il a sûrement entendu les soupirs de ma copine, mais il feint l'indifférence.

— Oh, mon Dieu...

— Assez ! je réplique sèchement.

Elle n'a jamais vu un musicien de sa vie ou quoi ? Enfin, *voir*, c'est un grand mot. Terrence est en mode clandestin : sweat à capuche noir XXL et visière de la casquette abaissée sur les yeux.

Audrey se penche et me souffle à l'oreille d'un ton de conspiratrice :

— Il y a quelque chose que nous devrions savoir ?...

— Non !

— OK... Ne te fâche pas. Il fallait que je pose la question. La plupart des hommes se feraient couper les deux bras plutôt que de regarder un film pareil. À moins, bien sûr, d'envisager de reproduire un truc ou deux à la maison ensuite, ajoute-t-elle avec un petit rire.

— Arrête ça tout de suite !

Mon esprit bat déjà suffisamment la campagne sans qu'elle en rajoute.

— Pop-corn ?

Terrence me fait tressaillir en brandissant sous mon nez son énorme gobelet.

— Avec plaisir.

J'en prélève une dose généreuse. Je ne devrais pas, pourtant. Le pop-corn vendu dans les cinémas est connu pour contenir des kilos de beurre fondu.

Très vite les lumières baissent. Le genre érotique ne m'a jamais enthousiasmée. Au cinéma comme en littérature. J'en lis peu, à l'exception notable des romans d'Audrey. Mes goûts sont plus romantiques mais, comme l'a très justement dit Terrence, il s'agit ce soir d'un travail de recherche marketing.

Je suis donc entrée dans cette salle de cinéma avec l'intention sincère de m'amuser. Sauf qu'il est compliqué de se détendre, assise à côté de Terrence. Sa présence rend l'ensemble assez gênant. Pourquoi n'avons-nous pas choisi une comédie ?

— C'est le film le moins réaliste qui soit, je commente durant l'entracte. Qui porterait un bustier et des bas, de nos jours ? C'est tellement inconfortable.

— Moi ! réplique aussitôt Audrey en levant la main.

— Oui, bon, qui *à part toi* ?

— Tu devrais tenter l'expérience une fois dans ta vie, Julie. Rien de tel pour se sentir sexy !

— Jamais été sexy. J'en suis incapable, de nature.

— Parce que tu ne fais pas d'efforts.

Terrence me propose de nouveau du pop-corn.

— Ta robe, l'autre soir, était *hyper* sexy, dit-il d'un air dégagé.

Un maudit grain de maïs se coince dans ma gorge. Comme je m'étouffe et me mets à tousser, il m'assène une grande tape dans le dos, en voisin prévenant. Je retrouve aussitôt mon souffle.

Audrey, Laurel et Cindy se sont penchées en avant comme un seul homme et le regardent, bouche bée. Non par souci pour moi qui suffoquais, mais à cause des mots qu'il a prononcés avant.

— Il parle du soir où je suis allée dîner avec Norman, je bafouille, les joues en feu. Et ma robe était élégante, pas *sexy* !

— Ah ! Ce bon vieux Norman, commente Audrey. Lui aussi a un charme fascinant à la Christian Grey... C'est le genre à t'attacher au lit sans y réfléchir à deux fois ! Ce sont toujours les plus silencieux qui se révèlent les meilleures surprises.

— Je ne comprends pas ce qu'il y aurait de si scabreux dans le fait de se faire attacher, renchérit Laurel.

— Rien ! Il n'y a absolument rien de mal à ça, décrète Audrey. Et notre amie ici présente aurait tout intérêt à aller faire un tour chez Victoria's Secret de temps à autre, au lieu de faire sa timorée...

— Moi vivante, je n'entrerai jamais là-dedans, Audrey ! je m'exclame.

— Parce que tu dors seule. Demande donc à un expert ce qui plaît aux hommes ?

Et tout en parlant, elle rive son regard sur Terrence, qui s'éclaircit la voix.

— Eh bien, les hommes aiment regarder...

— Autrement dit, ils aiment la lingerie sexy, traduit Audrey toute contente.

— Est-ce qu'ils ne devraient pas plutôt souhaiter que les femmes soient à leur aise ? je proteste.

— Tu parles ! Ce qu'ils veulent, ce sont des dessous sexy, affirme Audrey. Même Laurel le sait, n'est-ce pas ?

— Oh ! Moi aussi j'ai toujours adoré les jolis dessous, avoue Laurel, pas gênée le moins du monde par la présence de Terrence qui n'en perd pas une miette. Depuis bien avant l'apparition d'Aidan, du temps où le lave-linge et moi étions les seuls à les voir...

Elles se sont toutes liguées contre moi ce soir, ou quoi ?

— Soit, je serai donc la seule à me passer de lingerie aguichante, je déclare. Je survivrai, je pense.

— Un de ces jours, nous irons en acheter ensemble, décrète Audrey d'un ton ferme.

— Dans tes rêves ! Tu m'obligerais à ressortir avec une guêpière ridicule...

— Le ridicule n'est qu'une question de point de vue. Hé ! Le clandestin, tu imagines la scène ? lance-t-elle à Terrence.

— Oh que oui ! répond celui-ci, entrant dans son jeu.

Comme je lui balance un grand coup de coude dans les côtes, il lève les mains en signe d'excuse.

— Le mot « guêpière » a été prononcé, se défend-il. C'est plus fort que moi, j'en ai peur...

— Vu ? me dit Audrey avec un grand sourire. Toi et moi, un de ces jours !

— Pourquoi est-ce que ça sonne comme une menace ?

— Mais parce que *c'est* une menace, ma chérie.

— Et celui-là, qu'est-ce que tu en penses ?

Oui, Audrey a réussi à me traîner chez Victoria's Secret. Rien ni personne au monde ne serait parvenu à l'en dissuader. Elle est terriblement têtue, quand elle s'y met.

— Hors de question !

Déjà en rayon, sur cintre, cette dentelle rouge sang qu'elle tient dans la main m'avait donné un haut-le-cœur.

— C'est le dixième que tu refuses...

— Parce que tu as choisi dix ensembles plus obscènes les uns que les autres. Audrey, ma grande, je ne cherche pas à détrôner Dita Von Teese. Dis quelque chose, Laurel, je t'en prie !

Audrey s'est entourée de renfort, naturellement, pour m'embarquer dans cette aventure – ou plutôt pour m'empêcher de fuir.

Laurel éclate de rire.

— Regarde ceci, plutôt, me propose-t-elle en me montrant un ensemble rose poudré nettement plus discret.

Juste ce qu'il faut de dentelle, sans excès... Ah, voilà enfin un petit bijou qu'il ne me déplairait pas de porter.

— Lui, je veux bien l'essayer !

— Il lui faut aussi un string, déclare Audrey d'un ton sans appel.

— Oublie. Le string, c'est la pire des tortures. Hors de question.

J'ai tenté l'affaire pendant mes études, du temps où je me croyais jeune et futée, résultat : fiasco total. Depuis, j'ai appris à éviter les dessous qui se coincent entre les fesses. Une sagesse née de l'expérience.

— Tu as une petite idée de l'effet que tu produirais avec ?

— Tu me prends pour qui, un mannequin de lingerie intime ?

Quand je pense aux malheureuses qui ne peuvent même pas sucrer leur café normalement... Non merci. Je garde mon derrière pas vraiment glamour et je poursuis ma petite vie tranquille.

— Tu rumines encore l'histoire de Liz Tellman, hein ? me souffle Laurel.

— Moi ? Pas du tout.

Audrey se met à rire.

— En même temps, ça se comprend : quand une fille de vingt ans te traite de vieille...

— Non, ça c'est Terrence. Ne confondons pas, s'il vous plaît.

— Mais tu lui as pardonné, non ? réplique Laurel qui vient de sélectionner un autre ensemble, noir celui-là.

J'acquiesce machinalement lorsqu'elle brandit le cintre pour me le montrer. Celui-là aussi me paraît correct.

— Bien sûr que je lui ai pardonné... J'aurais dû faire la gueule à mon voisin du dessus, peut-être ? Je suis incapable de rester fâchée contre quiconque. Surtout contre lui.

Oh non... Pourquoi j'ai dit ça, moi ?

Audrey et Laurel se tournent vers moi et s'exclament à l'unisson :

— Pourquoi « surtout contre lui » ?

Je soupire en détournant les yeux.

— Il me fait rire. Il est drôle. Les gens qui partagent ton sens de l'humour ne sont pas légion en ce bas monde... Et je ne peux pas lui en vouloir de m'avoir traitée de vieille devant sa chérie : par rapport à eux, je *suis* vieille.

— Nous avons presque le même âge, dit Audrey. Si tu es vieille, je le suis aussi. Or moi, je ne me sens pas vieille du tout !

— Je n'ai jamais dit que tu l'étais. Sérieusement, les filles, Liz Tellman n'a que vingt ans, c'est sûr ?

Je n'ai pas pu me retenir de poser la question. L'écart me semble tellement démesuré...

— C'est important ? demande Laurel d'un ton presque maternel. Voyons ça...

Audrey est déjà passée à l'action, portable en main.

— Ah !

Son visage se fend d'un grand sourire.

— Tu as découvert quelque chose de croustillant ? demande Laurel en s'approchant pour jeter un œil à l'écran. Ah, intéressant...

— Ne me dites pas qu'elle en a dix-huit !

Il ne manquerait plus que je puisse être sa mère, en fin de compte.

— Non, elle en a vingt et un bien sonnés. Mais parmi les dernières infos à son sujet, regarde ce qui sort !

Elle me montre les résultats proposés par le moteur de recherche. Je n'en crois pas mes yeux. « Interview exclusive accordée à *Vogue* : Liz Tellman annonce la fin de sa relation avec Terry Graham. »

— Quoi ?!

— Tu savais qu'ils avaient rompu ?

— Mais je ne suis pas son amie de cœur, moi ! Non, je ne savais pas... L'article est sérieux, vous êtes sûres ?

— C'est marqué : « Interview ». Elle l'a raconté en personne à la journaliste, explique Audrey en parcourant rapidement le texte. En gros, c'est lui qui l'aurait larguée... « D'un commun accord », mon œil ! On n'est jamais d'accord sur un truc pareil. Et si tu l'annonces la première, c'est pour prendre l'autre de vitesse et faire croire à tout le monde que c'est toi qui l'as quitté.

Je jette un regard horrifié à mon amie.

— Quelquefois tu me fais peur, Audrey... Enfin, peu importe. Ils se sont séparés, et alors ? Quand doit avoir lieu le prochain défilé de lingerie ? Il en trouvera dix autres plus jeunes que Liz !

Tout en m'efforçant d'afficher une grande sérénité, je récupère les ensembles choisis par Laurel pour aller me réfugier dans une cabine d'essayage, bien décidée à ne penser qu'à mes dessous. Qu'est-ce que ça peut bien me faire que Terrence soit avec telle fille ou telle autre ? C'est son problème...

Là, j'entends la voix d'Audrey.

— Et s'il l'avait plaquée parce que tu lui plais, Julie ?

Je lève les yeux au ciel.

— Mais bien sûr, voilà une hypothèse tout à fait vraisemblable ! Un coup de foudre d'ado pour sa vieille voisine... Tu me prends pour Mrs Robinson ?

— Certainement pas. Elle, au moins, portait des bas !

C'est plus fort que moi, j'éclate de rire comme une imbécile.

Une fois retiré mon pull blanc floqué Reine des Neiges, j'étudie mon reflet dans la glace avec le plus d'objectivité possible. D'accord, ces dessous quelconques ne donneraient à personne l'envie de me toucher. Pas même à moi.

Et ma foi, même si c'est la substance qui compte et non l'apparence... il y a des limites au laisser-aller. Peut-être que le simple fait de modifier un détail aussi insignifiant que la lingerie peut stimuler la confiance en soi ? Cette fameuse confiance dont on vante partout le pouvoir d'attraction...

Enhardie par ce regain d'énergie, je décide d'essayer d'abord le soutien-gorge rose poudré.

Eh bien, effet « waouh » garanti, comme disent les ados ! On dirait bien que cette petite chose accomplit des miracles sur mon bonnet D.

Laurel, qui a entrebâillé le rideau, me détaille avec admiration.

— Ah ! Si j'avais une poitrine comme la tienne...

— Tu ferais quoi ? je demande en souriant.

— Je ne sais pas... Mais une chose est sûre, je porterais tout le temps des pulls décolletés !

— Moi, je ne peux pas. Au premier coup de froid, je tombe malade.

— Certains objectifs nobles valent tous les sacrifices ! intervient Audrey en surgissant de l'autre côté du rideau. Et cet ensemble tu le prends, c'est un ordre.

Je ne proteste pas, n'ayant moi-même aucune objection.

Quant au petit ensemble noir, incroyable mais vrai : il est encore plus flatteur. Les arabesques de dentelle sombre sur ma peau claire créent un contraste vraiment irrésistible.

— Oh, oh ! Je donnerais cher pour voir la réaction de Terrence s'il te voyait maintenant, murmure Audrey.

Elle doit être en train de se féliciter d'avoir réussi la prouesse de me traîner dans ce lieu de perdition, je le vois dans ses yeux.

— Sincèrement, j'espère que cela n'arrivera jamais, je marmonne. Imagine le genre de catastrophe qui pourrait amener mon voisin à me trouver en petite culotte...

— Voyons voir... Incendie ? Tremblement de terre ? Ou encore, effeuillage direct par ses soins ?

— Je te pardonne tes fantasmes obscènes pour l'unique raison qu'ils te sont utiles pour ton travail, Audrey.

— Justement, écoute donc l'avis d'une authentique experte !

Je me rhabille en secouant la tête, puis me dirige vers la caisse, mes deux petits ensembles à la main. Ils pourraient me servir, qui sait, maintenant que l'idée de sortir éventuellement avec quelqu'un ne m'effraie plus. Avec Norman ça n'a pas marché, mais le choix ne manque pas dans cette ville. Un petit effort de ma part suffira.

— Tiens, cadeau !

Alors que nous sortons du magasin, Audrey me tend un joli sachet.

— Un... *corset* ?

Je n'arrive même pas à me fâcher, j'ai juste envie de rire.

— Il ne fallait pas ! Cette petite chose coûte un bras ! Et puis ça n'a pas de sens... Je ne le porterai jamais !

— Ne jamais dire jamais, ma chérie, réplique Audrey en haussant les épaules. Mets-le de côté et n'oublie pas : les hommes aiment avoir quelque chose à regarder.

10

— Alors, tu ne nous amèneras personne, c'est sûr ?

Ma mère est revenue à la charge.

— Et qui veux-tu qui m'accompagne ? Après enquête, comme prévu les gigolos coûtent trop cher, le tarif est prohibitif pour un long week-end. Nous avons déjà fait le tour du sujet il y a dix jours. Je n'ai pas eu le temps de me fiancer depuis, figure-toi !

— Oui, mais ta sœur ne vient pas seule, je te rappelle.

— Grand bien lui fasse ! C'est un concours ou quoi ?

— Non... Même si vous avez toujours eu l'esprit de compétition, toutes les deux.

Moi non, pas du tout. Mais j'avoue que ma sœur l'a pour deux.

— Maman, je te rassure tout de suite : je ne risque pas la dépression au motif que nous serons un nombre impair à table.

Ma sonnette retentit à cet instant, à mon vif soulagement.

— Je dois y aller maintenant, j'ai de la visite !

— Un homme ? demande ma mère avec espoir.

Certains jours, avec ma mère, j'ai la sensation d'évoluer dans une sitcom des années 1990.

— Je ne crois pas. Plutôt ma voisine, sans doute.

J'ai croisé Mlle Berry ce matin au retour du supermarché. Elle m'a convoquée à un autre atelier pâtisserie cet après-midi. Oui, *convoquée*. Sans me demander mon avis, bien sûr. Une constante dans ma vie ces derniers temps, semble-t-il.

— Celle qui ne te dit même pas bonjour ? demande ma mère.

— Désormais, non seulement elle me salue, mais elle m'apprend à faire des gâteaux. Aujourd'hui, le cheesecake.

— Et pourquoi elle fait ça ?

— Parce qu'elle se sent seule, je pense. Et parce qu'elle les prépare contre toute attente avec du vrai sucre.

Ma mère, qui ne comprend rien à ce que je raconte, pousse un soupir navré.

— N'exagère pas avec les gâteaux, Julie...

— Oui, maman ! À la semaine prochaine !

— Si jamais d'ici là...

Je l'interromps sèchement avant qu'elle ait le temps de repartir dans la litanie habituelle :

— D'ici là, je ne connaîtrai *personne* et je n'emmènerai *personne*. Et maintenant, bonne soirée !

Précise comme toujours, Mlle Berry est plantée devant ma porte.

— J'ai failli attendre, mademoiselle Morgan.

— Pardon... Ma mère n'a aucun talent pour la synthèse au téléphone.

— Venez. Ne perdons pas davantage de temps.

Je referme la porte derrière moi pour la suivre dans son petit royaume.

— Dites, je me demandais... Nous ne pourrions pas envisager un gâteau moins calorique ?

Ma voisine me fusille du regard.

— Les gâteaux *sont* caloriques par définition. Ces recettes modernes ridicules, ces pâtisseries japonaises... Quelle horreur ! Vous mangeriez, vous, un gâteau japonais ?

— Euh... non.

— Voilà ! Nous sommes américains, nous mangeons du cheesecake. Avec modération en ce qui vous concerne, ce serait préférable... Du moins tant que vous n'aurez pas trouvé un compagnon.

À ces mots, mon sang ne fait qu'un tour. J'en ai assez de ses insinuations. Tout glisse sur moi, d'habitude, mais depuis quelques jours, je subis un véritable bombardement.

— Vous ne trouvez pas ce genre de posture terriblement machiste ? je lance. La société nous rappelle à tout bout de champ que nous devons absolument capturer un homme ! Et si nous n'en voulions pas, de ce satané spécimen masculin ?

Mlle Berry se retourne vers moi.

— Pourquoi, vous voulez une femme ?

Je me mords la lèvre pour ne pas éclater de rire.

— Un chat me suffirait peut-être ?

Je n'ai pas plus tôt fini ma phrase qu'Attila, ma plus grande terreur, bondit à travers la cuisine et saute sur mon épaule.

— Ah !

Sa patronne secoue la tête.

— Moi, je ne miserais pas sur les chats, si j'étais vous.

— Peu importe, vous avez compris ce que je veux dire. Ça suffit, cette idée rétrograde sur le rôle de la femme. Aujourd'hui, rien ne nous oblige à avoir un partenaire. Il n'est même pas dit que ce soit recommandable. La vie peut être riche et satisfaisante même sans !

— C'est faux. Et vous savez pourquoi je peux l'affirmer avec certitude ? Parce que j'étais comme vous, à votre âge. J'étais même pire. Je prônais l'indépendance, je voulais me suffire à moi-même à une époque où ce genre de raisonnement était carrément avant-gardiste. J'ai connu le grand amour. Pauvre homme... Il voulait que je lâche tout pour lui. Nous nous sommes rencontrés à New York par hasard, il venait de l'Oklahoma. Il avait une usine, ou quelque chose comme ça. Vous m'imaginez, moi, en Oklahoma ?

— Difficile d'imaginer quiconque en Oklahoma !

Ma remarque lui arrache un sourire.

— C'est à peu près ce que je pensais, moi aussi, murmure-t-elle.

— Si bien que vous n'êtes pas partie avec lui...

— Non. Et j'aimerais pouvoir vous dire que je ne l'ai jamais regretté, mademoiselle Morgan, mais en vérité je ne sais pas. Sincèrement, je n'en sais rien. Il y a eu de bons jours, mais aussi de moins bons, où je n'arrêtais pas de penser à lui, à la famille qu'il avait fondée avec une autre, aux choses que nous aurions pu faire ensemble et que nous n'avons jamais faites...

— Un homme n'est qu'un homme, vous auriez pu changer d'avis et tenter votre chance avec un autre, non ?

— J'ai essayé. Dieu sait que j'ai essayé... Je ne me suis pas enfermée chez moi pour pleurer, qu'est-ce que vous croyez ? Ah ça, non ! J'ai pris le taureau par les cornes. J'habitais une grande ville, c'étaient les années 1960, un vent de liberté soufflait sur la jeunesse. J'enfilais de jolies robes, j'allais danser dans des boîtes de nuit à la mode. Mais jamais je n'ai retrouvé le goût particulier de cet amour-là...

— Mais vous... Vous êtes sûre et certaine que c'était le grand amour, et non une folie passagère ?

— Oh oui ! Il étudiait à Columbia, à l'époque. Nous avons passé ensemble trois années merveilleuses, mais le plus beau, c'est que je l'ai su au bout de trois jours seulement. Lorsqu'une chose est juste, il ne nous faut pas longtemps pour le sentir, n'est-ce pas ?

— C'est vrai. L'intuition...

— Exactement. On repère vite ce qui est mauvais pour nous, à l'instinct, alors que l'on s'inflige de longues périodes d'essai pour identifier ce qui nous convient. Je n'ai jamais compris pourquoi, d'ailleurs... Mais revenons à notre gâteau. Prenez cette boîte de biscuits, et venez là !

Sur le conseil avisé de Mlle Berry, je monte l'escalier quelques heures plus tard pour apporter à Terrence une énorme part de cheesecake.

Je sonne trois fois, en pure perte. Il n'y a personne...

J'hésite sur la conduite à tenir, lorsque la porte s'ouvre à la volée, me causant une belle frayeur. Terrence sort visiblement de la douche. Il porte un jean en lambeaux et... rien d'autre.

Sidérée par sa musculature, j'en oublie un instant ce que je suis venue faire. Qu'a-t-il dit l'autre jour, déjà ? L'homme aime regarder ? Ma foi, la femme aussi !

— Un nouveau gâteau ! Pour moi ? demande-t-il tout joyeux, cessant de frotter ses cheveux humides pour caler sa serviette sur la nuque.

J'articule péniblement :

— Non, pour Gargamel...

— Je n'en serais pas surpris, vu ta passion pour la Schtroumpfette, réplique-t-il en riant.

Je lui tends l'assiette, pressée de repartir, mais il ouvre la porte en grand et s'efface devant moi...

Subitement, je prends conscience que je n'ai pas remis les pieds chez lui depuis ce qui restera dans les annales comme l'épisode le plus humiliant de ma vie. En toute sincérité, je ne suis pas du tout sûre de vouloir courir un nouveau risque « estime de soi ». Ceci menant à cela, Terrence aura vite fait de me traiter encore une fois de vieille avant même de s'en rendre compte.

— Tu n'entres pas ?

— Tu es sûrement occupé...

— Oui et non. J'aimerais te faire écouter un morceau que je viens de composer.

— Je te rappelle que je suis nulle en musique.

— Comme moi en comédies romantiques. Pourtant j'ai lu tes livres.

— *Mes* livres ? je répète, affectant un détachement que je suis loin d'éprouver.

— Au pluriel, oui. J'aime ton écriture.

Je le regarde, presque consternée.

— Toi, tu aimes les romans d'amour qui se passent sous la Régence anglaise ?

— *J'adore* cette période, affirme-t-il en souriant. Tu savais que ma mère était la fille d'un noble ? Un simple baron, hélas, mais chez nous en Angleterre, n'importe quel titre compte.

Non, je ne le savais pas. Ce n'est pas le genre d'information que l'on échange entre voisins, en général. Plutôt une confidence que l'on ferait à un ami.

Ma décision d'éviter soigneusement les ennuis a du plomb dans l'aile, désormais. Il me parle de sa mère, il affirme avoir lu plusieurs de mes livres, il m'ouvre à moitié nu...

Surtout ça, d'ailleurs : il est à moitié nu devant moi... Et mes pieds brûlent d'envie de pénétrer dans cet appartement.

— Ma foi, si tu as lu mes romans, il faut que je te rende la pareille en écoutant ta chanson...

— Parfait ! Je vois que le bon vieux sentiment de culpabilité fonctionne toujours à merveille.

— Ne va pas trop t'y habituer. Parmi mes bonnes résolutions pour cette année, il y avait aussi celle d'être plus méchante.

— Et où en es-tu sur ce plan ?

— Nulle part, ça paraît clair.

Il secoue la tête.

— Allez, entre, et cesse de tergiverser !

J'obéis.

Après avoir posé le merveilleux cheesecake sur la table basse du salon, je vais m'installer directement sur le canapé diabolique où m'attend Terrence, une guitare en main, classique aujourd'hui.

— Tu, euh... Tu ne t'habilles pas, d'abord ?

C'est comme si ses pectoraux irradiaient de la chaleur à distance. Une impression, pas plus, mais je transpire, là, soudain.

Il me considère d'un air compatissant.

— Tu préfères que je m'habille ?

— J'aimerais autant, oui. Je ne t'ai jamais accueilli en soutien-gorge, n'est-ce pas ? Rassure-moi !

— Jamais. Mais surtout ne te gêne pas, à l'occasion. Je n'aurais rien contre.

— Terrence... Ne dis pas ce genre de choses...

— Pourquoi, c'est interdit ?

— De se moquer de moi ? Oui, c'est interdit par la Constitution.

— Laquelle, la nôtre ou la vôtre ?

— Terrence, va t'habiller !

— Quelque chose me dit que dans cette tenue, j'incarne une sorte de tentation...

À quel jeu sommes-nous en train de jouer, là ?

Les vingt-quatre dernières heures ont remis en cause ce que je considérais, moi, comme un équilibre agréable entre parfaits voisins, destiné à perdurer tel quel dans le temps... Je n'y comprends plus rien.

— Qu'est-ce que tu veux dire ?

— Simple hypothèse, répond-il. Imaginons un instant que j'aie exactement ton âge. Comment te conduirais-tu avec moi ?

J'ouvre la bouche, puis la referme. Que veut-il que je réponde à une question pareille ?

— Tu es bizarre aujourd'hui, Terrence. Ta rupture avec ta petite amie, peut-être... ?

Il écarquille les yeux.

— Tu lis les potins, toi ?

Je me maudis aussitôt d'avoir abordé le sujet.

— Pas moi... Audrey.

Pas très glorieux de se défausser sur les autres, surtout en leur absence.

— Oui, nous avons rompu, dit-il. Et alors ?

— Alors, rien.

— Donc je peux rester comme ça ?

— Si tu préfères, je réponds, stoïque.

— Je préfère. Prête pour la chanson ?

— Bien sûr. Vas-y.

— Je te préviens, je n'avais jamais écrit de chanson sentimentale jusqu'à aujourd'hui. Ma maison de disques m'en réclame une et j'ai tenu à essayer. Elle pourrait se révéler franchement immonde...

J'ai des doutes là-dessus.

This is my love song to you
Let every woman know that I'm yours
So you can fall asleep each night, babe
And know I'm dreaming of you more...

À la fin de la chanson, j'ai les larmes aux yeux. D'accord, je suis connue pour m'émouvoir facilement, mais Terrence a une voix incroyable, c'est flagrant.

— Oh, mon Dieu, je murmure, éperdue d'admiration, sans chercher le moins du monde à cacher à quel point sa musique m'a touchée.

— Ça peut aller ? me demande-t-il avec une timidité inattendue.

Si ça peut aller ? Il est sérieux, là ?

— J'ai la chair de poule, regarde... Les ados et les anges de Victoria's Secret vont adorer !

Il éclate de rire.

— Les anges de Victoria's Secret ? Je veux savoir ce que cache cette expression !

— Non, tu ne veux pas.

— Je m'en doutais...

Tout à coup la chanson, la guitare et lui assis tout près, tout ça c'est trop. Mlle Berry m'a recommandé la modération, mais j'ai besoin de sucre. Un besoin désespéré.

Je me lève d'un bond.

— Bien ! Le travail m'appelle, maintenant.

Si Terrence a remarqué ma nervosité, il a le tact de ne pas insister.

— Bien sûr. Au fait, qu'est-ce que tu fais ces prochains jours ? demande-t-il, quittant le canapé à son tour pour s'approcher dangereusement de moi.

Il ne pouvait pas rester à distance de sécurité, bon sang ? Mes yeux se ferment devant ses pectoraux, qui s'agitent à chaque respiration. Un spectacle qui tient de l'hypnose.

— Le week-end de Pâques approche, je réponds comme un automate. Je vais aller voir ma famille. Et toi, tu ne retournes pas en Angleterre ?

La question semble le gêner aux entournures.

— Non. Le voyage est long... Il n'en vaudrait pas la peine.

Intriguée par cette réponse lapidaire, je me rassois sur le canapé. À croire que le destin me retient dans cet appartement, aujourd'hui.

— Puis-je te poser une question indiscrète, Terrence ?

Il me considère un instant en silence.

— Toutes celles que tu voudras.

— Quel genre de rapports as-tu avec ta famille ?

Comme je le craignais, il soupire et se passe une main dans les cheveux.

— Inexistants. Mon père et moi ne nous parlons plus depuis des années. Et mon frère vit sa vie.

— Pourquoi ce silence, entre ton père et toi ?

Je prends un risque en insistant, j'en ai conscience. Mais à mon vif soulagement, Terrence me répond sans hésitation :

— Ma mère est morte alors que j'étais en première année d'université, mais elle était malade depuis longtemps. Je ne vais pas te raconter d'histoires : la fin a été déchirante. Et durant ces longs mois de souffrance, mon père a brillé par son absence. C'est l'infirmière qui m'a appelé pour m'annoncer l'hospitalisation de ma mère. Mieux, après son décès, mon père a exigé que nous fassions tous comme si rien ne s'était passé. Il nous a infligé un discours absurde sur la nécessité de ne pas rester victime d'une douleur personnelle et il a ensuite considéré que le sujet était clos. J'aurais pu être d'accord avec lui, à la rigueur, sur le devoir de réagir, mais à condition qu'un temps de deuil soit respecté, ainsi que la sensibilité de chacun. Si tu l'avais croisé une semaine après les funérailles, tu n'aurais jamais deviné qu'il venait de vivre une tragédie pareille.

— Nous sommes tous différents, chacun a une réaction différente face à la douleur...

— Absolument. Mais mon père, pour une raison mystérieuse, n'a jamais tenu la mienne pour digne de respect. Je t'avoue que les mois qui ont suivi la mort de ma mère ont été très durs. Je n'allais pas bien du tout. La désapprobation paternelle ne m'a pas aidé. Si bien que j'ai fini par exploser, j'ai tout lâché et je suis parti en claquant la porte. J'avais mon groupe, une maison de disques américaine venait de nous proposer d'enregistrer nos premiers *singles*... Le reste est connu.

— Tu veux dire que... Tu n'as eu aucun contact avec ton père depuis ?

Terrence esquisse un sourire amer.

— Il était sûr que je reviendrais en rampant. Eh bien, je ne ramperai pas de sitôt, apparemment.

Chaque fois que quelque chose le blesse plus qu'il n'est disposé à l'admettre, son accent devient plus prononcé.

J'allonge une main pour saisir la sienne.

— Je suis désolée pour ta mère.

Nous vivons dans une société étrange où nous faisons preuve de compassion très facilement envers de parfaits inconnus, tout en étant réticents à donner dans l'empathie vis-à-vis de nos proches. Dire que parfois il suffit de tendre une main...

Nous restons longtemps immobiles, assis l'un près de l'autre, main dans la main.

Les réactions au deuil sont multiples : certains nient la douleur, d'autres cherchent du réconfort, d'autres encore ont besoin de faire comme si rien ne s'était passé. Il n'y a pas de manière bonne ou mauvaise d'affronter le décès d'un proche ; chacun réagit selon sa sensibilité. J'ai l'impression que les Graham ont vécu des années difficiles, dont ils ne sont jamais sortis. Trois hommes, en plus ! Se parler à cœur ouvert n'est pas une spécialité masculine.

— Tes amis restent à New York ? je demande soudain.

Il secoue la tête.

— Ils ont des familles normales, eux. Ils vont profiter des fêtes pour les rejoindre.

Brusquement, l'idée de voir Terrence rester ici seul à New York pour les fêtes m'est insupportable... Surtout après ce qu'il vient de me confier.

— Et si tu venais avec moi ? je lance.

Terrence ouvre de grands yeux.

— Vraiment ? Je ne serais pas de trop ?

Il ne s'attendait pas à une telle proposition, c'est sûr. Et de mon côté, je ne m'attendais pas... à lui faire une telle proposition. Mais maintenant, l'invitation est lancée... Et acceptée, visiblement.

— Pas du tout, je réponds. Et puis ma mère est une excellente cuisinière. Talent dont ni ma sœur ni moi n'avons hérité, hélas.

— Mais tu es la reine du cheesecake !

— Tu ne peux pas le dire avant d'avoir goûté...

— Je te fais confiance.

— Merci. Mais on ne peut pas vivre uniquement de cheesecakes.

— Je ne sais pas. Je suis prêt à tester.

Enfin un sourire de sa part. L'air lugubre lui va si mal !

— Quant à cette invitation à t'accompagner, si tu es sûre de toi... Où irions-nous, exactement ?

— Durham, New Hampshire.

— Ah ! L'État des fameuses embrouilles électorales qui n'ont jamais existé.

Je ne suis pas étonnée qu'il suive l'actualité politique. J'ignore ce qu'implique la célébrité dans son cas, et je m'en moque, car dans le privé il est drôle et talentueux.

— Je réserve deux billets d'avion, alors ? je demande. Je pensais partir après-demain.

Il me regarde, un peu embarrassé.

— Laisse, je m'en charge.

— Tu es mon hôte, c'est à moi de...

— Justement. Prendre les billets, c'est le moins que je puisse faire.

— Mais...

— Dans mon monde, ça marche comme ça.

Pourquoi ai-je la sensation que je ne sortirai pas vainqueur de cette discussion ?

— OK, occupe-toi des billets. Je prendrai en charge la location de la voiture à l'aéroport, alors.

— Je pourrai choisir la voiture ?

— Oui, tu choisiras la voiture.

Les gamins et leurs jouets !

— Et je pourrai aussi conduire ?

— Nous verrons, Graham. Sans vouloir mettre en doute tes capacités, vous les Anglais avez la vilaine habitude de snober le sens de marche universellement reconnu comme *normal*.

Il secoue la tête en souriant.

— Nous ne sommes pas les seuls à conduire à gauche. En Australie aussi...

— Très juste. Cite-moi donc une seule chose importante qu'ils aient là-bas, hormis les koalas !

— Mmm... Chris Hemsworth ?

Sa connaissance de l'esprit féminin est proprement bluffante !

— D'accord, tu as gagné. Là-dessus, je vais me retirer dans mes appartements...

— Tu ne sais pas perdre, dit-il en me raccompagnant jusqu'à la porte. Pense à m'envoyer une photo de ton passeport pour que je puisse réserver l'avion.

Je m'abstiens de répondre : il est juste derrière moi, et toujours torse nu. Pourvu qu'il ne se promène pas comme ça chez mes parents, ma mère ferait un infarctus.

Je me retrouve coincée entre la porte, hélas fermée, et son corps. Cette nuit je ferai des cauchemars. À moins qu'ils ne virent au rêve érotique...

— Tu sais ce qu'il a d'intéressant, Chris Hemsworth ? En dehors d'une belle gueule, je veux dire ? me demande-t-il en baissant et la tête et la voix. Une épouse nettement plus âgée que lui !

Vraiment ? Je l'ignorais.

— Eh bien, elle doit être très belle, je balbutie. L'âge peut ne pas entrer en ligne de compte, dans ces cas-là.

Terrence se redresse.

— Cette phrase, je vais la mettre de côté, au cas où, dit-il, énigmatique, avant de s'écarter pour me laisser fuir.

Euh... Je voulais dire : sortir.

Donc me voilà contrainte et forcée de décrocher mon téléphone pour annoncer à ma mère que je ne viendrai pas seule, en fin de compte.

Je sais déjà qu'il me sera difficile, voire impossible, de lui faire comprendre que Terrence n'est qu'un ami. Et aussi de l'empêcher de m'envoyer ses petites réflexions dont elle a le secret et qui remplissent à chaque fois leur mission : me ridiculiser.

Mais bon. C'est l'affaire de trois petits jours, ce qui laisse peu de temps pour les humiliations. Même pour une experte en la matière comme elle. Enfin je l'espère...

— Ma chère maman...

— Si tu m'appelles pour annuler, c'est moi qui prends l'avion et qui viens t'étrangler, c'est clair ?

— Tu n'y es pas du tout ! Voilà... Est-ce que cela te dérangerait beaucoup si j'amenais un ami ?

S'ensuivent trois secondes de silence lourdes de sens.

— Tu as trouvé quelqu'un ? demande-t-elle avec la juste dose d'incrédulité.

— Non. Mais j'ai un ami, juste un *ami*, qui est un peu brouillé avec sa famille, et je n'ai pas très envie de le laisser tout seul à New York.

— Bien sûr qu'il ne doit pas rester seul ! s'exclame ma mère, toute joyeuse.

— Tu as bien entendu le mot « ami », n'est-ce pas ?

— Mais oui.

Traduction : « C'est ça, et puis quoi encore ? »

— Maman... C'est mon voisin du dessus. Il s'appelle Terrence et je dois te prévenir : il est gay.

Parfois, mieux vaut un mensonge plutôt qu'une avalanche de complications. Pardonnez-moi, mon Dieu, mais c'était la seule piste viable sur laquelle lancer ma mère.

— Ah.

Son bel enthousiasme s'est envolé aussi vite qu'il était arrivé. Mais gentille comme elle est, elle se ressaisit très vite.

— Gay ou pas, nous, on s'en fiche. Tes amis sont toujours les bienvenus à la maison, ma chérie.

— Merci ! Je savais que je pouvais compter sur toi.

— Juste une chose... Tu te souviens de la chambre d'amis ? Ton père l'a transformée en salle de gym.

— Papa ? Il n'a jamais soulevé un poids de toute sa vie !

— Justement. Il espérait s'y mettre, avec une salle aménagée spécialement à domicile.

— Et ça marche ? je demande, sceptique.

— Non... Mais il aura essayé. Peu importe ! Les deux chambres, la tienne et celle de ta sœur, ont encore le lit d'appoint qui servait pour vos soirées pyjama, tu t'en souviens ?

— Oui, mais...

— Ta sœur dormira avec son petit ami et toi avec ton copain. Puisqu'il est gay, ça ne posera aucun problème.

Mais d'où est sorti ce brusque sens pratique chez ma mère ? À croire qu'elle regarde trop souvent les shows de Whoopi Goldberg à la télévision.

— Maman, c'est que... mon ami pourrait vouloir un peu d'intimité...

Lancée, ma mère ne m'écoute déjà plus.

— Il est célibataire ? Sûrement, s'il vient avec toi... Je crois que Tommy aussi est gay, tu sais ? Le fils de Mme White. Nous pourrions les présenter ! Enfin nous verrons. Évidemment, il serait navrant que j'arrive à caser un garçon gay avant de caser ma propre fille, tu ne trouves pas ?

— Bonne nuit, dis-je avant de raccrocher en vitesse.

Pauvre Terrence. Moi, à sa place, je prendrais plutôt un billet pour l'Alaska...

11

Il est décidément très compliqué, en cette période d'obsession sécuritaire, de ne pas se faire repérer dans un aéroport. Lunettes de soleil et casquettes doivent être retirées dès le contrôle passeports, puis c'est au tour des chaussures et de tout ce que l'on porte sur soi de volumineux au moment de passer le portique de sécurité. Or, disons-le tout net, sans ses accessoires d'espion, Terrence n'est pas quelqu'un qui passe inaperçu. Il devient même une cible de choix. Comme c'était prévisible, une myriade de fans l'ont reconnu et coursé. Oui, *coursé* ! Autographes, selfies, dans l'émotion les demandes pleuvent...

— Cours, cours !

Terrence me saisit la main dès que nous avons récupéré ceintures, montres et *tutti quanti* et m'entraîne.

— Je cours ! Et mon cœur va exploser !

Mon souffle n'est pas exceptionnel – des années que je promets à Laurel d'attaquer le footing avec elle, mais tantôt il fait trop froid, tantôt il pleut, ou bien on crève de chaud... Sans compter que le confort des pantoufles licornes m'attire infiniment plus que celui des runnings...

Je gémis, pliée en deux, à l'abri derrière un comptoir désert providentiel.

— Ces gens ne sont pas normaux ! je m'exclame.

— Au contraire, c'est ça la normalité aujourd'hui, paraît-il.

— Eh bien, drôle d'époque... On les a semées, tu crois, toutes tes fans en furie ?

Terrence sort prudemment la tête sur le côté pour balayer des yeux les alentours.

— Je dirais que oui. Pour le moment. Viens, profitons-en pour rejoindre la porte d'embarquement !

Après avoir vérifié que pas une mèche ne dépassait de sa casquette, mon compagnon se met en marche à pas rapides, les yeux baissés.

— Je vais t'avouer quelque chose, Graham : je n'échangerais pour rien au monde ma vie contre la tienne. Je sais, je sais, l'argent, les mannequins, tout ça... Mais c'est invivable ! Je me vois mal obligée de m'entraîner au sprint pour distancer les casse-pieds. Une existence qui exige de courir pour survivre n'est simplement pas faite pour moi.

— Dis donc ! Cette histoire de mannequins tourne à l'obsession chez toi ! Un obscur fantasme lesbien, peut-être ?

— Sincèrement ? Non. Ni de près ni de loin. À propos, tu crois que c'est normal que je sois aussi peu perverse ?

— Une nana qui se promène avec des sweats Schtroumpfette et Cendrillon ? À ton avis ?

Il lui suffit de brandir une carte Gold quelconque pour bénéficier d'un embarquement prioritaire, et nous montons dans l'avion avant tout le monde.

— Par ici, je vous prie, dit l'hôtesse qui nous accueille à l'entrée.

Le sourire qu'elle a réservé à Terrence est si éblouissant que j'en reste presque aveuglée. Lui, il ne s'aperçoit de rien, ou alors il fait semblant, se bornant à aller s'installer aux places indiquées.

— Nous sommes en classe Affaires ? je balbutie, stupéfaite.

— Ce sera plus confortable, non ? Et personne ne nous réclamera des autographes.

— Oh ! Moi, on ne m'arrête jamais pour une signature, hormis dans des salons du livre. Et encore... Je pouvais parfaitement voyager en classe éco.

— Assieds-toi là et ne discute pas.

Je dois avoir la tête à l'envers, parce que je trouve ce ton autoritaire sacrément sexy.

Sans un mot, je range mon sac dans le compartiment à bagages avant de m'asseoir à ma place.

— Alors, y a-t-il des choses que je dois savoir sur ta famille ? me demande Terrence après en avoir fait autant.

Un vague remords pointe aussitôt le bout de son nez.

— C'est-à-dire… ?

— Sur tes parents, ta sœur… Chaque famille a son propre mode d'emploi, avec des gaffes à ne pas commettre, des sujets à éviter…

— En gros, personnellement j'essaie de ne pas trop écouter ma mère. C'est une femme sympathique, mais intrusive. Et elle s'imagine toujours être dans le vrai.

— À juste titre ? demande Terrence en souriant.

— Presque toujours. Tu vois le problème.

— Et ta sœur ?

— Oh ! J'évite de lui prêter trop d'attention à elle aussi, dans la mesure du possible.

— Encore une qui tend à avoir toujours raison ?

— Hélas. Il faudrait fréquenter seulement des gens qui se trompent. Ils sont plus amusants, je trouve.

Terrence réfléchit, le temps de boucler sa ceinture.

— Ta théorie se tient, dit-il enfin.

— Ah, puisque nous abordons le sujet, j'aurais un petit aveu à te faire.

Il me dévisage d'un drôle d'air.

— Quoi donc ? Tu lui as raconté que tu étais lesbienne pour qu'elle te fiche enfin la paix ?

Je me raidis malgré moi. Il n'est pas tombé loin.

— Il s'agit plutôt de toi, en fait…

— Oh ! Moi, je suppose que l'image de deux femmes ensemble pourrait se révéler plaisante.

— Terrence !

Je le gratifie d'une tape sur le bras. C'est tout ce qu'il mérite !

— Tu as rougi, Julie...

— Restons sérieux deux secondes, s'il te plaît.

Mon ton angoissé lui fait plisser le front. Il se penche vers moi.

— Je suis tout ouïe.

Il a envahi mon espace, et ses yeux, ses beaux yeux bleus gardent les miens prisonniers. J'en perds le fil de mon discours.

— Je... Voilà. Pour que ma mère ne se fasse pas des films sur nous... Je sais que tu es très jeune et que l'idée en soi est grotesque, bien sûr, mais son bon sens laisse à désirer, parfois, et... Bref ! Je lui ai dit que tu étais gay.

Terrence bat des cils et reste sans voix quelques secondes.

— *Moi* ?! *Gay* ?

Il ne semble pas exactement choqué. Mon initiative le prend au dépourvu, c'est clair, mais l'amuse aussi.

— C'était pour ton bien, je le jure. Il ne manquerait plus que ma mère s'imagine que l'on couche ensemble...

— Hypothèse idiote ?

Je mets un certain temps à me rendre compte que c'est une question, pas une affirmation.

— Mais... oui, bien sûr ! C'est absurde, non ?

Il hausse les épaules.

— Va savoir, murmure-t-il.

Décidément depuis quelque temps, il n'est plus le même. Et peut-être n'est-il pas seul en cause. C'est difficile à expliquer, mais... l'énergie qui circule entre nous a subtilement changé de nature. Si bien que je me trouve maintenant dans la situation embarrassante de devoir choisir entre faire comme si tout était comme avant et affronter la question. Pas si facile. Mon caractère m'a toujours portée à prendre les problèmes à bras-le-corps, mais cette fois la patate se révèle plus chaude que d'habitude...

L'hôtesse s'arrête à notre hauteur et se penche vers Terrence pour lui demander si tout va bien. Pour un peu, elle le palperait pour s'assurer qu'il a attaché sa ceinture correctement !

— Vous n'avez besoin de rien, vous êtes sûr ? s'enquiert-elle en agitant ses longs cils noirs artificiels.

— Tout va bien, merci, réplique Terrence avec un sourire de circonstance.

Ayant capté le message, l'hôtesse s'éclipse aussitôt.

— Où en étions-nous ? reprend-il. Ah, oui. Je suis gay.

Dans sa bouche, le mot est totalement surréaliste, j'en conviens. Une question dérangeante me traverse soudain l'esprit. Une question que je ne dois absolument pas lui poser... et que j'ai très envie de lui poser. C'est ainsi. Aujourd'hui, il flotte dans l'atmosphère un petit quelque chose d'étrange qui m'incite à lâcher prise.

— Si ce n'est pas trop indiscret, je me demandais pourquoi tu avais quitté Liz ?

Son regard ne vacille pas.

— Je n'ai aucun souci à te répondre. Mais la question serait plutôt : es-tu prête à entendre la réponse ?

Je m'agite soudain dans mon fauteuil, troublée malgré moi. Mon pouls s'est emballé, je ne sais plus où j'en suis. Je regrette déjà de lui avoir posé cette question. Qu'est-ce qui m'a pris, bon sang ?

— Je suis pour la transparence, pour jouer cartes sur table, insiste Terrence avec le plus grand sérieux. Et toi ?

— Moi ? Eh bien, je...

Coup de chance, en cet instant précis les larges écrans fixés sur les dossiers devant nous s'allument et le message habituel sur les consignes à suivre en cas d'urgence démarre. Étant une femme responsable, je feins de me concentrer sur les instructions, comme il se doit.

Du coin de l'œil, je vois Terrence qui secoue la tête en souriant. D'accord, cette attitude n'est pas très mature de ma part, mais que pouvais-je faire d'autre ?

À l'arrivée, une fois les bagages récupérés, ma rock star préférée choisit comme voiture de location… une Chevrolet Corvette décapotable rouge feu ! Les hommes…

Quelques minutes après notre départ, j'ai déjà mal au cœur.

— Ces brusques accélérations sont-elles vraiment nécessaires ? On fait peur à tout le monde…

Et à moi en premier !

Terrence éclate de rire.

— Tu l'entends, cette douce musique ? demande-t-il en faisant vrombir le moteur une fois de plus.

— Si pour toi c'est de la musique, je vais m'inquiéter sérieusement pour ta carrière !

— Tu ne devrais pas. Au fait, comment se fait-il que tu ne m'aies pas encore cherché sur YouTube ? Mais quel genre de personne es-tu ?

— Une qui aurait aimé vivre du temps où YouTube n'existait pas. Aujourd'hui, les filles sont toutes expertes en maquillage, tu te rends compte ? On ne peut plus sortir de chez soi sans avoir passé au moins deux heures à se faire un *contouring*.

Terrence grimace.

— Je n'ai pas trop envie de savoir ce que c'est, je crois.

Dix minutes après, il fait crisser les pneus devant la maison de mes parents, soulevant un énorme nuage de poussière. Record pulvérisé pour ce trajet.

— Au retour c'est moi qui conduis, je l'informe d'un ton lapidaire en m'éventant pour ne pas suffoquer en avalant la poussière.

— Tu as dit à ta famille que j'étais gay, n'est-ce pas ? Je pourrais conduire comme un dingue dans le désert du Sahara que tu n'aurais toujours pas le droit de te plaindre.

Ah oui, j'avais oublié.

Mes parents arrivent aussitôt au pas de course, dans le plus pur style « parents dont tu auras honte jusqu'à ta mort ».

— Julie ! s'écrie ma mère en me serrant contre elle avec la force d'un boa constrictor. Tu as grossi ? ajoute-t-elle après m'avoir détaillée des pieds à la tête.

Et voilà ! Le parcours d'épreuves a commencé...

— Quoi ? Non !

Je suis d'autant plus outrée que c'est la vérité : je n'ai pas pris un gramme depuis mon dernier séjour ici. Mon père me prend à son tour dans ses bras et lève les yeux au ciel d'un air résigné face aux commentaires de ma mère.

Entre nous, lui, il l'a choisie ! Tandis que moi, elle m'a été imposée.

— Tant mieux ! s'exclame ma mère. Il fallait que je vérifie, tu comprends. À ton âge, et maintenant que tu te fais accompagner par des amis gays...

— Maman ! Tu ne peux pas dire ces choses-là, ce n'est pas correct !

— Ma foi, quand on est gay, on est gay, non ? Bienvenue chez nous, dit-elle en embrassant Terrence comme si elle le connaissait depuis toujours.

Ma mère n'a jamais été discrète, encore moins diplomate, et cela ne s'arrange pas au fil des ans. À sa décharge, elle déborde d'affection pour tout le monde, même les inconnus.

— Merci à vous de m'offrir l'hospitalité, madame, répond poliment Terrence, retenant à grand-peine un petit rire.

— Non, merci à toi d'avoir accompagné Julie, déclare mon père, aussitôt interrompu par sa douce moitié.

— Évidemment, nous espérions qu'elle nous amènerait un fiancé comme sa sœur, qui doit arriver d'Europe dans l'après-midi. Mais un ami gay, c'est mieux que rien, non ?

— Maman, tu veux bien arrêter de lui rappeler toutes les trois secondes qu'il est gay ?

— Oh ! Ça n'a pas d'importance, intervient Terrence en me jetant un regard complice. Quand on est gay, on est gay !

Vraiment, il est heureux que mes parents soient aussi peu perspicaces. Terrence dégage une séduction naturelle qui inciterait n'importe quelle femme à lancer sa petite culotte en l'air. Côté sex-appeal, il n'a rien à envier à Channing Tatum dans ce film sur les strip-teaseurs - que j'ai vu à cause d'Audrey, n'est-ce pas, que ce soit clair. Surtout aujourd'hui, en chemise blanche et jean standard non déchiré. Une tenue si seyante que les superlatifs manquent pour rendre le concept. Sans compter son blouson de cuir noir plus élégant que ceux que je lui connaissais. Il a fait un *gros* effort vestimentaire, c'est certain.

— Tu vois, ton ami ne s'offusque pas, dit ma mère avec un grand sourire et un air vaguement hébété.

Ça y est, elle est tombée sous le charme, elle aussi. Très vite elle va rendre les armes sans même s'en rendre compte.

— Et puis comme ça, vous n'aurez aucun problème à partager la chambre ! ajoute-t-elle.

— Justement, maman, à ce sujet... J'ai réfléchi et j'ai décidé de dormir sur le canapé du salon.

S'endormir près de Terrence, et puis quoi encore ? La dernière fois, il m'a traitée de vieille ! L'amour-propre a des limites.

— Quel canapé ? demande mon père, perplexe.

— À ton avis ? Celui que nous avons toujours eu dans le salon, tiens !

— Ma chérie, il est parti chez le tapissier, m'informe ma mère.

— Pile maintenant ?!

— Eh bien, le tapissier était disponible ces jours-ci et nous avions un canapé en ruine ! Nous aurions dû attendre ton autorisation, peut-être ?

— Ben voyons, je marmonne entre mes dents. Alors on s'assoit où, chez les Morgan, en attendant ?

— Où on peut. Terrence, j'espère que les tons pastel te plaisent, parce que la vieille chambre de Julie est restée telle qu'elle était du temps de la petite école : rose.

Terrence retient à grand-peine un fou rire pour répondre :

— Rose ? J'adore.

Seigneur ! Donnez-moi la force...

— Morgan, quand ta mère a parlé de rose, j'imaginais quelque chose de plus... *délicat* ! s'exclame Terrence en se jetant sur mon vieux lit, tout sourire, les bras en croix.

Je hausse les épaules tout en défaisant mes bagages.

— J'aimais le fuchsia, Graham. Des objections ? je réplique, rageuse, en pivotant bêtement dans sa direction.

Lui avoir tourné le dos était un pur réflexe de survie. J'en prends conscience avec un temps de retard, à la vue de son corps sublime allongé sur *mon* lit.

Ce garçon est d'une beauté franchement pénible. Je l'ai toujours trouvé séduisant, bien sûr, mais un déclic a dû se produire récemment. De son côté, j'espère, pas du mien ! Je ne suis pas du tout prête à reconnaître que les galops intempestifs de mon cœur sont liés à ce regard nouveau que je porte sur Terrence. Il a toujours onze ans de moins que moi, nom d'un chien ! Mon corps qui trouve soudain le sien attirant, c'est du grand n'importe quoi !

S'il le savait, il fuirait jusqu'en Angleterre. À la nage.

— Disons que j'ai compris pourquoi tu as fini dans le business des romans d'amour historiques, répond-il en riant. Qui affiche aujourd'hui sur ses murs des posters de Shakespeare ?

— Rien n'égale le romantisme de Shakespeare ! « Aime, aime follement, aime le plus possible, et s'ils te disent que c'est un péché, aime ton péché et tu seras innocent... »

— Tu aimes *Roméo et Juliette* ? J'aurais plutôt parié sur *Beaucoup de bruit pour rien*.

— Le couple formé par Bénédict et Béatrice est cher à mon cœur, en effet, mais seulement pour une question d'état civil. Se suicider par amour à seize ans, passe encore. Plus tard, c'est pathétique.

— C'est pathétique même à seize ans ! L'idée du désespoir amoureux est une ânerie à tout âge.

— Romantique, à ce que je vois.

— Qui, moi ? Je cherche à l'être dans mes chansons, depuis quelque temps, mais dans la vie je le suis beaucoup moins.

Quelque part, j'en doute. Il s'est fait tatouer les bras à l'encre indélébile pour ne jamais oublier sa mère ! Qu'il en ait conscience ou non, il y a chez lui un fort potentiel romantique qui attend seulement d'être libéré.

— Toi dans tes chansons, moi dans mes romans... Tôt ou tard nous rencontrerons quelqu'un qui nous permettra d'éprouver à la première personne les sentiments que nous mettons en scène...

— Peu probable.

— Sachant que seuls les imbéciles ne doutent de rien et que tout a une raison d'être, y compris l'opposition forcenée, je te conseille d'être moins extrême dans tes jugements. La vie est dotée d'un grand sens de l'ironie...

— Tu parles d'expérience ? Après m'avoir fait passer pour gay et avoir retrouvé ta petite chambre fuchsia ? rétorque-t-il en souriant.

— C'est ça.

C'est moi qui suis pathétique aujourd'hui, plus encore que d'habitude...

À cet instant précis, la porte de la chambre s'ouvre à la volée et s'en va battre contre le mur. Je reconnaîtrais entre mille cette façon d'entrer en trombe.

— Julie !

Emma se précipite vers moi... et pile net au milieu de la pièce.

Je sais bien où sont allés se poser ses yeux. Ou plutôt, sur qui. Sur la créature céleste étendue sur mon lit... La scène pourrait faire concurrence au tableau de Francesco Hayez, à un détail près : Terrence au moins n'est pas nu.

Mon Dieu, faites qu'elle ne le reconnaisse pas !

— Mais… Toi, tu… Tu es…

— Emma ! Coucou ! Je suis là !

Alertée sans doute par la menace qui pointe dans ma voix, ma sœur se tourne enfin vers moi, les yeux exorbités.

— Ça alors, Julie ! Si je croyais aux hallucinations, je dirais que Terry Graham en personne est allongé sur ton lit !

Compte tenu de ses goûts musicaux d'adolescente, j'aurais dû m'en douter : la scène rock contemporaine n'a aucun secret pour ma sœur. Je n'ai pas d'autre choix que de faire les présentations.

— Terrence, Emma. Emma, Terrence.

Terrence lève la main en guise de salut. La mâchoire de ma sœur semble se détacher pour rebondir jusqu'à mes pieds.

— Mais… Mais… Maman a parlé d'un ami gay qui t'accompagnait ! bredouille-t-elle d'un ton accusateur. Il n'est pas gay, lui !

— Je ne crois pas, non.

— Qu'est-ce que Terrence Graham fiche ici, à se faire passer pour un gay ?

Bonne question. Je tente une explication :

— Il est venu parce qu'il aime bien sa vieille voisine décrépite.

Terrence levant les yeux au ciel, je ne résiste pas à insister d'un ton dégagé :

— Quoi, tu ne m'aimes pas ?

— Bien sûr que si !

Mon cœur accélère une fois de plus, tandis que les yeux de ma sœur vont et viennent entre lui et moi.

— Vous êtes voisins, c'est vrai ?

— Mais oui.

— Tu veux dire que… Que j'habite, moi, un immeuble truffé d'imbéciles, dans lequel je ne peux même pas me promener en talons sans me faire insulter, pendant que toi tu croises Terry Graham en rentrant de tes courses ?

— Question de karma, ma chère, dis-je en souriant.

Le sien a toujours été si favorable jusque-là. Il l'est encore, du reste : je suis arrivée avec un ami, elle, avec un fiancé.

— OK, mais ça n'explique pas le coup du copain gay ! Même maman n'aurait jamais pu imaginer un truc aussi extrême qu'une liaison avec une rock star… D'autant que tu es beaucoup plus vieille que lui, non ?

— Beaucoup, c'est vrai.

Terrence me lance un regard oblique. Il hésite sûrement à intervenir dans la discussion. Il vaut toujours mieux ne pas s'interposer entre des jumelles ; question de survie.

— Combien d'années d'écart, exactement ?

— Onze.

Je retiens un soupir, de peur que ma sœur le juge suspect.

— Et puis il est… Enfin… Lui, c'est lui et toi, c'est toi, poursuit Emma, impitoyable.

— Je suis moi, c'est indéniable. À moins d'une interversion furtive dans le ventre maternel, à la suite de laquelle je serais peut-être devenue toi et inversement.

Emma se tourne vers Terrence, quelque peu gênée.

— Ma sœur dit vraiment n'importe quoi, par moments…

Terrence hausse les sourcils et la fixe droit dans les yeux.

— Honnêtement, c'est ce qui me plaît chez elle.

Je le jure, je suis presque tentée de courir l'embrasser !

S'ensuit un temps de silence un peu étrange. Emma nous regarde tour à tour, n'y comprenant vraiment plus rien.

— Donc, vous dormez ici ? demande-t-elle. Tous les deux… *ensemble* ?

Son effarement est si flagrant qu'il me vient une envie de rire.

— Tu viens de me dire que je n'avais pas besoin de le faire passer pour gay, puisqu'il est jeune et moi vieille, ou j'ai rêvé ? je réplique.

Emma secoue la tête.

— Non ! Je n'ai jamais dit que tu étais vieille ! Si tu étais vieille, je le serais aussi...

— Eh bien, rassure-toi : ce n'est pas nous qui sommes vieilles, c'est lui qui est jeune.

À ces mots, le principal intéressé éclate de rire. Apparemment, notre discussion l'amuse au plus haut point. Eh bien tant mieux pour lui !

— En tout cas, Julie, jeune ou pas, tu ne peux pas héberger Terry Graham dans une chambre aussi rose ! affirme Emma.

— Mais j'adore le rose, intervient Terrence avant que j'aie eu le temps d'ouvrir la bouche. J'ai toujours rêvé de vivre une expérience de ce genre.

Je me mords la lèvre pour garder mon sérieux.

— Vu ? Tout va bien, Emma. Il *adore* le rose.

Ma sœur nous dévisage l'un après l'autre encore une fois et finit par jeter l'éponge.

— Faites comme vous voudrez... Mais vous êtes bizarres, sachez-le.

— Oh ! Nous en avons parfaitement conscience. À propos, où as-tu caché ton fiancé ?

Emma se fige.

— En bas. Maman est en train de le retourner sur le gril.

Elle est inquiète, soudain. À juste titre... Et elle s'étonne ensuite que je raconte un petit mensonge bien innocent pour me simplifier la vie ?

— Viens, allons le sauver, je propose, magnanime.

Terrence saute souplement au bas du lit. Ma sœur a-t-elle poussé un hoquet ou j'ai rêvé ?

— Emma ! Ne le regarde pas comme ça ! Nous sommes deux vieilles biques, je te rappelle.

— Tu crois ? murmure-t-elle tout en laissant ses yeux errer sur les épaules de Terrence.

— J'en suis sûre. Go !

Le dîner a été presque agréable. Bien plus que je ne l'aurais imaginé.

Ma mère, tout aussi ignare que moi sur le sujet du rock actuel – merci mon Dieu ! –, s'est surtout concentrée sur Gary, le fiancé hollandais d'Emma. Pauvre, pauvre Gary ! Cet homme à la chemise parfaite a subi un interrogatoire en règle. Tout y est passé : sa famille, le divorce de ses parents vingt ans plus tôt, son opinion sur le mariage, le nombre d'enfants qu'il souhaite, bref, les sujets classiques qui vous coupent l'appétit. Mais, comme dirait très justement ma mère, comment faire connaissance sans poser quelques questions indiscrètes ?

Nous en sommes déjà au dessert lorsqu'elle se remémore la présence de l'ami gay de sa fille, qui affiche une coupe de cheveux un peu trop longue et une chemise un peu trop ajustée.

— À ton tour, Terrence ! Raconte-nous quelque chose sur toi, mon grand. Célibataire ? Si oui, nous avons ici un charmant jeune homme qui habite juste à côté de chez nous...

— Maman !

Ma voix sévère ne l'arrête pas. Têtue comme un âne.

— Célibataire ? répète-t-elle.

Terrence sourit, amusé. Il doit se croire chez les fous.

— Eh bien, oui, répond-il. Depuis peu.

Ma mère s'illumine.

— Oh ! Dans ce cas, Tommy...

— Pour tout vous dire, j'ai repris ma liberté parce que j'ai compris que j'étais attiré par quelqu'un d'autre, précise Terrence. Ce n'était pas très honnête de fréquenter une personne alors que l'on en a une autre en tête, n'est-ce pas ?

Ma mère hoche la tête en silence tandis que de mon côté je m'interroge : est-ce que Terrence improvise pour rester dans la comédie que nous sommes en train de jouer ? Ou y a-t-il un fond de vérité dans ce qu'il vient d'expliquer ?

Je sais que cela ne me regarde pas, mais je veux en avoir le cœur net.

— C'est vrai, Terrence ?

Nos regards se croisent.

— C'est vrai.

L'ambiance autour de la table se modifie imperceptiblement.

Par chance, ma mère propose alors à la cantonade un jeu de société, et nous nous retrouvons vite plongés dans de grandes batailles de Monopoly. Cela faisait des siècles que je n'y jouais plus, à raison semble-t-il, car je me débrouille très mal – je n'ai aucun sens de la compétition et aucun sens des affaires.

— Je déteste perdre, je gémis après avoir déclaré faillite.

— Tu perds tout le temps, ma chérie, me fait remarquer ma mère, impitoyable.

Le rôle des mères n'est-il pas de rassurer leurs enfants et de mettre en valeur leurs qualités et non leurs défauts ?

— Justement. J'en ai marre, je marmonne. Je voudrais bien me mettre à gagner, pour changer !

Et pas seulement au Monopoly...

— C'est une question de volonté, intervient Gary.

— Mmm, pas toujours. La chance y est pour beaucoup. Tu lances le dé, tu tires une carte, tu tombes sur la personne qu'il ne faut pas...

— Et si tu croisais la bonne sans le savoir ? déclare Terrence, impitoyable lui aussi, à sa manière. Sous l'emprise de certains préjugés ?

— Quels préjugés, par exemple ?

— Je ne sais pas... Son métier, son âge...

Je le regarde, un peu perdue.

— C'était juste une idée comme ça, je reprends, soudain mal à l'aise. Je n'ai rencontré personne récemment. À part ce dîner avec Norman, bien sûr...

Prononcer ce nom était une erreur de débutante. Le visage de ma mère s'éclaire aussitôt. Je me hâte de lui couper l'herbe sous le pied.

— Du calme, maman ! Nous n'étions vraiment pas faits l'un pour l'autre, Norman et moi. Zéro attirance physique. En plus, il en aime une autre !

— Et toi ? demande Terrence.

— Moi, quoi ?

Il ne répond pas et continue à jouer.

Ma sœur ne cesse de me jeter des regards furtifs. Comme je suis éliminée du jeu, elle m'indique d'un geste discret la cuisine sous un prétexte fallacieux. Il ne manquait plus qu'elle, ce soir !

Elle m'entraîne presque de force et referme la porte derrière nous.

— Tout doux, Emma… Qu'est-ce qui te prend ?

— Qu'est-ce qu'il y a entre vous, au juste ?

— Entre maman et moi ? Oh ! Un rapport assez compliqué depuis des années. Tu es bien placée pour le savoir…

Ma sœur croise les bras dans une attitude belliqueuse. Où est passé son sens de l'humour ?

— Julie…

— Bon sang ! À ton avis ? Il n'y a rien du tout, entre Terrence et moi ! *Voisins* et *amis*, tu comprends ces mots ?

— Je sais que cela n'aurait aucun sens, mais il a fait certaines allusions…

— Comment ça, « cela n'aurait aucun sens » ? je relève, agacée.

C'est la deuxième fois que ma chère sœur insinue qu'il est impensable que j'attire l'attention de quelqu'un comme Terrence. Et si j'ai laissé courir cet après-midi, puisque j'étais assez d'accord avec elle – et je le suis toujours –, là c'en est trop ! Que ma propre famille trouve normal de m'envoyer certaines vérités décourageantes à la figure, qu'elle ne me juge pas à la hauteur, l'âge mis à part, c'est exaspérant ! Et vexant. Limite traumatisant.

— Les exemples de relations sentimentales réussies malgré un grand écart d'âge ne manquent pas, que je sache, je reprends, plus calme.

Le regard d'Emma se fait soucieux.

— Julie, je t'aime tendrement, et je te tiens pour la meilleure personne qui soit, mais Terry Graham...

— ... est musicien ? Et alors ? Moi, j'écris. C'est un métier comme un autre. Toi, tu rédiges des livres comptables. Le monde est beau parce qu'il est varié.

— Oui, mais Terry Graham...

Elle s'interrompt. Gênée, clairement. Elle cherche un moyen de me dire les choses en face sans me blesser. Peine perdue, à mon avis : je suis déjà blessée par ce qu'elle pense sans le dire.

— Voyons Julie, tu sais très bien de quoi je parle. Vous êtes différents, vous ne fréquentez pas les mêmes cercles...

Ça c'est sûr. Toutefois, on se tourne autour, lui et moi, depuis un bon moment, si bien... que l'on a créé notre petit cercle personnel. Mais passons. Terrence et moi sommes amis, il est clair qu'il n'y aura jamais rien d'autre entre nous. Ce qui me chiffonne, c'est pourquoi ma sœur – *ma propre sœur*, bon sang ! – se croit obligée de me rappeler mes limites. Quelle tare, chez moi, m'empêcherait de plaire à un type jeune et séduisant si je le voulais, hein ?

Mes yeux tombent sur le gros pull couleur arc-en-ciel que j'ai choisi de porter pour le dîner. D'accord. Ma garde-robe n'est pas top. Mais cela n'explique pas tout.

— Emma, cette conversation n'a aucun sens. Si tu le permets, je vais me coucher.

Là-dessus je l'abandonne dans la cuisine et je vais souhaiter une bonne nuit aux autres, en ignorant, au prix d'un effort surhumain, le regard soucieux que me lance Terrence.

Celui-ci me rejoint quelques minutes plus tard et me trouve en pleine bagarre avec le lit d'appoint, celui que j'utilisais pour mes soirées pyjama pas si inoubliables que ça, et qui accuse le poids des ans.

— Foutu lit !!!

Derrière moi, Terrence s'esclaffe.

— Des soucis ? demande-t-il en s'agenouillant près de moi.
— Ce machin est vieux, le deuxième pied ne s'ouvre pas...
— Il faudrait de l'huile pour débloquer le mécanisme.
— L'huile de jojoba, ça marcherait ? Il paraît que c'est un antirides très efficace. J'en ai un flacon là, dans ma trousse de toilette.
Terrence sourit.
— Tu n'as pas de rides, toi !
— Mais si. Tiens, là, dis-je en indiquant l'extrémité de l'œil.
— Ce sont des rides d'expression, pas de vieillesse ! Tout le monde en a.
Et il me désigne son propre visage. En effet, il a quelques rides d'expression, comme il dit, mais ce sont des rides *jeunes*. Et ça se voit.
— Sincèrement, tu n'as pas de rides, insiste-t-il en me dévisageant avec attention.
Et là, tout à coup, je m'en veux terriblement d'avoir fait l'impasse sur le maquillage, ce soir...
Ma décision était mûrement réfléchie, pourtant : j'hésitais devant mes crayons et mes ombres à paupières, songeant que Terrence serait présent au dîner, et puis je me suis abstenue, parce que la tentation, justement, m'a paru ridicule. Le raisonnement retors classique, dans lequel beaucoup de femmes se reconnaîtront.
Plutôt que de me disputer avec lui sur l'état de ma peau, je vais chercher l'huile miraculeuse.
Pour les rides, son efficacité reste à prouver, mais elle se révèle idéale pour donner un coup de jeune aux pieds de lit d'appoint rouillés !
Je prépare le lit en un tournemain. Où le caser, maintenant ? Va pour le recoin à côté de l'armoire... Avec deux lits dans cette chambre au format timbre-poste, on ne pourra même plus circuler, mais tant pis.
Terrence me contemple d'un air pensif.
— Je vais le prendre pour moi.

— Pas question ! Il est nettement plus petit que l'autre. En plus, il grince.

Je m'assois pour faire une démonstration. Les ressorts renvoient aussitôt un gémissement lugubre. Pourvu qu'ils tiennent le coup. Naguère, j'étais plus légère…

— Approche-le au moins du lit principal, suggère Terrence. On n'arrivera pas à aller dans la salle de bains, sinon.

— Pourquoi, tu as l'habitude de t'y rendre souvent en pleine nuit ?

— En général non, mais on ne sait jamais. Placé là, ton lit bloquera le passage. Je ne voudrais pas devoir t'enjamber dans l'obscurité.

— Ne te gêne pas pour si peu…

— Et si je te tombe dessus ?

— Impossible, avec ce corps d'athlète.

Terrence se redresse sur le lit.

— Julie… Quel est le problème, exactement ?

— Il n'y a aucun problème.

— Alors, approche ce lit ! C'est à cause de ce que j'ai dit ce fameux soir, n'est-ce pas ? ajoute-t-il au bout d'un moment, comme je ne bouge pas.

Je ne fais même pas semblant de ne pas comprendre à quel épisode il se réfère.

— Non.

Mais je ne suis pas complètement sincère. Bien sûr qu'il y a un rapport avec le fameux soir. Entre autres…

Terrence soupire et enfouit les doigts dans sa tignasse.

— Encore une fois, je suis désolé pour les paroles que j'ai prononcées. D'autant que je ne les pensais pas du tout. C'est vrai, sur ta carte d'identité, il est écrit que tu as quelques années de plus que moi… Mais ça ne compte pas.

Qui cherche-t-il à convaincre, là ? Moi ou lui-même ? Bien sûr que si, ça compte ! Et pas qu'un peu !

— C'est vrai, je concède. Entre amis, l'écart d'âge n'a aucune importance…

— Et entre un homme et une femme, il serait rédhibitoire ?

Je me raidis sur ma couchette de fortune.

— Oui. C'est comme ça, c'est tout. Ainsi va le monde.

Il a l'air déçu par ma réponse, mais je suis sincère. Du moins, une partie de moi-même est sincère... L'autre a commencé à s'interroger sur le bien-fondé de cette vision du monde en noir et blanc. Et les nuances, alors ? Pourquoi, de temps en temps, ne verrait-on pas se produire aussi des choses qui semblaient impossibles sur le papier ?

En vérité, je suis attirée par l'homme assis devant moi, perdu dans cet océan fuchsia improbable, et ce depuis le début. Plus précisément : depuis sa première repartie. J'ai reconnu en lui une âme sœur, en dépit de nos différences flagrantes et nombreuses, je suis la première à le reconnaître...

Reste qu'en dépit de tout, cet homme est ici ce soir. Dans ma chambre, et nulle part ailleurs. Et l'envie me démange de me lever, de faire ces deux pas qui nous séparent et de cueillir son visage entre mes mains pour voir l'effet que cela fait, de se laisser complètement aller...

Un vent de folie m'emporte, c'est évident. Ah ! Cher Érasme. En cet instant, ton éloge de la folie est assez partagé.

Je bondis sur mes pieds et entreprends de chercher frénétiquement mon pyjama. Un pyjama en flanelle, avec des licornes imprimées un peu partout dessus, comme il se doit. Loin, très loin des bustiers sexy... La pauvre Audrey ne s'en remettrait pas.

— Je vais me brosser les dents et me changer pour la nuit.

En ressortant de la salle de bains dix minutes plus tard, j'ai recouvré mon sang-froid et toute ma raison.

Dommage que mon lit ne se trouve plus dans le coin où je l'avais laissé.

— Terrence..., je lance d'un ton menaçant.

— S'il te plaît, ne nous disputons pas pour une broutille pareille. Ce lit ne peut pas bloquer la porte de la salle de bains. C'est totalement absurde. Rien ne nous empêche de dormir l'un près de l'autre. Absolument rien. À moins que...

— À moins que ?

Je sens bien que je vais me faire avoir, mais je n'arrive pas à être plus maligne que lui : pendant mon absence, il a déboutonné sa chemise, et ce jeu de voilé-dévoilé me vaut une bouffée de chaleur tout à fait anormale – et qui n'a rien à voir avec une ménopause précoce !

— À moins que tu sois incapable de te contrôler, dans le fond, me fait-il remarquer, perfide. Et que tu craignes de me sauter dessus cette nuit.

Futé, le bougre. Et il le sait. Il a l'air tout fiérot.

— Jamais de la vie, voyons !

— Bien. Donc, aucun motif raisonnable ne nous oblige à bloquer la salle de bains, décrète-t-il. À présent je vais me changer à mon tour. Ne t'avise pas d'en profiter pour déplacer le lit, ou j'y verrais un signe d'une insigne faiblesse vis-à-vis de ma personne.

Échec et mat.

Vexée, je me glisse dans le lit sans un mot, ma liseuse sous le bras. Laurel m'a demandé mon avis sur la dernière version de son nouveau roman. Je me plonge aussitôt dans le texte. Depuis que mon amie a retrouvé une vie sexuelle normale et saine, ses bouquins sont devenus franchement sexy... Ce n'est pas voulu, je pense. Juste le fruit de longues parties de plaisir entre les draps...

— Qu'est-ce que tu lis ?

Je n'ai pas entendu Terrence approcher.

Ma réaction est celle, classique et ridicule, de la fille prise en flagrant délit de lecture d'une scène de sexe : je rougis, bredouille et tente de masquer l'écran de ma liseuse.

— Oh ! Euh... Rien de spécial...

— Une scène pimentée, peut-être ?

Je me mordille la lèvre. Le seul truc pimenté ici c'est lui, dans cette tenue ridicule qu'il a choisie pour dormir : un boxer et un T-shirt blanc près du corps, comme une seconde peau. Un bloc de muscles et de tentation...

— Où est ton pyjama, Graham ?

— J'ai bien peur de l'avoir oublié, répond-il en souriant.

Pourquoi est-ce que je n'y crois pas une seconde ?

— Pas grave, je marmonne en détournant les yeux. Au lit maintenant, et dodo !

Docile, il se glisse entre les draps, arrange les couvertures... Mais au lieu de s'allonger, le voilà qui reste assis à m'observer avec un petit sourire.

— Tu ne m'as pas répondu, Julie. C'est des trucs pornos ?

— Oui, là ! T'es content ?

— Qu'est-ce qu'ils font précisément, dis-moi ?

Je range ma liseuse et tends la main vers l'interrupteur pour éteindre cette lumière insupportable. Le noir revenu, je me sens de nouveau maîtresse de la situation. Loin des yeux, loin du cœur... et du reste !

— Quoi, tu n'as pas de vie sexuelle, toi ? je lance. Tu as besoin d'un dessin ?

Je le sens qui se tourne vers moi. Je sens son odeur, son souffle. Malédiction ! Quelle réflexion stupide de ma part...

— Là tout de suite, non, je n'en ai pas besoin, murmure-t-il.

— Bien. Moi non plus.

Les yeux rivés sur le plafond, je lutte contre une agitation croissante. Mon projet de m'endormir au plus vite a tourné court. Et puis, ce matelas est terriblement inconfortable...

— Je t'entends réfléchir d'ici, me fait remarquer Terrence en riant.

— C'est interdit ?

— Non, mais tu pourrais partager. Un rapport avec ta sœur ?

Il a capté au vol ce qui me trotte dans la tête. Sa perspicacité ne m'étonne même plus.

— Je ne sais pas pourquoi ses remarques me blessent toujours autant...

— Parce que tu es humaine. Et la famille reste la famille. J'en sais quelque chose. Qu'est-ce qu'elle t'a dit pour te bouleverser à ce point ?

Je me tourne dans sa direction, même en sachant que je ne pourrais pas le voir dans l'obscurité.

— Ce n'est pas tant ses mots exacts que le malaise qu'ils ont créé chez moi. Ça peut sembler infantile, mais... j'en ai assez de ne pas me sentir à la hauteur, voilà.

— Alors, arrête !

— Comme si c'était facile..., je murmure.

— Le secret, c'est de commencer. Tu devras faire un effort au début, mais tu verras, avec le temps tout s'arrangera. Il suffit parfois d'un geste, d'une initiative...

Il semble parler en connaissance de cause. On dirait bien qu'il est passé par là, lui aussi.

— Pour toi, quel a été le tournant ? je demande.

Comme c'est bizarre, de discuter dans le noir. Bizarre et relaxant en même temps : on se sent plus facilement complices.

— Mon premier tatouage, répond Terrence. Ça a été un moment clé.

— Merci, mais moi je ne risque pas de me faire tatouer !

— Non, ce n'est pas ton genre. Toi, il te faudrait autre chose... Un acte de courage. Un geste dont tu n'aurais jamais pensé qu'il serait dans tes cordes...

Je prends mon temps pour laisser émerger dans mon esprit un exploit de ce style.

Ma première pensée va à ce roman contemporain que j'ai très envie d'écrire. Sauf que je ne me sens absolument pas contemporaine du tout. Ce serait un défi, oui, un vrai challenge pour le coup, tant il est risqué pour un écrivain de changer brutalement de genre.

Pour un écrivain... ou pour une femme ?

Je me redresse sur le lit d'appoint pour rallumer la lampe. J'ai besoin de regarder Terrence droit dans les yeux pour comprendre si je suis vraiment capable d'une telle audace.

— Et la lumière fut ! lance Terrence en clignant des yeux avant de s'asseoir à son tour.

— Je crois que je vais enfin faire quelque chose de dingue.

Ma voix est si ferme qu'il hausse les sourcils, étonné.

Le pire, c'est que je n'ai pas vraiment le trac. Je me sens surtout déterminée. Résolue, soudain, à ne pas rester *ad vitam aeternam* cette femme ennuyeuse et banale, à la conduite terriblement prévisible.

— N'en fais pas une affaire personnelle, d'accord ?

— Mais... de quoi tu parles ? demande-t-il.

Il n'a pas fini sa phrase que je tends la main d'un geste étonnamment vif pour lui saisir la nuque et le rapprocher de moi. Une fraction de seconde lui suffit pour deviner mon intention. Il pourrait se dégager, mais il ne le fait pas. Nos regards s'accrochent. Mon *ami gay* n'a pas l'air choqué plus que ça. Ma témérité semble même le ravir.

Lentement, ma bouche se pose sur la sienne.

Mon cœur se met aussitôt à tambouriner avec vigueur. Et mon corps sort enfin d'une torpeur qui aura duré de trop longues années. Ceci n'est pas un baiser : c'est une prise de position vis-à-vis de l'existence. J'envoie aux orties tout ce qui m'empêche de croire en mes propres capacités, toutes ces peurs qui m'inhibent.

Mon projet si scandaleux soit-il ne prévoit pas de dépasser un simple contact des lèvres. Je ne veux pas embrasser Terrence *pour de bon*, je veux seulement me prouver que j'ai en moi le courage nécessaire pour accomplir une chose aussi extrême.

Si bien que, trois secondes pile après avoir effleuré ses lèvres avec une impétuosité discrète, j'amorce le repli.

J'avais tout prévu, sauf la réaction de Terrence. À peine ai-je lâché sa nuque qu'il me saisit le visage à deux mains avec une impétuosité qui me prend totalement au dépourvu. Ses belles lèvres reviennent sur les miennes, caressent, mordillent, me provoquent, exigent une réponse de ma part.

Étant humaine et très, très faible, je ne peux faire autrement que de céder avec un petit soupir sous la pression de sa bouche. Mon bras reprend sa place autour du cou de cet homme dont la langue dessine avec soin le contour de mes lèvres, jusqu'à les contraindre à s'ouvrir. Et là, toutes mes facultés de réflexion m'abandonnent. C'est une explosion de couleurs, de saveurs, de sensations.

Tout juste ai-je conscience des mains de Terrence glissant vers ma taille dans l'intention manifeste de m'attirer contre lui. Un murmure m'échappe, de protestation j'espère, sans vraiment y croire, car entre-temps sa langue a enveloppé la mienne, neutralisant toute velléité de rébellion.

Ce n'est pas du jeu !

— Terrence, non, je gémis alors que sa bouche se pose sur ma gorge.

— C'est toi qui as commencé.

Sa voix grave vibre sur ma peau.

— Oui, mais je ne voulais pas déchaîner ce genre de...

— Trop tard.

Impitoyable, il reprend mes lèvres. Bonté divine ! Il faut pourtant que je me détache de lui tout de suite, avant que la situation ne dégénère davantage...

— Terrence... Tu n'as pas compris.

Pour toute réponse, il m'enlace d'un bras ferme.

— C'est toi qui n'as pas compris, Julie.

Ses cheveux me chatouillent les joues. Mes paumes me démangent, tant j'ai envie de le toucher partout...

— Toi et moi sommes amis, je bafouille.

— L'un n'exclut pas l'autre.

— Bien sûr que si. Formellement, même. Choisis !

Si j'ai sorti une ânerie pareille, c'est uniquement parce que je suis convaincue qu'il optera pour l'amitié. Je suis le genre de femme à laquelle les hommes tiennent des propos raisonnables. Pas une sirène irrésistible pour laquelle ils iraient fracasser leur bateau. Surtout avec ce pyjama, aux antipodes de la lingerie de nuit fétiche des femmes fatales…

— OK, murmure-t-il. Je choisis le sexe.

— *Quoi* ? Stop, stop !

Je me libère de ses bras au prix d'un effort surhumain et tente de me ressaisir. Pas simple, tant je me sens déboussolée. Au-dedans comme au-dehors.

— Qu'est-ce que tu viens de dire ?!

Terrence hausse les épaules, l'air parfaitement détendu.

— Pourquoi, le sexe n'était pas une option ?

— Non ! je m'exclame en le frappant sur le bras. Pas du tout ! Comment peux-tu imaginer une chose pareille ?

— Ma foi, tu m'as embrassé…

— Peut-être, mais tu sais pourquoi, non ? Ma sœur a démoli mon amour-propre. Ce baiser, c'était une façon de… de le réparer ! Parce que tu étais là. Parce que c'était un défi un peu fou. Mais j'ai fait bien attention à t'effleurer à peine les lèvres. Et toi, pourquoi m'as-tu embrassée ?

Je le vois alors qui se trouble et cherche ses mots.

— Je ne sais pas… Enfin non, ce n'est pas vrai. Je sais pourquoi je t'ai embrassée. Seulement… tu n'es pas encore prête à l'entendre.

— Pardon ?

— Nous en reparlerons plus tard. Là, c'est l'heure de dormir.

Là-dessus, il me pousse gentiment vers mon lit aux pieds grinçants.

C'est une histoire de fous ! Il y a à peine une minute, il semblait vouloir me dévorer toute crue… Maintenant il me renvoie dans les cordes, comme si de rien n'était. Et ce serait moi, la fille difficile à suivre ?

— Bonne nuit, me dit-il avant d'éteindre la lumière.

Le plus incroyable, c'est que je m'endors pour de bon. En moins de cinq secondes.

Le lendemain matin, je fais la morte et laisse Terrence se lever le premier.

Le réveil est déjà en soi un moment compliqué pour les femmes au charme confirmé. Alors, pour une qui vient de passer la nuit à côté d'un homme d'une dizaine d'années de moins… Au petit matin, ma tête présente des stigmates que l'on évite de mettre à la une des magazines, en règle générale : cernes, marques d'oreiller sur les joues, cheveux en bataille. J'ai besoin d'un certain temps pour me rendre présentable et oser m'aventurer au rez-de-chaussée.

Lorsque je trouve enfin le courage de descendre dans la cuisine, l'œuvre de restauration achevée, je tombe sur Terrence en train de deviser gaiement avec ma mère. Il n'a pas perdu de temps pour user de son charme !

Question : selon l'étiquette, que dit-on à quelqu'un qui, la veille au soir, avait sa langue enroulée à la vôtre ?

Tête basse, je marmonne un bonjour inaudible, récupère une tasse de café et une assiette et empile quelques-uns des pancakes préparés sûrement par mon père, qui adore nous corrompre.

— Bonjour ! lancent en chœur ma mère et Terrence.

Je sens peser sur moi le regard intense de mon compagnon de chambre. Intense ? Hier, un câble a dû lâcher dans ma cervelle, je ne vois pas d'autre explication.

— Et les autres ? je demande.

— Ton père a emmené Emma et Gary faire un tour en ville. Tu sais, Gary vient des Pays-Bas. Il meurt d'envie de découvrir la vie d'une petite ville américaine.

— Pas si différente de celle d'une petite ville hollandaise, j'imagine.

— Et vous alors, des projets ?

— Je ne sais pas. Terrence ?

Terrence m'envoie un sourire complice. Pourquoi ai-je l'impression que dans sa tête aussi défilent des pensées très impures ?

— Eh bien... Que nous conseillez-vous, madame Morgan ?

— Pourquoi pas une promenade à Wagon Hill Farm ?

L'idée me semble excellente, en effet. C'est un endroit magique, un parc immense où règne un vrai parfum de nature.

— Pourquoi pas ? Ça te va, Terrence ?

— Très bien, répond-il simplement en m'adressant un clin d'œil.

— Mais c'est moi qui conduis, je précise.

— Ah non, pas question !

— Je sais conduire ! Mieux que toi, même.

— Des mots, tout ça. De toute façon je ne te céderai pas le volant. À moins que...

Sa phrase reste en suspens. Évidemment. Il le fait exprès !

— À moins que ?

— Je t'expliquerai dans la voiture, dit-il en désignant discrètement du regard ma mère qui s'affaire déjà en vue du déjeuner.

Je me fais l'effet d'une lycéenne occupée à un jeu de regards avec son petit ami pour ne pas se faire attraper par ses parents. Si la réponse ne doit pas arriver aux oreilles de ma mère, attention danger !

Plus tard, une fois installés dans la Corvette – côté passager –, je persiste à éluder le sujet. Je sais me montrer têtue, à l'occasion.

— Alors ? Même pas curieuse de savoir ce que tu dois faire pour gagner le droit de conduire ? demande Terrence.

— T'étrangler, peut-être ?

Il éclate de rire.

— Non. Essaie encore. Tu auras peut-être plus de chance, la deuxième fois...

Il a baissé la voix et ce n'est pas un hasard. Je le soupçonne même d'une intention précise.

J'hésite entre m'insurger, horrifiée, et me sentir flattée quelque part.

— Écoute, Terrence...

Je m'éclaircis la gorge afin d'adopter un ton convaincant, mais son regard de défi me laisse peu d'espoir d'y parvenir.

— Avant tout, je te présente mes excuses pour hier soir. Mon initiative était déplorable.

— *Déplorable* ? Tu emploies de ces mots, Morgan...

— Quand je repense à ce baiser que je t'ai donné, j'ai envie de me taper la tête contre le mur. Je suis mortifiée.

Je n'arrive même plus à le regarder en face en lui parlant.

— Mais pourquoi ? s'enquit-il.

— Comment ça, pourquoi ? Parce que je suis... Et toi tu es... Enfin...

Je patauge, ne sachant par où commencer, ou plutôt, maintenant que je suis lancée, comment achever un discours cohérent.

— Il y a un écart d'âge certain entre nous et comme je suis la plus mature des deux, je n'aurais jamais dû t'embrasser hier soir.

Voilà. C'est dit. Jamais je n'aurais cru devoir expliciter une évidence pareille, en fait.

Terrence lève les yeux au ciel et met le moteur en route. Puis il démarre, pied au plancher, comme s'il pilotait un bolide de Formule 1.

Je m'agrippe à la poignée de ma portière telle une petite vieille épouvantée.

— Simple curiosité, je bredouille, qu'est-ce que j'aurais dû faire, alors, pour pouvoir prendre le volant ?

— Ah ! Tu es curieuse, maintenant ! Eh bien, c'est simple : il te suffisait de refaire ce que tu as fait hier soir et qui t'a dégoûtée, si j'ai bien compris, vu que tu me répètes en boucle que ça n'aurait jamais dû se produire.

Je mets un certain temps à comprendre ce qu'il est en train de me dire.

— Tu aurais voulu que... Que je t'embrasse encore ?

— C'est ça, confirme-t-il, les dents serrées.

— Seigneur ! Mais pourquoi ?

Nouvelle accélération sauvage de sa part.

— À ton avis, pourquoi est-ce que j'ai plaqué Liz, hein ?

— Je ne sais pas... Quel rapport ?

Il me lance un regard courroucé. Je n'ai pas l'habitude de le voir de cette humeur-là.

— Sans mon orgueil démesuré, je crois que je serais en pleine dépression à cette heure-ci. Bon Dieu, Julie ! J'ai planté Liz parce que...

Il freine brutalement pour éviter de justesse de s'encastrer dans le véhicule qui nous précède.

— Et merde, je n'arrive même plus à conduire !

Il se range sur le côté dès qu'il le peut et coupe le moteur.

Puis il se tourne vers moi. Je crois bien n'avoir jamais été aussi nerveuse de ma vie.

— Tu n'es pas prête à entendre ce genre de discours. Il est trop tôt. Mais de mon côté, je n'ai pas le sang-froid qu'il faudrait pour continuer à jouer au chat et à la souris. Alors, viens là !

— Là, où ?

— Là. Sur mon siège.

— Mais... Tu es assis dessus.

Cette phrase d'une ineptie navrante, c'est vraiment moi qui l'ai prononcée ?

— En effet, je suis assis dessus, répond-il en me fixant d'un air grave. Viens, Julie.

J'obéis. Enfin, une femme que je ne connais pas et qui me ressemble obéit. Et non seulement je ne proteste pas, mais je m'entends demander :

— C'est pour ça que tu as choisi une décapotable ?

La question le fait rire.

— Je n'y avais pas pensé, juré.

Une de ses mains me ceinture la taille, l'autre se fraye un chemin sous mon T-shirt.

— Je… Nous devrions réfléchir encore un peu, non ?

Ma voix suppliante semble assez peu convaincante, même à mes propres oreilles.

Terrence me caresse la gorge et approche sa tête de la mienne.

— J'ai fait un rêve cette nuit, dans lequel je faisais exactement ceci…, murmure-t-il avant de m'embrasser.

Cette fois, pas de préludes chastes, encore moins d'intentions honorables sur ce bas-côté désert au milieu de nulle part. Terrence Graham fait manifestement des rêves interdits aux moins de seize ans.

À l'instant où nos langues se touchent, un gémissement m'échappe, entre soupir et résignation, car en vérité je crois bien avoir moi-même rêvé d'une chose assez similaire.

12

Au retour de ce voyage compliqué sur mes terres natales, mon premier réflexe a été d'appeler à l'aide mon groupe de soutien. Si Taylor Swift peut avoir une équipe autour d'elle, je m'arroge le droit d'en posséder une moi aussi, et tout aussi dévouée !

La réunion de crise se tient dans notre bar des sports fétiche de Midtown, devenu un lieu de pèlerinage car plus ou moins équidistant de nous toutes, et moins onéreux que les pubs à la mode du quartier. Seuls légers désagréments, une offre de cocktails limitée – pas de pink lady, en d'autres termes – et un nom prometteur pour les sportifs obsessionnels. En contrepartie, l'anonymat est garanti. À mon arrivée, les multiples écrans de télévision retransmettent un match de hockey des New York Rangers, soulevant l'enthousiasme de la faune masculine complètement absorbée par le jeu. Gisele Bündchen en personne aurait pu faire son entrée à ma place, pas un client n'aurait bougé un cil.

— À une époque, j'ai fréquenté un joueur de hockey, nous informe Audrey d'un ton rêveur tandis que l'on s'installe à notre table habituelle.

Je m'apprête à lui demander davantage de détails sur ce sportif qui a su mériter un élan de tendresse aussi rare de sa part, lorsqu'elle précise quelques minutes plus tard, toujours perdue dans ses souvenirs :

— Un super coup…

J'en avale une gorgée de bière de travers. Oui, j'ai pris une bière ! Une fois n'est pas coutume. Et puis je suis d'humeur à sortir de l'ordinaire.

— Par pitié, Audrey, tu pourrais éviter de mettre ma vie en danger avec des remarques pareilles ? je gémis en toussant.

— Ainsi nous sommes encore dans le monde des fées et des princesses ? réplique mon amie d'un ton narquois. Pardon, Julie, mais… tu n'avais pas parlé de pondre enfin un roman contemporain ? Attention ! Si tu te lances, il te faudra puiser dans des détails contemporains pour corser ton écriture… Commence donc par te familiariser avec le langage d'aujourd'hui. On ne dit plus « un homme doué pour les choses de l'amour », on dit « un super coup ».

— Pas moi. Contemporaine ou pas, mon histoire respectera le romantisme qui est désormais ma marque de fabrique. Avec des pelletées de bons sentiments et sans aucune scène vulgaire, navrée !

Audrey feint de frissonner et se fait aussitôt taper sur la main par Laurel.

— Allez, arrête de te moquer d'elle ! Tu as vu la tête qu'elle faisait en arrivant ?

— Justement ! J'essaie de lui remonter le moral. Alors ma chérie, qu'est-il arrivé de si grave ? Pourquoi avons-nous été convoquées ? me demande-t-elle sans détour.

Je me raidis sur ma chaise.

— Rien de grave, enfin… j'espère.

— Tu as étranglé ta mère ? Ce serait compréhensible, remarque, vu l'obstination avec laquelle elle s'évertue à te trouver un homme…

— Je pourrais vous dire la même chose !

— Oh ! Pour ma part, mon but en insistant sur ce point est assurément moins noble que celui de ta mère, qui voudrait te voir vite casée et prête à sortir du four un gâteau que tu ne sais même pas préparer…

— Figure-toi que j'ai fait des progrès fulgurants en pâtisserie, ces derniers temps, j'annonce, fière de moi. Maintenant je sais faire un merveilleux cheesecake aux myrtilles et un gâteau au chocolat à tomber !

Audrey me regarde d'un air affligé.

— C'est ça ! Et maintenant, tu vas m'annoncer que tu t'es tapé un mec !

À ces mots, mon visage flambe. Je n'ai jamais été douée pour cacher un secret.

— Merde alors... Tu t'es tapé un mec, murmure-t-elle d'un ton admiratif. Laurel ! Tu entends ça ? Elle s'est tapé un mec !

Cindy, la plus normale et discrète du groupe, rigole dans son coin en observant la scène.

— Qui diable as-tu réussi à rencontrer à *Durham* en deux jours ? demande Laurel. À moins que tu n'aies croisé par hasard un amour de jeunesse ?

J'enfouis la tête dans mes mains.

— Vous n'allez pas le croire...

— Chiche ? réplique Audrey.

À l'abri de mes dix doigts bien fermés, je confesse à voix basse :

— Terrence est venu avec moi à Durham.

— Oh !!! Oh, mon *Dieu* !

Audrey a poussé un cri de triomphe comme si elle venait de remporter le prix Nobel de littérature. Une chance que l'équipe de hockey ait choisi pile ce moment pour marquer un but salué par une explosion de hourras assourdissants. Personne ne fait attention à nous, pauvres écrivaines un peu dérangées que nous sommes.

— Laurel, calme-la, fais quelque chose...

Mais calmer Audrey tient de la gageure.

— Et moi qui te croyais pure et romantique ! s'exclame cette dernière. Quelle blague ! Tu couches avec une rock star idolâtrée par les adolescentes du monde entier... Là, tu m'impressionnes ! Je t'ai sacrément sous-estimée, dis donc.

— Je ne couche pas, Audrey.

— Comment ça ?

— Regarde-moi. *Je ne couche pas.*

Audrey me considère en silence quelques secondes.

— Bon, si tu le dis. Mais les caresses et tout ça, ça compte aussi, contrairement à ce que soutenait Bill Clinton...

— Ce n'est pas ça non plus !

— Alors c'est quoi ? demande Laurel.

— On... On s'est embrassés.

C'est tout ce que je suis disposée à lâcher.

— À douze ans, à la rigueur, ça passe, déclare Audrey. Mais un type qui sort d'une liaison avec un mannequin célèbre ne va pas échanger de la salive et rien d'autre dans le New Hampshire avec des nanas comme nous ! Soyons sérieuses... Au fait, pourquoi est-ce qu'il l'a plaquée ?

Je hausse les épaules.

— Je n'ai pas bien compris, je marmonne. Il a fait des allusions, mais... C'était tellement ridicule...

— Il t'a semblé que c'était en rapport avec toi, peut-être ? demande tout à coup Cindy.

— Eh bien... oui. À moins que j'aie la tête à l'envers, ce qui n'est pas exclu. Mais il a changé assez vite de sujet, sous prétexte que je ne serais pas prête d'après lui à affronter ce genre de discussion. Quel culot !

— Tu ne l'es pas, confirme Audrey d'un ton grave.

— Je ne suis pas quoi ?

— Prête. Regarde-toi ! Tu es là, à essayer de te soûler avec de la bière, que tu détestes, comme si tu devais expier je ne sais quel péché. Enfin, Julie ! Tu as *embrassé* un type, et tu te prends la tête pour si peu ?

Si seulement c'était aussi banal !

— Justement, Terrence n'est pas n'importe quel type que j'aurais rencontré un soir dans un bar. Nous sommes amis. Vraiment *amis*. Et d'ailleurs je n'ai jamais dragué un type dans un bar...

— Tout le problème est là : tu t'es immolée trop jeune sur l'autel d'une relation sérieuse, pour un homme qui ne le méritait même pas. Et maintenant, alors que tu es encore jeune mais plus *si* jeune, il te manque les bases pour interagir avec certaines personnes.

— Pas « certaines personnes », Audrey. Un homme plus jeune que moi. Et ça change tout.

Elle pousse un soupir agacé.

— C'est ça qui te chiffonne ? Le fait qu'il soit plus jeune ?

— Plus de dix ans nous séparent, je lui rappelle, quand bien même répéter cela me rend malade.

— Et alors ? Les hommes meurent plus tôt ! C'est toujours ça de gagné.

Oh, Seigneur ! Heureusement que personne n'écoute notre conversation...

— Raconte-nous tout, calmement, depuis le début, propose Laurel. Qu'est-ce qui a déclenché ce baiser, tout ça...

Je m'agite dans mon coin, au supplice, avec l'envie de disparaître sous terre. Mais en même temps, c'est moi qui ai demandé à mes amies de me rejoindre...

— Le drame, c'est que... C'est moi qui l'ai embrassé.

Audrey hausse les sourcils.

— Décidément, on va de surprise en surprise, ce soir ! Tu as *pris l'initiative* ? Est-ce que tu avais bu, par hasard ?

— Non. Ma sœur venait de me plomber le moral, c'est tout. Elle était arrivée avec son nouveau fiancé alors que moi j'avais amené un ami gay...

— Quel ami gay ?

Laurel n'y comprend plus rien. Et elle n'est pas la seule.

— Terrence...

Audrey lève la main pour héler la serveuse.

— Whisky ! Double ! Pour tout le monde !

La commande passée, elle se concentre de nouveau sur moi.

— Terrence gay, c'est absurde. OK, il suit la mode du négligé savant typique des nouvelles stars du rock, mais l'autre soir, comme sur les photos diffusées dans les médias, il m'a semblé indiscutablement viril !

— Aucun doute là-dessus. Il a du sex-appeal à revendre, confirme Laurel.

Une petite explication s'impose.

— J'ai dit à ma mère que je venais avec un ami gay pour qu'elle me fiche la paix sur mon absence chronique de compagnon.

Laurel hoche la tête, semble remettre mon histoire dans le bon ordre et se penche en avant.

— Donc, si on résume, tu as traîné Terrence chez tes parents et tu l'as embrassé...

— *Traîné* ?! Il est venu de son plein gré, je peux vous le garantir ! Personne ne l'a forcé. Et je ne lui ai pas sauté dessus.

— Quel dommage..., soupire Audrey.

— Dommage, mon œil ! J'ai connu un moment d'égarement existentiel, ça, d'accord, mais je tiens à préciser que j'ai simplement posé mes lèvres sur les siennes.

Mon amie secoue la tête, déçue.

— Sans la langue ? Quelle pitié ! J'ai dit douze ans ? Je rectifie : six ans d'âge mental !

J'attends calmement que la serveuse ait terminé de nous distribuer nos whiskies pour balancer ma bombe.

— La langue, c'est lui qui l'a mise.

C'est au tour d'Audrey cette fois d'avaler de travers.

— Alléluia !!! Alooors ? C'était comment ? Intense ? Excitant ? Il sait y faire ?

On ne convoque pas son équipe rapprochée pour mentir, n'est-ce pas ? Je ne peux que hocher la tête.

— Il sait y faire, oui.

— Pourquoi ce ton funèbre, alors ? murmure Laurel.

— Parce qu'il sait y faire, mais que ça s'arrêtera là, dis-je d'un ton ferme.

Trois paires de sourcils se soulèvent avec la même incrédulité.

— Que je comprenne bien, dit Audrey. Que s'est-il passé *après* ce baiser ? Tu ne l'as pas fait fuir, quand même !

— J'ai fait semblant de dormir.

— Comment ça, dormir ?

Dans des moments comme celui-ci, je doute de ma propre identité de femme de trente-six ans dotée de bon sens...

— Dormir, au sens propre du terme.

Laurel s'esclaffe.

— Tout le temps ?

— Plus ou moins. Le deuxième soir, quand il m'a rejointe dans la chambre que nous partagions, j'ai joué la fille épuisée qui dormait déjà.

— Parce que vous *partagiez* la même chambre ? s'exclame Audrey d'une voix suraiguë.

— Je partageais ma chambre avec mon *ami gay*. Le pauvre, ma mère l'avait retenu pour lui proposer de lui présenter le fils gay des voisins..., je poursuis sans m'attarder sur ce détail.

Éclat de rire général autour de la table.

— Ensuite, j'ai fait mine de somnoler dans la voiture jusqu'à l'aéroport. Un exploit, parce qu'on devrait lui retirer son permis ! Même chose dans l'avion du retour. J'ai même piqué un petit somme dans le taxi qui nous ramenait à la maison.

Audrey me considère d'un air affligé.

— À l'heure qu'il est, il aura conclu que tu souffres de narcolepsie...

— Tout, plutôt que d'être obligée de discuter !

— Mais tu vas devoir parler avec lui, un jour ou l'autre ! me fait-elle remarquer non sans raison.

— Pourquoi ? C'est écrit où ? Je peux très bien continuer à l'éviter !

— Allô ? Julie ? Je te rappelle que vous habitez le même immeuble ! Tu ne pourras pas jouer indéfiniment la Belle au bois dormant. Cette fable-là était déjà loufoque à l'origine, elle l'est encore plus au XXIe siècle...

— Tout à fait d'accord. D'ailleurs, je n'ai pas l'intention de dormir toujours. Juste un petit moment encore... Le temps que Terrence se trouve un nouveau mannequin, ce qui ne devrait pas lui prendre très longtemps... Si ça se trouve, pendant qu'on est là à nous soûler, il épluche ses contacts pour trouver quelqu'un à contacter. Le choix est rude. Gisele ? Adriana Lima ? Cindy Crawford ?

Le regard de Laurel s'adoucit.

— Ma chérie, Cindy a dépassé la cinquantaine... C'est sa fille que pourrait fréquenter Terrence. Quant à Gisèle Bündchen, personne n'oserait l'entreprendre, de peur de se frotter à son énergumène de mari. Gigi Hadid, à la rigueur...

— Qui ça ? Tu vois, je suis vieille ! Je ne connais même pas les mannequins d'aujourd'hui !

— Gigi est déjà en couple avec une autre rock star.

Indispensable Audrey, qui sait toujours tout...

— Ce qui ne fait que confirmer ma théorie, je gémis. Gigi, Gisèle ou quel que soit le prénom en vogue ces temps-ci, Terrence n'a que l'embarras du choix !

J'ai à peine fini ma phrase qu'un courant d'air glacé s'engouffre dans la salle jusqu'à notre table, comme dans les pires films de genre. Et j'ai un très, très mauvais pressentiment... Je me tourne vers l'entrée...

— Oh non ! je m'écrie en baissant la tête. C'est pas possible... Qu'est-ce qu'il fait là ?!

Trois autres têtes se tournent aussitôt vers la porte du bar.

Pitié, Seigneur ! Faites qu'il ne me voie pas. Je n'ai jamais demandé beaucoup... Jamais formulé de requêtes déraisonnables... Et même ça, c'est trois fois rien ! Je voudrais seulement qu'il s'en aille sans repérer ma misérable présence...

— Ah, Julie ! Te voilà !

Sa voix pleine d'assurance m'arrache un frisson. Il ne semble pas surpris le moins du monde de me trouver là, au contraire. Comme si... Comme s'il me cherchait !

Je me redresse en esquissant un faible sourire. Si je fais semblant de m'endormir là, tout de suite, est-ce que ce sera crédible ?

— Salut Terrence, dis-je en rougissant.

— Tu ne dors pas, à ce que je vois. Comme c'est bizarre, commente-t-il d'un ton sarcastique.

— Eh bien... Je... J'ai dû épuiser mes réserves de sommeil pour au moins un mois.

Ma franchise désarmante me vaut un sourire. C'est déjà quelque chose.

— Je peux m'asseoir ?

Il n'a pas à attendre une invitation formelle : Audrey a déjà tiré une chaise entre nous deux à son intention. Dans cet établissement tout sauf luxueux, personne n'a prêté la moindre attention à son arrivée. Il serait difficile de le reconnaître, de toute façon, sous cette casquette qui ne le quitte plus en public.

— Mesdemoiselles, bonsoir, lance-t-il sans me quitter des yeux. Vous me pardonnerez de garder mon couvre-chef...

— Oh ! Nous te pardonnons bien des choses, réplique Audrey en riant.

Je ferme les yeux, atterrée. Pourvu qu'elle n'en rajoute pas. Je me débrouille déjà très bien pour me piéger toute seule...

— Qu'est-ce que vous buvez ? demande Terrence en allongeant la main pour prendre mon verre.

Un silence religieux s'installe tandis qu'il le porte à ses lèvres et avale une gorgée de mon whisky. Boire dans le verre de l'autre. Peu de gestes trahissent à ce point une certaine intimité dans un couple. Je le sais, lui aussi. Il vient de franchir sciemment une ligne rouge devant témoins.

— Il est bon, dit-il. Pas à la hauteur d'un écossais, mais pas mal du tout dans son genre.

— C'est vrai que ton accent est terriblement sexy, dis donc !

Ah ! Audrey...

Terrence éclate de rire.

— Je ne sais pas. Il faut demander à l'experte, dit-il en se tournant vers moi.

— *Moi* ? Mais je ne suis absolument pas experte en matière de choses sexy...

— Pourtant tu écris des histoires qui se déroulent dans l'Angleterre de la Régence. L'accent doit te plaire à toi aussi, non ?

— Je ne sais pas. Mes personnages ne s'expriment pas de vive voix.

Au contraire de Terrence, qui parle, qui respire, qui embrasse... Qui fait beaucoup trop de choses...

Mon trouble ne lui a pas échappé. L'intensité de son regard atteste qu'il a parfaitement capté ma nervosité et n'a aucune intention de cesser de me tourmenter...

— De quoi parliez-vous, les filles, avant que je vienne vous interrompre ?

J'essaie d'intimer le silence à Audrey d'un discret coup de pied sous la table, mais Terrence est assis entre nous maintenant, et la pointe de ma chaussure heurte son mollet. Il se baisse en grimaçant de douleur pour se masser la jambe. C'est officiel : je n'en rate pas une.

— Pardon, je ne l'ai pas fait exprès, je murmure, mortifiée. Ce n'est pas toi que je visais...

— C'est vrai, le coup m'était destiné, confirme obligeamment Audrey. Julie ne tenait pas à ce que je te dévoile sa version de votre baiser.

Je serre les dents.

— Merci, Audrey.

— Notre baiser ? Au singulier ? demande Terrence d'un ton dégagé.

Trois têtes se tournent vers moi.

— Je n'ai pas voulu entrer dans les détails..., je marmonne, couleur pivoine, à présent.

— Tu as eu tort, décrète Terrence. Nous devrions tout raconter à tes amies, tu ne crois pas ?

Il joue la provocation ? Eh bien... Eh bien, je ne trouve aucune repartie à lui opposer, pour une fois. Je suis en cale sèche.

Je ne comprends pas bien ce qu'il fiche ici, mais avec le temps, j'ai appris à reconnaître ce regard déterminé qu'il affiche ce soir. Il ne laisse rien présager de bon.

— Terrence...

— Il y a eu bien plus d'un baiser, Julie, et tu le sais pertinemment puisque tu étais aux premières loges.

— Nous ne pourrions pas discuter de cela en privé ? je supplie. Quand nous serons, je ne sais pas, en tête à tête, toi et moi ?

Il secoue la tête.

— Impossible. Je crains fort que tu aies l'intention de m'ignorer définitivement.

— Pas définitivement... Juste le temps que tu...

— Que je... ?

— Le temps que le calme revienne.

— C'est-à-dire ?

Je rassemble mon courage et tente de me donner un ton de femme d'expérience pour expliquer :

— Eh bien, vous les jeunes, vous changez souvent de partenaire, n'est-ce pas ?

— Tu en changeais souvent, toi, à mon âge ?

— Non, moi non, mais... C'est moi, voilà.

Terrence sourit.

— Voilà un beau raisonnement solide qui tient la route ! Julie, ajoute-t-il en posant les mains sur mes épaules, laisse-moi te dire une chose avant que tu parviennes à aggraver encore la situation. On s'est embrassés, toi et moi. C'était spectaculaire. Et je veux qu'on recommence.

Il affirme cela avec une sérénité si confondante que j'en suis réduite à bredouiller :

— Nous sommes amis...

— Bien sûr. Mais j'ai quand même envie de t'embrasser ! dit-il en riant.

— Depuis quand ?

— Je ne sais pas... Depuis la toute première seconde ?

— *Quoi* ?! Ce n'est pas vrai !

— Oh ! J'en ai été le premier surpris, crois-moi. L'idée ne m'était jamais venue d'embrasser une femme portant des pantoufles en forme de licornes. Il y a un début à tout, j'imagine.

— Alors tu... Tu as fait *semblant* d'être mon ami !

À ces mots, Terrence recouvre d'un coup son sérieux.

— Absolument pas. Toi et moi, ça a fait tilt, tu comprends ? À plus d'un titre. Sur le plan du caractère, surtout. Nous sommes amis, c'est une certitude.

— Mais dans ce cas...

— L'amitié n'a jamais empêché le désir. Au début, j'ai fait comme si de rien n'était car, comme tu viens de le souligner, l'amitié est plus précieuse qu'une attirance physique. Et puis, tu m'as embrassé...

Ma tête replonge entre mes mains. Oh ! Je le savais, tout est ma faute !

— C'est pour ça que tu as quitté Liz ? je demande, mortifiée.

— Parce que je rêvais tout le temps de t'embrasser ? Oui, avoue-t-il en retrouvant le sourire. Je sais que tu ne me croiras pas, mais j'ai une éthique personnelle, moi aussi.

— Évidemment que je te crois, imbécile, je murmure.

— Alors, tout est clair, maintenant ?

— Non. Oui. Je ne sais pas... Que devions-nous éclaircir, au juste ?

Son flegme vacille pour la première fois.

— La situation, répond-il. Je viens de te confier mes intentions avec la plus grande sincérité. Et toi, quelle est ta position ?

Je me raidis brusquement.

— Stop ! Tes *intentions* ?! Je n'ai pas bien compris, je crois...

À côté de moi, Audrey lève les yeux au ciel.

— Espèce d'idiote, il est en train de te dire qu'il veut continuer à t'embrasser !

— Par souci d'exactitude, renchérit Terrence, je précise que mes désirs sont légèrement plus impurs que ça.

Je n'en crois pas mes oreilles... Bon sang ! Cette histoire ne peut pas m'arriver à moi, c'est impossible...

— Tu as pris un coup sur la tête ? je lui demande.

Il rit, selon sa bonne habitude.

— Pourquoi ?

— Parce que de deux choses l'une : ou tu as subi une commotion cérébrale, ou tu as pris des drogues puissantes. Tu ne vas pas très bien, c'est sûr.

— Julie, rassure-toi, je me porte à merveille. Évidemment, je pourrais aller encore mieux si tu arrêtais de te triturer les méninges...

— Pour triturer plutôt d'autres choses plus excitantes !

— Audrey !!! nous écrions-nous toutes les trois en chœur.

À côté de moi, Terrence rit à gorge déployée, maintenant.

— Quoi, qu'est-ce que j'ai dit ? demande Audrey en ouvrant de grands yeux innocents.

Terrence profite de ce moment de confusion pour saisir ma main. La sienne est rassurante, ferme, c'est une sorte de promesse...

— Comment as-tu fait pour me trouver, Terrence ?

— Tu m'avais parlé de ce bar. Comme je n'entendais plus aucun signe de vie chez toi, je suis parti à ta recherche. Ce n'était pas le jour du Pilates, alors...

Un spécimen masculin qui prête attention à mes propos. Qui mémorise mon emploi du temps ! La stupeur le dispute à l'effroi.

— D'accord, mais pourquoi est-ce que tu me cherchais ?

— Crois-le ou non, je ne voulais pas te stresser en t'obligeant à parler de ce qui s'est passé chez tes parents... Je souhaitais seulement t'inviter à dîner. Demain soir, dans un bon restaurant, juste toi et moi... Qu'est-ce que tu en dis ?

Là, je dis non !

Je vais dire non.

Je *devrais* dire non.

— Peut-être...

Maudite bouche ! Il s'en échappe vraiment n'importe quoi. Ces baisers m'ont complètement foutue en l'air...

— Parfait ! Je passe te prendre demain vers 19 heures. Je compte sur toi pour porter une tenue élégante.

Là-dessus il se lève et, me prenant par surprise, pose un baiser furtif sur mes lèvres. Un murmure d'approbation s'élève autour de nous.

— Mesdemoiselles, ce fut un plaisir ! lance-t-il avant de s'éloigner d'un pas nonchalant.

À ma gauche, Audrey s'évente du bout des doigts.

— Dans quel magasin trouve-t-on de jeunes amants ? J'irai m'en acheter un tout à l'heure en sortant.

13

Mlle Berry m'étudie d'un œil sévère.

— Cette tenue laisse voir votre ventre.

— Quel ventre ?! Je n'en ai pas !

Qu'est-ce qui m'a pris d'aller demander son avis à ma voisine de palier ? Je n'ai plus toute ma tête, il faut croire.

— Et ça, qu'est-ce que c'est ? demande-t-elle, l'index pointé.

Un léger renflement. Très léger. Presque invisible...

— De l'air, je réplique. Juste de l'air.

— Eh bien, il aurait fallu dégonfler un peu avant d'enfiler une robe pareille. Vous l'avez depuis longtemps ?

— Depuis des lustres.

— Et vous l'avez déjà mise ? Elle ne semble pas trop votre genre.

— Jamais.

Achetée pour une raison qui m'échappe, exhumée de l'armoire ce soir pour un motif encore plus obscur. J'espérais peut-être paraître sinon plus jeune, du moins... juvénile.

— Je peux vous prêter une gaine, me propose ma charmante voisine.

— Une *gaine* ? Sous une robe sexy ? Jamais de la vie !

Notre conversation n'aurait jamais dû prendre une aussi désagréable tournure. Mon estime de soi n'était déjà pas au top, elle vient de plonger droit vers le centre de la terre.

— Ah… Vous comptez laisser à d'autres mains le soin de vous la retirer… Êtes-vous sûre d'en ressortir vivante, ma jolie ?

Je pourrais me vexer, mais Mlle Berry n'a pas tout à fait tort : j'ai dû me contorsionner dans tous les sens pour me glisser dans ce… truc moulant, Dieu seul sait l'effort que me coûtera le déshabillage…

— Je ne sais pas, je marmonne. J'ai pensé que c'était le genre de tenue qu'une femme porterait sans problème pour aller dîner au restaurant.

À ces mots, Mlle Berry plisse les yeux.

— Avec qui sortez-vous ce soir, m'avez-vous dit… ?

Je ne lui ai rien dit du tout. Pas si bête !

— Quelqu'un, dis-je d'un ton vague.

— Quelqu'un… qui habite au-dessus de chez vous ?

— Peut-être.

Contre toute attente, elle me décoche un grand sourire.

— Ah, ça ! Voilà qui n'était pas prévu. Moi qui pensais que vous n'auriez jamais le courage de franchir le pas !

— Parce qu'il me faut du courage, vous croyez ?

— Je ne crois rien du tout. C'est *vous* qui en êtes persuadée. Parce qu'il est plus jeune, sans doute.

— Plus jeune et amateur de mannequins anorexiques qui sniffent des sucrettes à zéro calorie dès vingt ans ! Petit détail à ne pas oublier, je grommelle.

— À votre place, je ne ferais pas une fixation sur le tour de taille des mannequins réels ou présumés, mademoiselle Morgan. Je vous l'avais bien dit qu'il avait un faible pour vous. Un garçon futé !

C'est un compliment ou je rêve ?

Je pose des yeux humides sur ma voisine. Je me sens étrangement sentimentale ce soir.

— Ne me prenez pas dans vos bras, surtout ! me menace-t-elle.

— Juste un petit peu… ?

— Non ! Stop ! Si vous vous penchez en avant, cette robe va exploser.

J'éclate de rire.

— Le tissu est extensible !

Toutes griffes rentrées, Mlle Berry se laisse enfin embrasser, avec un certain élan, qui plus est.

— Dites... Je ne suis pas en train de faire une folie, au moins ? je demande dans un murmure ému.

— Je ne sais pas. Je ne suis pas la mieux placée pour donner des conseils.

— Allons ! À votre âge, avec votre expérience...

Ma voisine pousse un soupir à fendre l'âme.

— Quelquefois, j'ai l'impression que l'on raconte cette bonne blague de l'expérience dans le seul but d'enjoliver la vieillesse.

— Merci. J'avais justement besoin de quelques paroles d'encouragement.

— Ta, ta, ta... Vous saviez très bien à quoi vous attendre en sonnant à ma porte !

Je fais mine de réfléchir.

— À une complicité féminine réconfortante ?

Mlle Berry part d'un grand rire à son tour. Elle a craqué ! Enfin !

— Vous êtes un sacré numéro, mademoiselle Morgan ! Et dans ma bouche, c'est très élogieux.

Je souris, prête à tourner les talons pour réintégrer mes pénates et attendre que Terrence passe me prendre, lorsqu'elle me lance :

— Vous êtes sûre de ne pas vouloir la gaine ?

Terrence sonne à ma porte à 19 heures tapantes.

J'ai eu tout le temps de me préparer mentalement. Pourtant la simple vue de mon voisin et ami nonchalamment appuyé contre le chambranle comme de coutume me fait soudain perdre mes moyens. Le spectacle est éblouissant. Je ne sais pas trop à quoi que je m'attendais, mais sûrement pas à un costume bleu sombre aussi élégant sur une chemise à la blancheur candide, déboutonnée juste ce qu'il faut pour conjuguer classe et décontraction. Et exceptionnellement, ni casquette ni capuche à l'horizon.

Ensorcelant. Aucun autre mot ne me vient. Ce choix de tenue est tellement inattendu de sa part !

Je suis si occupée à étudier chaque centimètre de son corps que je ne m'aperçois même pas qu'il est en train d'en faire autant de son côté.

— Waouh, murmure-t-il. Cette robe est un pur bonheur pour les yeux. Je n'aurais pas cru que tu aimais le rouge vif.

— D'habitude, j'évite, en effet. Mais ce soir j'avais besoin de taper fort. Vêtement moulant couleur feu et un cocktail juste avant de sortir. Pour le courage.

Qu'on me scelle les lèvres, vite, avant que d'autres révélations superflues s'en échappent ! Sur les dessous que j'ai choisis, par exemple...

— Un cocktail pour le *courage* ? relève Terrence en riant.

— J'ai même failli m'en préparer deux, mais ensuite le pire était à craindre.

— C'est-à-dire ?

— Eh bien, après deux cocktails, en plus d'avoir envie de t'embrasser moi aussi, j'aurais sûrement fini par te l'avouer.

Il rit de plus belle.

— Je t'ai mise dans l'embarras hier soir ? C'est pour ça que tu as recours à l'alcool ?

— Absolument pas. Quelle idée ! Des confessions pareilles de la part des hommes, ça m'arrive tout le temps...

Garder mon sérieux devient de plus en plus compliqué, surtout face à Terrence qui se mord la joue pour ne pas éclater de rire.

— Bon, assez de bêtises ! je lance. La vérité, c'est que j'ai le trac.

Nous avons été sincères l'un avec l'autre depuis le premier instant, autant continuer.

— Intéressant, dit-il en s'inclinant légèrement vers moi.

— Toi, tu es encore tombé dans le flacon d'eau de toilette.

— Peut-être que j'ai le trac, moi aussi...

Ce costume, cet accent prononcé quand il chuchote, tout cela risque fort de me mettre K-O, ce soir.

— Tu n'as aucune raison d'être nerveux, toi.

— Toi non plus, crois-moi.

La façon dont il dit cela et son regard franc sont pour moi la preuve qu'il le pense vraiment.

Je dirais même que ce n'est pas la seule chose qui lui passe par la tête, car son visage continue à s'abaisser dangereusement près du mien...

Je devrais l'arrêter : un baiser dès l'amorce d'un premier rendez-vous, cela ne se fait pas... Ce serait plutôt la juste conclusion d'une soirée réussie. Voire triomphale, en ce qui me concerne.

Seulement, Terrence et moi avons suivi un parcours décidément très particulier pour en arriver à ce moment. Peut-être qu'un baiser contribuerait à briser la glace ?

Avant de changer d'idée, je me hisse sur la pointe de mes très inconfortables escarpins – je regrette déjà mes merveilleuses pantoufles – et le rejoins à mi-chemin.

Sa stupeur est perceptible. Néanmoins, il n'est pas de ceux qui laissent échapper les occasions. Encore moins les baisers. Et donc il m'enlace d'une main tandis que l'autre m'effleure le visage pour l'aligner idéalement sur le sien. Un geste d'une familiarité troublante, comme si tout cela était parfaitement normal et juste. Un soupir rêveur m'échappe. Je souris au souvenir des dizaines de scènes similaires que j'ai écrites sans avoir jamais soupiré pendant un baiser, de mémoire... J'en étais même arrivée à tenir ces soupirs d'extase pour une pure fiction littéraire – non sans espérer qu'un beau jour apparaîtrait un homme capable de me contredire.

Le voilà enfin devant moi, cet homme providentiel... Cet homme si différent de celui que j'imaginais que mes repères volent en éclats. Je ne sais que penser, que dire, encore moins comment me comporter. Il arrive souvent que nous ayons des attentes bien précises vis-à-vis des autres. Quelle erreur ! Toute la nuit, les paroles prononcées hier par Terrence devant mes amies ont tourné en boucle dans ma tête.

« Toi et moi, ça a fait tilt, tu comprends ? »

Oui, c'est vrai. Mais cette sensation de profonde justesse dans une relation est si nouvelle pour moi... Pourquoi a-t-il fallu que ce déclic plus rare que l'apparition d'une licorne se produise au contact d'une personne aussi jeune ? C'est une vraie tragédie. J'étais persuadée de craquer un jour ou l'autre pour un homme plus mûr, riche d'un vécu proche du mien...

— Nous allons être en retard au restaurant, dis-je en me détachant de Terrence.

— Aucune importance.

Il veut reprendre mes lèvres, je l'arrête d'un geste. Il a peut-être l'habitude de sauter les étapes avec ses conquêtes habituelles, mais pas moi. Et le temps d'un dîner ne sera pas de trop, je crois, pour assimiler ce qui est en train de se produire.

— Pour moi, c'est important. Habillé comme ça, tu es une apparition, laisse-moi au moins te regarder, dis-je pour gagner du temps.

Terrence n'est pas dupe de mes flatteries. Néanmoins, il ne proteste pas.

— Si c'est un passage obligé, alors... J'ai réservé dans un restaurant français, m'annonce-t-il tout fier.

Il l'a fait pour moi, c'est sûr. Pour se mettre à mon niveau – les jeunes ne fréquentent pas des établissements aussi stylés. Sauf que... Seigneur ! Encore un restaurant prétentieux...

Qu'à cela ne tienne, j'esquisse un sourire forcé tout en récupérant imperméable et sac à main.

— Parfait !

Terrence se rembrunit. Décidément, pas grand-chose ne lui échappe.

— Je pensais qu'un restaurant élégant te plairait, fait-il remarquer. Le soir où tu es sortie avec ce blanc-bec, il ne t'a pas emmenée n'importe où, je parie.

Il est si attendrissant en mode jaloux que je suis sur le point de l'embrasser de nouveau pour le tranquilliser.

— Oh ! Nous sommes allés dans un endroit merveilleux, qui proposait une cuisine française quatre étoiles. J'ai failli mourir de faim ! je conclus en riant.

— Ah, murmure-t-il. Et... qu'est-ce qui te ferait envie ce soir ?

— Une pizzeria ?

Il me décoche un sourire approbateur.

— Julie, tu viens de conquérir un autre petit bout de mon cœur !

Terrence donne au chauffeur de taxi l'adresse d'une pizzeria historique de Bleecker Street, au cœur du Village.

Cet établissement, réputé pour ses pizzas, a un problème d'importance : ses dimensions restreintes. Sans compter que nos tenues respectives sont en décalage flagrant avec l'esprit du lieu. Même un mardi soir, il y a foule, une foule plutôt jeune, à l'image de notre serveuse à peine majeure qui est à deux doigts de s'évanouir en voyant apparaître Terrence.

— Oh ! Mais... vous êtes... Oh !

Terrence lui sourit avec une grande sérénité.

— Oui, je suis.

J'étais si tendue tout à l'heure du fait de mon ventre apparent, de la robe moulante, du baiser ébouriffant et de tout le reste, sans parler du charme de mon compagnon, que je n'ai pas réfléchi une seconde aux conséquences de ma suggestion. Dans un restaurant français haut de gamme aux tables rigoureusement éloignées les unes des autres, personne n'aurait prêté attention à un garçon aux cheveux bicolores. Ici, plusieurs têtes se sont tournées vers nous, des doigts se pointent plus ou moins discrètement...

Bon sang ! Quelle idée j'ai eue...

— Vous souhaitez commander ? demande la fille d'un air égaré, comme si la présence de Terrence était irréelle.

— Oui, volontiers ! Julie, qu'est-ce que tu prendras ?

— Choisis toi-même. Tout me va. Et si on optait pour des pizzas à emporter ? je me permets de suggérer, tandis que le brouhaha s'intensifie autour de nous.

Le regard de Terrence me confirme qu'il a deviné mes craintes. Au fond de la salle, quelqu'un vient de dégainer un portable pour le photographier. Ou plutôt, pour *nous* photographier...

— Pas question, décrète-t-il d'un ton ferme.

— Comme tu voudras. Alors... Pourquoi pas une grande pizza à partager ? Jambon, champignons et saucisse piquante, par exemple ?

— Excellent ! Vous avez du vin rouge ? demande-t-il à la serveuse en transe, qui le fixe toujours d'un air rêveur.

— Pardon ? bredouille-t-elle en rougissant.

— Du vin. Rouge, répète Terrence avec un petit rire.

La pauvrette acquiesce et prend la fuite, pour réapparaître quelques instants plus tard munie d'une bouteille ventrue qu'elle présente à Terrence. Il approuve, puis l'aide à la déboucher car elle tremble comme une feuille.

— Merci, nous nous servirons nous-mêmes.

Il remplit généreusement nos deux verres, puis lève le sien vers moi. Je trinque en le fixant droit dans les yeux.

— Tu projettes de me soûler ?

Ses lèvres s'incurvent en un merveilleux sourire.

— Je projette peut-être seulement de me soûler moi-même. Mon agent va me passer un de ces savons demain matin...

— Parce que tu es ici avec moi ?

— Parce que je suis ici tout court. Des années qu'il me supplie d'éviter les lieux publics. Ou tout au moins de les fréquenter dans l'anonymat le plus total.

— Et d'habitude, tu l'écoutes.

En dépit de son attitude volontiers nonchalante, Terrence m'a toujours semblé une personne de parole. Avec la tête sur les épaules.

— Disons que je l'écoutais. Jusqu'à aujourd'hui, répond-il avant de vider son verre d'un trait.

Il est bel et bien nerveux, finalement, sous la sérénité de façade.

— On peut s'en aller, tu sais, je chuchote en me penchant vers lui.

Il pose sa main sur la mienne et secoue la tête.

— Pour rien au monde.

Le ton n'admet aucune discussion.

Notre pizza nous est servie en un temps record – la serveuse y a sûrement veillé – et très vite, la soirée s'anime. Entre le vin et la pizza dont la pâte est parfaite et les ingrédients délicieux, il est facile d'oublier tout le reste, les perspectives incertaines comme les regards de faucons braqués sur nous. Terrence et moi nous surprenons à rire et plaisanter comme cela nous arrive si souvent depuis le tout premier jour...

Au-delà de l'attirance que ce garçon m'inspire, c'est le fait de pouvoir être réellement moi-même en sa présence qui me ravit chaque fois. C'est si rare d'éprouver une aussi profonde sensation de bien-être en compagnie de quelqu'un d'autre ! Voilà pourquoi j'ai des difficultés à refermer cette porte que je n'aurais jamais dû ouvrir. Sur le papier, je n'aurais pas dû avoir autant d'affinités que ça avec un garçon plus jeune... Et pourtant. Il y a surtout cette faculté incroyable de rire ensemble de petits riens. Le monde est déjà si triste, à quoi bon fréquenter des gens qui ne nous aident pas à nous sentir mieux ?

Au moment de quitter la table, nous avons l'un et l'autre bu et mangé plus que de raison. De mon côté, c'est flagrant : ma robe, au bord de l'explosion déjà bien avant le dîner, me rappelle cruellement que j'ai englouti au moins une part de pizza de trop. Mlle Berry aurait été bien inspirée d'insister davantage sur son offre de gaine... Pour ne rien arranger, le vin a fragilisé mon équilibre déjà précaire les soirs où je porte des chaussures à talons, si bien que je manque finir les quatre fers en l'air à la sortie du restaurant. Terrence me rattrape de justesse avant le vol plané.

— Tout va bien ?

— Merveilleusement bien !

Et c'est vrai. Il serait très difficile de prétendre le contraire.

— Les endorphines ? suggère mon galant compagnon. Ou peut-être ma compagnie...

Comme j'aimerais l'embrasser en cet instant précis !

— Qui sait ?

Je ne dois pas être la seule à nourrir certaines pensées impudiques : son regard vient de se fixer sur ma bouche. Mes résistances faiblissent de seconde en seconde.

— Terrence, sans vouloir rompre le charme... Nous sommes au milieu de la rue, quelqu'un pourrait nous prendre en photo...

— Moi, je m'en fiche, et toi ?

— Moi ? Oh ! Je n'ai pas l'esprit clair. Je suis un peu pompette, aussi. Ne jamais prendre de décision sous l'effet de l'alcool, tu n'es pas d'accord ? Si on appelait un taxi ?

Son regard s'aiguise.

— Pour rentrer ?

— Par exemple.

Le temps de s'engouffrer dans la berline Uber noire qu'il a commandée sur son appli, et il fond sur mes lèvres. À moins que je n'aie pris les siennes d'assaut ? Le doute est permis.

Notre pauvre chauffeur est obligé de s'éclaircir la gorge à plusieurs reprises pour que nous prenions conscience d'être arrivés à destination. Je n'avais plus flirté sur un siège de voiture depuis l'adolescence. Il est terriblement embarrassant que cela m'arrive à un âge où le sens des réalités devrait prévaloir. Audrey serait sacrément fière de moi – ce qui n'est pas pour me rassurer sur le bien-fondé de l'aventure.

Nous planons dans l'ascenseur, pris dans une étrange brume où se mêlent la gêne et le désir. Née d'on ne sait où, cette brume palpable et assez émoustillante nous enveloppe, pénètre notre peau et enraye nos facultés mentales au point que Terrence m'attrape par la taille au beau milieu du palier et me cloue à ma porte.

Et moi, non seulement je le laisse faire, mais je me plaque contre son corps comme si nous étions seuls au monde.

— Eh bien, eh bien... !

La voix sévère déchire le brouillard, reconnaissable entre toutes.

Nos lèvres se désunissent à regret. Le front contre le mien, les yeux rieurs, Terrence me souffle :

— Contrairement à ce que tu es sur le point de me dire, aucun de nous deux n'a l'âge de se faire réprimander !

— Vraiment ? Même pas toi ?

Il secoue la tête avant de se retourner.

— Mademoiselle Berry, quel plaisir ! lance-t-il avec la plus grande décontraction, comme si ma voisine ne venait pas de nous surprendre en flagrant délit de *french kiss*.

Celle-ci éclate de rire.

— Je vois que tu t'es fait beau, mon garçon ! Une occasion spéciale, peut-être... ?

— Quelque chose comme ça, oui. Vous aviez besoin d'aide ?

— Quelques réglages à effectuer sur ma télévision.

Je sens que le sang-froid de Terrence vacille. D'une façon très perverse, la chose me fait sourire.

— Maintenant ? demande-t-il avec une pointe de désespoir dans la voix.

— Ma foi oui, c'est assez urgent. Un panneau apparaît au beau milieu de l'écran, disant qu'il faut lancer une recherche des chaînes.

— Des chaînes... indispensables ?

— Serais-je ici, dans le cas contraire ? réplique ma sadique voisine.

Terrence inspire à fond et se tourne vers moi.

— J'en ai pour une seconde.

Moi qui me sentais déjà passablement séduite, je comprends à cet instant que je peux encore perdre un peu plus la tête pour cet homme disposé à reconfigurer à tout moment le téléviseur d'une dame âgée et seule. Certaines craquent pour les abdos en acier. Moi, c'est pour la bonté de cœur.

Naturellement, si cette bonté s'accompagne d'une tablette de chocolat bien dessinée, je n'irai pas me plaindre, c'est clair.

Terrence disparaît dans l'appartement d'en face.

— Celui-là a réussi le test, constate Mlle Berry d'un air grave avant de tourner les talons. Et retenez donc votre respiration, mademoiselle Morgan, votre ventre se voit vraiment !

Deux minutes chrono plus tard, Terrence sonne à ma porte. Jamais réglage de télévision n'a été aussi rapide !

— Tu as fait vite, lui dis-je en m'effaçant pour le laisser entrer.

Pour toute réponse, il m'enlace d'un geste vif et sa bouche reprend la mienne, autoritaire et tendre à la fois. Avec une étonnante dextérité, il retire la veste de son costume sans se détacher de moi, comme s'il craignait que je m'éclipse. Cette chemise à la blancheur immaculée est une tentation trop forte pour mes doigts qui volent vers sa poitrine et se mettent en devoir de batailler avec les boutonnières. Pas si simple, entre nous, d'embrasser et de déshabiller quelqu'un en même temps...

La patience de Terrence a dû atteindre un point de non-retour : il me lâche la taille, attrape les deux pans de sa chemise et tire dessus d'un coup sec. Plusieurs boutons voltigent jusque sur le tapis de mon salon.

— Oh ! Elle était si belle !

À la vérité, je suis impressionnée. Jamais avant ce soir je n'avais assisté à une scène pareille en direct, extravagante et un brin théâtrale dans les romans, mais en vrai... *So sexy !* À condition bien sûr que l'on sache coudre et réparer les dégâts ensuite.

— Pas grave. J'en ai trois autres identiques et je ne les mets jamais, me répond Terrence d'une voix rauque, les lèvres sur ma gorge. En revanche, ta robe va bientôt subir le même sort, si tu ne te décides pas à l'enlever...

— Si j'y arrive !

— C'est un défi ?

Il me dévisage, une lueur carnassière au fond de ses yeux plus profonds que jamais.

— Seulement la triste vérité, Terrence. Je ne sais pas ce qui m'a pris quand je l'ai achetée... Un coup de folie, sûrement.

— J'aime tes coups de folie.

— Parce que tu entres dans la catégorie de plein droit ?

Il éclate de rire.

— Cette soirée te paraît folle, alors ?

— À vrai dire, je ne comprends toujours pas pourquoi je suis en train de faire certaines choses..., je murmure.

— Celle-ci, tu veux dire ?

Il me relève le menton du bout des doigts et m'embrasse avec une fougue qui me fait vaciller.

Je cherche frénétiquement une réplique pour souligner l'absurdité insigne de cet épisode, la différence d'âge entre nous toujours aussi flagrante, nos modes de vie aux antipodes... Mais à quoi bon, dans le fond ? Terrence sait très bien quelles sont nos limites et bizarrement elles ne l'intéressent pas. Enfin, pas ce soir, visiblement.

Et puis, pour une fois dans mon existence, j'ai envie de faire des folies, moi aussi. Une envie violente, vibrante... Sans cela, j'aurais facilement trouvé un prétexte pour ne pas sortir avec lui ce soir.

— Celle-ci, et d'autres.

Terrence relève vivement la tête.

— *D'autres* ?

— Vous n'êtes pas la génération qui brûle les étapes ? Qui ne respecte plus la sacro-sainte règle des trois rendez-vous ?

Il sourit en me caressant les cheveux.

— Moi, je n'ai aucune règle. On peut faire ce que l'on veut. Sur le tempo qui nous va.

Dire ce qu'il faut au bon moment, c'est tout un art, que Terrence maîtrise déjà très bien en dépit de son jeune âge.

— Dans ce cas, dis-je, où va ta préférence ?

Ses yeux brillent d'amusement.

— Et la tienne ? Elle compte tout autant...

— Je me croyais assez transparente, à ce stade.

— Pas du tout, réplique-t-il en me serrant dans ses bras. Pour moi, tu as toujours été la femme mystère.

— Tu as une mauvaise vue, alors.

Il éclate de rire.

— Tu vois ? C'est de ça que je parle. Je ne sais jamais ce qui va sortir de ta bouche !

— Des bêtises, la plupart du temps.

— J'ai remarqué ! Mais je les adore.

Je veux cloner cet homme. Vraiment. J'exige un échantillon de son ADN ainsi qu'une machine à remonter le temps, afin que nous puissions nous retrouver au même âge.

— Tu es l'unique être humain de sexe masculin à m'avoir dit une chose pareille !

— Je sais reconnaître les jolies choses.

— Tu dis ça parce que tu espères voir mes dessous...

— Bien sûr ! Je *rêve* de découvrir ce que tu caches sous cette robe moulante... Mais, lingerie ou pas, il se trouve que je le pense sincèrement.

— Alors, cap sur la chambre ! Que je me débarrasse de cette... chose inconfortable... Si je ne l'enlève pas dans les cinq minutes, je vais mourir asphyxiée.

Sans plus attendre, je le prends par la main et l'entraîne jusqu'à ma chambre à coucher. Nous basculons ensemble sur le lit, bras et jambes mêlés.

Et là, alors que mes chevilles s'accrochent à ses reins dans la fièvre de l'instant, j'entends distinctement le crissement d'une étoffe qui cède.

La preuve que même les tissus stretch ont des limites.

— Oh, mon Dieu !

Le fou rire me tire des larmes. Mon moment sexy s'est transformé en une scène de cabaret !

— Je t'en achèterai une autre, me promet Terrence qui est déjà en train d'abaisser la fermeture Éclair dans mon dos.

Le drame ne semble pas l'émouvoir. Car drame il y a : même en lambeaux la robe est toujours bloquée, comme scellée à ma peau, pire qu'une mue de serpent !

— Surtout pas ! Je n'ai plus l'âge pour m'enfiler dans ce genre de vêtement... Et ça ne va pas s'améliorer.

— N'importe quoi ! Tu es parfaite.

Il s'assoit et après avoir évalué avec soin la situation, le voilà qui saisit la robe à pleines mains... et achève de la déchirer.

Je tente de faire bonne figure en retirant les morceaux restants. Par chance, je porte l'un des deux ensembles à couper le souffle choisis par mes amies. Le rose poudré, mon préféré...

Il produit son petit effet. Terrence reste un moment bouche bée en le contemplant, comme statufié. Puis sa main se lève... et se pose sur ma joue. Ma *joue* ! Le garçon est stylé. N'importe qui d'autre aurait visé la poitrine, qui dans mon cas est assez difficile à manquer. J'apprécie sa retenue.

— Je vais te le redire une fois, Julie : tu es parfaite.

Le plus invraisemblable, c'est que je le crois.

Je me jette sur lui sans cesser de rire, couvrant de baisers son cou, son torse, son ventre. L'intimité, ce devrait être cela : un moment de joie partagée. Oui, la joie, comme un supplément d'âme exaltant la passion qui pour moi sonne creux si elle ne dépasse pas l'attraction physique au sein du couple. Le corps de Terrence m'aimante, c'est entendu – mais notre lien un peu baroque s'est d'abord tissé au fil des fous rires partagés durant tous ces mois, des soirées passées ensemble et de nos conversations délirantes...

— Je me suis toujours demandé ce que tu cachais sous tes gros pulls, murmure-t-il. Des trésors, apparemment.

Il mordille le lobe de mon oreille, la peau tendre de ma gorge, et enfin la rondeur d'un sein.

— Tu exagères !

— Pas du tout. Et tu seras contente d'apprendre que je suis très, très troublé par ce que je vois ici.

— L'attrait de la nouveauté, peut-être ? Toi qui fréquentes habituellement des filles diaphanes à la poitrine modeste...

— Oh non, c'est toi qui me troubles...

Ses lèvres se sont faufilées sous le voile de dentelle et s'emploient à aggraver mon vertige.

— Tes seins sont absolument parfaits, murmure-t-il avec une certaine vénération.

L'attache du soutien-gorge cède une fraction de seconde plus tard.

— Le fameux doigté des musiciens ? je lance.

— Très utile dans ces circonstances et pour bien d'autres choses...

Sa bouche capture un téton, taquine, sensuelle, langoureuse. Mes mains plongent dans la tignasse bicolore. Un talent pareil, ça ne devrait pas être autorisé.

Alors que je suis sur le point de défaillir, il revient chercher mes lèvres.

— Alors comme ça, tu pensais que l'on était seulement amis ? demande-t-il avec l'expression satisfaite de celui qui sait très bien qu'il vient de mettre mon petit univers sens dessus dessous.

Comme aucune réponse intelligente ne me traverse l'esprit, je ne réponds rien et laisse voyager mes doigts sur son dos. Je souris en sentant ses reins se creuser, nos hanches frotter l'une contre l'autre. D'une main, il se réapproprie ma jambe et m'invite à l'enrouler autour de lui. Le plaisir me cisaille, je suis tout près de jouir. Et il le sait, l'animal ! Une poussée plus vigoureuse me contraint à fermer les yeux.

— Viens, souffle-t-il.

— Quoi ? Non, pas comme ça !

— Comme ça. Et aussi de mille autres façons, plus tard...

Une promesse ? Une menace ? Sa bouche rôde autour de l'autre aréole. Ce n'est plus qu'une question de secondes... L'onde bienheureuse me traverse, de la pointe des doigts jusqu'au crâne, où elle explose en un puissant rayon de lumière. Je n'en suis pas très fière, mais au faîte du plaisir, j'attrape la tête de Terrence à deux mains et je la tiens serrée contre moi, comme une désespérée qui redouterait la noyade.

Et dire que je porte encore ma culotte... Et lui, son pantalon !

Je rouvre les yeux sur un visage extatique trahissant une intense satisfaction.

— Tu t'amuses bien ? me demande ce petit effronté.

— Eh bien oui, figure-toi. Mais je me sens un peu seule...

Ma main droite s'insinue alors sous le pantalon, puis sous le boxer, jusqu'à ses fesses.

— J'aimerais que tu t'amuses, toi aussi, je murmure.

— Parce que tu crois que ce n'est pas le cas ?

— Je ne sais pas. Le jeu ne me semble pas très égal. Déshabille-toi, je lui ordonne d'une voix dont l'autorité m'étonne moi-même.

— À vos ordres, mademoiselle.

Il quitte le lit le temps de lancer son pantalon au petit bonheur vers un coin de la chambre.

— Un moment j'ai eu peur qu'il subisse le même sort que ma robe ! dis-je en riant.

— J'y ai songé, mais c'est le seul costume correct que je possède.

— Sans blague ! Tu as mis un costume qui n'est pas ton genre pour sortir avec une femme qui ne l'est pas davantage ?

— Mais qui a dit que tu n'étais pas mon genre ? demande-t-il tout en me dépouillant tranquillement de ma si jolie culotte de dentelle rose.

— La presse, mon cher. Tu as toujours penché pour un type féminin précis.

Il me fixe d'un air intrigué.

— Ferais-tu par hasard allusion aux articles que tu prétends ne pas lire ?

— Exactement, je confirme en rougissant.

— Eh bien ! Je viens juste de changer de genre. Et toi ?

Je commence à apprécier cet âge. Seul un jeune peut dire une chose aussi adorable sans que cela paraisse hypocrite.

— Moi, j'invoque le premier amendement !

— Je suis anglais, je ne connais rien à vos amendements.

— Oh non ! Je ne tomberai pas dans ce piège, désolée...

— Tu ne veux vraiment pas me faire le plaisir d'un mot gentil sur mon compte ?

— Ton ego n'en a vraiment pas besoin !

— Qu'est-ce que tu en sais ? Mon ego est petit et fragile, dès qu'il s'agit de toi.

Il a dit ça sur un drôle de ton. Je n'arrive pas à comprendre s'il plaisante ou s'il le pense sérieusement.

— Il n'y a rien de petit ni de fragile chez toi, Terrence.

Il pouffe de rire.

— Tu vois ? Je suis incapable d'être sensuelle et sexy. Trop nulle !

— Tu *es* sensuelle et sexy, à ta manière totalement inconsciente.

— C'est le truc classique à dire à une personne à séduction réduite.

— Non ! Tu as toutes tes facultés de séduction... Tu veux une preuve ?

Là-dessus, il me saisit la main et m'invite à lui enlever son boxer.

Est-il gênant de confesser que je ne parviens pas à détacher les yeux de son corps nu ? C'est une tuerie. Comment suis-je arrivée à l'âge que j'ai en ayant aussi peu contemplé le corps masculin ? Mystère. J'aurais dû mieux employer tout ce temps. Moins écrire, passer davantage d'heures au lit avec des hommes. Pourvu qu'Audrey ne lise pas dans mes pensées à distance !

Je devrais me sentir intimidée, mais pas du tout. Mes doigts se posent sur lui, tranquilles, caressants. Terrence ferme les yeux et gémit, avant de se détacher précipitamment de moi.

— Holà ! Ne fais pas ça ou j'explose tout de suite, dit-il en riant.

— Littéralement ?

Il ouvre de grands yeux.

— Mademoiselle Morgan !

— Pardon. Ce doit être le vent de jeunesse qui souffle ici... Je me sens presque aussi créative que ma copine Audrey.

— Tu es bien plus inventive encore.

— Mmm... Tu dois être le premier à le penser. Et le seul.

— Tu sais ce que je pense aussi ? Que tu parles trop !

— Mais tu *aimes* parler avec moi...

— J'adore ça. Mais là, tout de suite, j'aimerais autant que tu te concentres sur autre chose, chuchote-t-il.

— Sur quoi, par exemple ?

Ses mains répondent à sa place, flattant mes seins, puis mon ventre, et glissant toujours plus bas...

Impossible de rester insensible à un massage aussi ensorcelant. Mes jambes s'ouvrent comme une fleur, mes yeux se ferment, je m'abandonne dans un soupir. Pour une fois, le trac et la gêne ne prennent pas le dessus. Assez vite, la bouche de Terrence se pose là où elle a envie d'être, appliquée à m'enjôler de plus belle. Et cette fois, à l'approche de la jouissance, je ne peux même pas prétendre que je n'y étais pas préparée : le voyage est sublime.

— Seigneur...

Les mots me manquent tandis que j'essaie de recouvrer mon souffle. Terrence, tout sourire, semble encore plus content de lui que tout à l'heure. Il a toutes les raisons de l'être, cela dit.

— Vu ? Tu ne savais pas ce que tu perdais !

— Des histoires circulaient...

— Il n'y a pas de fumée sans feu, mademoiselle Morgan.

— Ta génération me plaît. Sincèrement. Un point pour les *millennials* !

— Tu en fais partie, toi aussi, je te ferais remarquer. Tu es née en 1981, sauf erreur ? Tu vois, nous sommes de la même génération !

— Je n'y avais même pas pensé...

— Donc, je ne suis pas si jeune !

— Mais si. D'ailleurs je ne comprends toujours pas ce que tu fais ici dans ce lit avec moi.

— Tu as besoin d'un dessin ?

Il se penche vers le bord du lit pour récupérer dans la poche du pantalon son portefeuille, dont il extrait un préservatif.

— Ah, le fameux extra-large.

Je me mords la lèvre.

Terrence me regarde d'un air ahuri.

— Dis donc... Comment tu sais ça, toi ?

— Comment je sais quoi ?

Je feins de ne pas comprendre. Mais heureusement, Terrence a la tête ailleurs, et il se borne à me tendre le petit sachet.

— Eh bien, puisque tu as l'air de t'y connaître...

Sa patience était plus apparente que réelle, il faut croire. Car très vite une folle frénésie l'emporte, et il se remet à m'embrasser presque rageusement sur tout le corps. Demain, ma peau portera les stigmates de cette exubérance, mais ce soir je ne m'en soucie pas.

Me surprenant une nouvelle fois, mon jeune amant nous retourne avec autorité et se retrouve adossé à la tête de lit.

— Viens ici...

Résister à une invitation pareille serait un délit. Je m'assois à califourchon sur lui et je l'enserre entre mes cuisses. Je commence à me dire que j'aimerais bien ne jamais le laisser partir, lorsque son bassin se presse contre le mien, chassant de mon esprit ces pensées dangereuses. Place aux baisers fougueux, à un charivari d'émotions, à un bouquet final spectaculaire. Exactement ce qu'il m'avait promis. Il y a bien un trésor au pied de l'arc-en-ciel : je l'ai touché du doigt. Si les licornes existaient pour de bon, c'est dans cette bulle parfaite qu'elles choisiraient de vivre.

Au moment de jouir, il m'arrache un énième baiser vorace. Ce doit être de son âge, car aucun homme ne m'avait jamais embrassée jusqu'ici comme si un besoin essentiel le torturait, une faim que rien ne pourrait assouvir.

Par la suite, alors que plus rien ne nous oblige à demeurer enlacés, je le serre tout de même contre moi avec ardeur, en essayant de ne pas penser à demain.

Rien ne presse. Les idées noires peuvent attendre.

14

Les scènes de roman dans lesquelles les héros, à l'issue de leur première nuit de passion débridée, plongent dans un sommeil profond dans les bras l'un de l'autre m'ont toujours paru assez peu vraisemblables. On fait l'amour sous l'emprise du désir, de l'inconscience, d'une perte momentanée de ses facultés de réflexion, que sais-je... Mais cette intimité nouvelle se révèle ensuite compliquée à gérer dans la réalité quotidienne. Même quand on se connaît bien et que l'on a passé des journées entières à discuter et s'amuser ensemble.

Mon cerveau entreprend de passer en revue, lentement, tout ce qui vient de se passer, et le sommeil me fuit. Plus les pensées se bousculent dans ma tête, plus je m'agite entre les draps, obsédée par l'idée... que Terrence m'a vue toute nue !

Bon sang !

Et comme j'ai quelques petites années de plus que lui... je dirais que mon agitation doit être multipliée par onze. Comment ferai-je, tout à l'heure, pour me lever en affectant la nonchalance, sachant que le petit matin mettra impitoyablement mes nombreux défauts en pleine lumière ? Les vergetures sur les hanches, alors que je n'ai pas l'excuse de grossesses antérieures. La cellulite, comme tous les êtres humains de sexe féminin je présume, à l'exception des mannequins. Ne jamais, *jamais* se retrouver nue au lit avec un homme qui, avant toi, couchait avec des modèles de perfection !

Je me retourne pour la millième fois en m'efforçant de ne pas déranger le sommeil de Terrence – et en résistant à la tentation de l'admirer endormi.

Je sursaute, paniquée, lorsqu'une main me saisit brusquement par la taille. J'étais si concentrée sur mes paranoïas personnelles que je ne me suis même pas aperçue que la respiration de Terrence avait changé de rythme.

— Tu as toujours le sommeil aussi fiévreux ? murmure-t-il.

Ce timbre de voix matinal, délicieusement éraillé, est une véritable provocation. Une loi devrait interdire aux hommes sexy d'ouvrir la bouche avant d'avoir quitté le lit !

— Je suis comme la princesse du conte, j'ai du mal à m'adapter aux matelas qui ne me sont pas familiers.

Son petit rire me chatouille le cou.

— Nous sommes dans *ton* lit, Morgan.

— Ah, oui, c'est vrai.

— Tu es déjà en panique ? demande-t-il en souriant.

— Pas du tout... Je ne vois vraiment pas ce qui pourrait me faire peur !

— Moi non plus. Mais les femmes sont bizarres. Je ne voudrais pas que tu cherches maintenant un prétexte pour t'esquiver discrètement, fuir la lumière du jour... Tu sais, j'ai déjà vu tout ce qu'il y avait à voir. Je crois même en avoir goûté chaque miette.

Il aurait pu s'abstenir de me le rappeler ! L'humiliation me terrasse.

— Je ne suis pas un vampire, dis-je d'un ton assuré. Le matin ou le soir, ça ne fait aucune différence !

— Vraiment ? J'ai pourtant le souvenir de certains baisers de ta part...

Anéantie, j'enfouis la tête dans mon oreiller, avec le vague espoir de mourir étouffée sur-le-champ.

— Cela faisait un bout de temps que... Enfin..., je bafouille.

— Oh ! Mais je ne m'en plains pas.

— Je t'en prie, ne dis plus rien. Cette matinée s'annonce déjà suffisamment compliquée !

— Pourquoi ?

J'écarte l'oreiller et fais un effort surhumain pour le regarder en face. Quelle splendeur ! Quelque chose me dit que les cheveux en bataille sont moins sexy sur ma tête à moi...

— Tu ne peux pas comprendre... Alors je t'en prie, faisons comme si de rien n'était. Et quand je sortirai dans quelques instants de ce lit enveloppée dans le drap, je te serai infiniment reconnaissante de faire comme si tu n'avais rien remarqué.

Il éclate de rire.

— Tu veux jouer les momies ? Mais pour quelle raison ?

Je pousse un soupir las, désespéré.

— Parce que, ma chère rock star, je ne suis pas un ange de Victoria's Secret !

— Évidemment que tu ne l'es pas. Tu es beaucoup mieux, réplique-t-il sans hésitation.

— Tu parles d'expérience ?

Son petit rire est une façon d'esquiver la question, mais je laisse courir. Je ne suis pas sûre de vouloir vraiment savoir, en fait.

— Est-ce que nous sommes obligés de perdre du temps avec ce genre de sujet ? souffle-t-il en m'embrassant dans le cou.

— Terrence ! Il faut qu'on parle.

— On est en train de parler, me fait-il remarquer en me mordillant de plus belle.

— Il me semble que l'on fait tout autre chose, là.

— Alors je préfère cette autre chose...

— D'accord, c'est moi qui commence alors. C'était un moment comme ça, voilà. Disons... que l'on s'est fait passer l'envie. Le monde est truffé de mannequins très jeunes, très maigres et très disponibles... Hé ! Tu m'écoutes ?

Visiblement non : ses lèvres se sont posées sur la pointe de mon sein et ne bougent plus de là. Comme j'aimerais être une femme déterminée, à la volonté de fer, capable de le réexpédier à l'autre bout du lit...

Un vœu pieux.

J'agrippe sa tête à pleines mains en gémissant de volupté. Qu'est-ce que j'essayais de lui dire, déjà ?...

Je fais une ultime tentative.

— Terrence, nous sommes amis. Voisins.

— En effet, tu es même ma voisine préférée, confirme-t-il, un sourire dans la voix.

Il se hisse sur les coudes. Je suis sur le dos, clouée au matelas, entièrement à sa merci.

— Évidemment, je balbutie. Tu m'aurais dit que ce titre revenait à Mlle Berry, je ne m'en serais pas remise.

— Le choix a été dur, entre nous.

Il se baisse pour me voler un baiser. Puis un autre. Les jeunes ne savent pas s'arrêter.

— On ne peut pas remettre ça ! je m'exclame.

— Pourquoi ? Il y a une règle que j'ignore ?

— Oui. Une règle personnelle. Qui tient de l'instinct de survie.

— Oh ! Tu survivras, susurre-t-il d'un ton exagérément séducteur.

Mes jambes traîtresses l'ont laissé s'installer confortablement entre mes cuisses et le retiennent prisonnier, maintenant, comme si l'idée qu'il puisse s'échapper en douce les révoltait par avance.

Je n'y suis pour rien, tout compte fait. Tout est la faute de mon corps, qui refuse de collaborer et me réduit à l'impuissance.

— Soit, je concède dans un souffle. Une fois encore. Ensuite, stop !

Je le dis, et je le pense. Enfin, peut-être...

Terrence me lance un regard moqueur.

— On en reparle plus tard, d'accord ?

La seconde suivante il m'embrasse, et toutes mes belles résolutions s'envolent.

Sincèrement ébahie d'avoir survécu à ce marathon sexuel, je retrouve Laurel le lendemain pour un rendez-vous entre filles que nous évitons l'une et l'autre comme la peste, d'habitude : une pédicure.

Dans cette ville, l'art ancestral de la maltraitance des orteils est entièrement aux mains de la communauté asiatique. Chinoise, plus précisément. Pour une raison qui reste assez obscure, cette ethnie est passée maître dans ce domaine d'activité. S'ensuit une difficulté de communication réciproque, qui explique que la *to-do list* de la moitié de Manhattan – la partie féminine en règle générale, même si les hommes arrivent en force depuis quelques années – comporte donc l'inscription à un cours de mandarin. Ce petit panel de perfectionnistes baragouine suffisamment de chinois pour réussir à se faire peinturlurer les ongles dans une couleur décente. Les autres se contentent de ressembler à une star du porno et de nourrir une passion secrète pour les petits diamants.

Moi, je *hais* les petits diamants. Ces derniers temps, je me suis donc bornée à batailler seule avec mes ongles, car la dernière fois que j'ai franchi le seuil de cette officine, j'ai demandé une couleur neutre et j'en suis ressortie avec un vernis fuchsia. J'ai retenu la leçon. Cette fois, j'ai brandi d'entrée de jeu sous le nez de la jeune fille le petit flacon de la teinte voulue ; donc, elle ne peut pas se tromper.

— Alors ? me lance Laurel avec un sourire sournois. Ce n'est pas pour te presser, mais Audrey va arriver d'une minute à l'autre... Je te conseille vivement de me raconter tous les détails avant qu'elle s'emploie à te les arracher. Tu sais comment elle est...

— Et qu'est-ce que je devrais te raconter, précisément ? Elle me fusille du regard.

— Trop sympa !

— Bien sûr. C'est ma nature.

Durant quelques minutes, mon amie se concentre sur son duel du moment avec la jeune fille penchée sur ses orteils, qui, la pauvrette, ne comprend pas que même

Laurel, qui appartient à la catégorie rarissime de ceux qui maîtrisent réellement quelques mots de mandarin, ne veuille pas entendre parler de couleurs flamboyantes. Nous ne sommes pas du tout dans la tendance, il faut bien le reconnaître.

Après avoir opté pour un gris perle qui a fait hausser plus d'un sourcil noir incrédule, Laurel se rassoit dans le fauteuil et revient à la charge.

— Julie… Avant que tu me sortes une ânerie du style « il ne s'est rien passé », sache que tu as la tête de quelqu'un qui n'a pas fermé l'œil depuis deux jours ! J'ai donc dans l'idée, tout naturellement, que tu viens d'enchaîner deux nuits blanches…

— Exact. Je souffre d'insomnies.

— Tu te prends pour Aidan Tyler ? Un seul déphasé dans mon entourage, ça me suffit ! s'écrie-t-elle en riant. Une chance que mon influence ait eu des effets bénéfiques sur son biorythme, entre nous. Je le menace des pires tortures s'il ne vient pas se coucher en même temps que moi. Bizarrement, ça fonctionne.

— Comment ça, bizarrement ? Tu es déjà dans le lit et tu t'étonnes qu'il accoure ventre à terre ?

— Tss ! Il obéit parce qu'il a peur. Je ne plaisante pas avec les menaces.

— C'est bon à savoir…

— En parlant de menaces, veux-tu savoir ce que tu risques, toi aussi, si tu ne te décides pas à me raconter ce qui t'a occupée ces deux dernières nuits ?

— Tu veux dire : *qui* m'a occupée…

Laurel pousse un cri de joie qui effarouche les jeunes Chinoises de l'institut. Si je me retrouve avec un ongle tranché en deux, ce sera sa faute !

— Je *savais* que tes paranoïas finiraient par larguer les amarres ! s'écrie-t-elle. Enfin, je l'espérais…

— Eh bien, amarres larguées !

— Mais alors, tu devrais avoir une mine resplendissante ! La rock star sait y faire, c'est sûr…

— Je n'arrive pas à dormir avec quelqu'un qui respire à côté de moi. Mon inconscient est incapable de se détendre.

— Qui te parle de dormir ?

— J'ai passé l'âge des nuits sauvages.

Laurel secoue la tête.

— J'adore, dit-elle. En quelques mots, tu viens de résumer tout ce qu'il y avait d'intéressant à savoir : oui, tu viens de passer deux nuits de folie et oui, la paranoïa de l'âge est revenue !

Je n'ai même pas la force de nier.

— Et donc, ça marche entre vous, affirme-t-elle sans hésiter.

— Oui, pour autant que ça puisse marcher sur quarante-huit heures.

Elle se penche vers moi pour chuchoter d'un air de conspiratrice :

— Crois-moi, deux jours suffisent pour comprendre ce que l'on peut attendre d'une relation !

Ce dernier mot me fait tordre le nez.

— Laurel, ce n'est pas une relation...

— Ah bon ? Alors qu'est-ce que c'est, juste un plan sexe ? Je vous croyais amis.

— Nous le sommes. Mais savoir si nous le resterons après tout ce chaos !

Laurel réfléchit un instant.

— Ce sera difficile. Les hommes ont tendance à vouloir te faire entrer dans une case à tout prix. Si tu couches avec, tu n'es plus une amie. Pourquoi, ça, mystère !

— C'est pour cette raison que j'ai la ferme intention de ne plus commettre une telle erreur.

Laurel me regarde d'un air dubitatif.

— Vraiment ?

— Oh ! Je suis sûre que je n'aurai même pas à me poser la question. C'est l'avantage de séduire une femme plus mature, non ? Nous ne sommes plus des gamines désespérées, nous savons à quoi nous en tenir, sur ces folles nuits...

Nous *devrions* le savoir, du moins. Et si je suis une gamine de trente-six ans, c'est mon problème, pas celui de Terrence.

— Qu'est-ce que ça signifie, en clair ? demande Laurel.

— En clair, on s'est bien amusés, mais à présent, chacun sa vie !

Mon amie observe un temps de silence, peu convaincue.

— Écoute, je m'en voudrais de jouer les messagères de mauvais augure, mais... les jeunes sont plus idéalistes. Plus extrêmes dans leurs sentiments. Ils tombent *amoureux*, Julie.

Je me fige.

— Arrête, tu n'es pas drôle !

— Prends le type de Snapchat, par exemple...

— *Snapchat* ? Quel rapport ?

— La boîte est entrée en Bourse il n'y a pas longtemps et la presse s'est répandue sur l'histoire de ce petit prodige d'à peine plus de vingt ans, boss de Snapchat, qui entre autres s'apprêtait à épouser Miranda Kerr...

— L'ex d'Orlando Bloom ?!

Ah ! Orlando... Il nous faisait rêver, à vingt ans... Certains sex-symbols vous marquent à vie.

— Elle-même. Elle doit accuser six ou sept ans de plus que le jeune *geek*.

— Soit, mais ils sont du même monde. Rappelle-moi son métier... ?

— Mannequin, marmonne Laurel un peu gênée.

— Et pas n'importe où. C'était un des anges de Victoria's Secret !

Je décoche un sourire triomphant à mon amie. Il n'est pas déplaisant d'avoir raison, parfois.

— Peu importe, dit Laurel. Tout milliardaire qu'il est, il a choisi de partager sa vie avec une femme plus âgée que lui. Parce que les jeunes qui s'amourachent versent dans le romantisme, à la différence des hommes de notre âge. Prenons Aidan, au hasard...

— Non ! S'il te plaît, pas Aidan Tyler ! Le monde est déjà assez compliqué sans que ton chéri devienne l'emblème de toute une génération de mâles perdus !

Laurel éclate de rire.

— Il n'est pas si affreux que ça ! Je lui ai largement rabattu le caquet...

— Parce que tu aimes les défis. Tu t'ennuierais dans la banalité. Moi, je n'ai ni l'envie ni le goût de ce genre de relation. Dans *Orgueil et Préjugés*, tu serais Elizabeth, et moi Jane.

— Je sais. Je te verrais mal avec quelqu'un comme Aidan. Ou même comme Norman. À propos, qu'est-ce qui n'allait pas chez lui ?

— Rien. Il est parfait, cet homme. Mais... zéro étincelle. Le déshabiller ne me viendrait pas à l'esprit, même s'il était le dernier homme de l'univers.

— Évidemment ! Maintenant que tu as déshabillé la rock star...

En effet, il paraît que j'ai fait ça...

Un gros soupir m'échappe.

— Je n'aurais jamais cru être ce genre de femme, je murmure. Sans compter que dans mes plans, quand bien même j'aurais voulu le déshabiller, il n'aurait jamais dû en faire autant avec moi !

— En tout cas, pour en revenir à ce fiasco avec Norman, n'en fais surtout pas une affaire personnelle. Sur le papier vous étiez impeccables, mais dans la vraie vie c'est autre chose. Je pense qu'il a le cœur occupé ailleurs.

— Nous devrions faire quelque chose pour lui, tu ne crois pas ?

— Quoi donc ?

— Je ne sais pas... Essaie de soutirer quelques infos à ton fiancé ! J'aime jouer les marieuses inspirées pour mon entourage.

— Charité bien ordonnée...

— D'accord, c'est entendu, je vais me pencher sur mon propre cas... Dès que j'aurai fait un petit tour chez un psy qui se fera payer une fortune pour m'expliquer pourquoi je suis subitement attirée par un type trop jeune.

— Parce qu'il est charmant et doué, peut-être ?

— Cesse de te moquer de moi, Laurel, et aide-moi plutôt à résoudre mon problème le plus pressant : maintenant que toutes les règles ont volé en éclats et que les dessous ont volé tout court, qu'est-ce que je vais faire ?

Laurel n'a pas le temps de me suggérer quoi que ce soit : la porte de l'institut s'ouvre sur Audrey, les joues rouges, tout essoufflée, qui brandit son portable comme un trophée.

— Julie, tu es célèbre !!!

Nos Chinoises sursautent. Elles ne nous accepteront jamais plus comme clientes...

Le pire, c'est que je n'ai même pas besoin de demander à Audrey de quoi elle parle. Je sentais venir le drame depuis un bon moment déjà.

— Regarde, un autre site vous a mis à la une !

Audrey, tout excitée, me montre l'écran de son téléphone alors que nous nous installons dans un Starbucks pour boire un café.

— Quel effet ça fait, dis, de devenir aussi célèbre ? demande-t-elle.

C'est un café *corretto* qu'il me faudrait plutôt, avec une bonne dose de *grappa*. Non ! Une liqueur forte direct, sans café !

— Ça rend malade, je réponds sèchement. Tu peux éteindre cet engin du diable ?

Depuis une heure, elle n'arrête pas de faire défiler sous mes yeux horrifiés les photos de l'autre soir. Mes nerfs vont finir par lâcher. Ceux qui ne jurent que par les clichés pris sur le vif, au naturel, ont tout faux !

Je savais, bien sûr, que ces photos apparaîtraient sûrement quelque part, tôt ou tard. J'espérais néanmoins avoir plus de temps pour m'y préparer. J'espérais qu'un événement plus croustillant et digne d'intérêt se produirait entre-temps et que l'humiliation ultime me serait épargnée... Car c'est de cela qu'il s'agit : je suis en train de me payer la honte de ma vie. Il n'y a pas d'autre manière de voir les choses. Si seulement Kellyanne Conway, la conseillère écervelée de notre distingué président, daignait gentiment lâcher en conférence de presse une des saillies débiles dont elle a le secret, histoire d'éclipser ma modeste personne... Si d'autres membres du clan Trump pouvaient twitter le contenu secret et accablant de leurs mails, comme l'a fait le fiston dégénéré...

Mais non. Rien. Que moi dans toute ma splendeur.

Les articles dénichés par Audrey sont tous plus ou moins de la même teneur : tout le monde se demande qui est cette femme aux côtés de Terry Graham, vêtue d'une robe moulante qui met son ventre en valeur. Ou plutôt *en relief*. Pas besoin d'agrandir l'image : mes bourrelets sont visibles à l'œil nu.

— Regarde celle-là, tu n'es pas mal du tout dessus, me fait remarquer Audrey dans un bel effort pour me remonter le moral.

Un coup d'œil furtif à l'écran me suffit. Je le savais ! J'aurais mieux fait de m'abstenir.

— Bon sang ! Il n'y en a pas une seule sans mon ventre bien rempli au premier plan ?

— Quel ventre ? demande Laurel d'un ton surpris.

— Comment ça, « quel ventre » ? Cette protubérance, là ! Ne jamais manger de la pizza le soir d'un premier rendez-vous, je marmonne.

— On a toutes un petit bidon...

— Non, pas toutes. Les mannequins n'en ont pas.

— Et elles risquent la mort par malnutrition, pour peu qu'elles chopent un virus intestinal !

— Bah ! Elles ne tombent jamais malades. Et par-dessus le marché, arrivées à mon âge, elles se fiancent avec le milliardaire de service !

— De qui parlons-nous, là ? s'enquiert Audrey.

— De Miranda Kerr, répond Laurel. Elle a épousé le fondateur de Snapchat.

Audrey ouvre de grands yeux.

— Ne me parle pas de ces deux-là ! J'ai lu il y a quelques mois une interview complètement flippante... Ils auraient soi-disant attendu le mariage pour le faire ! Je t'en prie, Julie, dis-moi que vous, au moins, vous vous envoyez en l'air...

— Audrey !

— OK, vous vous envoyez en l'air, dit-elle, soulagée. Alors, en somme, je suis désormais la seule ici à ne pas copuler ?

— C'est parce que tu es devenue exigeante, lui répond Laurel.

— Bien sûr. Je ne suis plus disposée à jouer les navires-écoles pour des hommes censés connaître l'emplacement du clitoris.

Je souris malgré moi.

— Mais quel mécanisme d'associations pervers nous a amenées de mon ventre affiché partout sur le Net au navire-école d'Audrey ?

— Terminé, le navire-école, grommelle Audrey. Je ne coucherai plus avec personne sans avoir la preuve que mon partenaire sait se servir de sa langue.

Cette fois, je m'étrangle pour de bon. Laurel m'administre de grandes tapes dans le dos pendant que je tousse et crachote du café.

— Oh, mon Dieu..., je murmure en reprenant mon souffle. Dès que je pense m'être habituée, la voilà qui se débrouille pour hausser le niveau !

— Je m'en voudrais de te donner l'illusion que nous sommes au même niveau.

— Oh ! Jamais une idée pareille ne m'a traversé l'esprit !

Et pour cause. Le choc la terrasserait si je lui confiais que les hommes de ma vie se dérobaient tous devant le sexe oral, comme les intolérants au gluten devant le pain blanc... Jusqu'à avant-hier, du moins. Peut-on rattraper une vie entière en quelques heures ?

Quoi qu'il soit, Terrence aura tout fait pour me faire goûter au même bonheur que mes congénères plus gâtées que moi. Et pour cela, je lui en serai reconnaissante toute ma vie, dussé-je finir vieille fille avec mes chats.

— En tout cas, Julie, cette nouvelle m'a ébranlée, reprend Audrey. Je m'en réjouis pour toi, bien sûr, mais sans vouloir te vexer, je pensais que je trouverais un homme avant toi...

— Un homme, un homme... C'est vite dit...

— Combien d'années de différence, déjà ?

Audrey a l'art d'oublier les informations qu'elle ne juge pas essentielles. Le problème, c'est que sa méthode de classification reste très discutable.

— Onze, je réponds, les dents serrées.

Son expression est presque admirative.

— Je suis impressionnée !

— Il n'y a pas de quoi. C'était juste un épisode ponctuel, qui ne se répétera pas.

— Pourquoi ? demande Laurel, les mains serrées autour d'un cocktail improbable comme elle les aime. Qu'est-ce que vous vous êtes dit en partant ce matin ?

— On s'est dit au revoir. Il devait aller au studio de répétition, et moi à mon bureau pour écrire.

Je m'en suis félicitée en secret, d'ailleurs, trop heureuse de me retrouver soudain dans les rangs nourris de la partie de l'humanité qui remet les confrontations à plus tard.

— Et tu as écrit ?

— Bien sûr que non ! Qui serait capable d'accoucher ne serait-ce que d'une phrase, après trente-six heures pareilles ?

— Vous avez bien dû échanger quelques mots, pendant ces trente-six heures, me fait remarquer Audrey en haussant les sourcils.

— On s'est dit une infinité de choses, mais absolument rien de sérieux. On est un peu comme ça, nous deux...

— Alors, tu as un plan pour le moment où tu le croiseras ce soir ?

— Ce soir, déjà ? C'est obligé ? Ça ne pourrait pas attendre un jour ou deux ?

Laurel me regarde comme si j'avais perdu l'esprit.

— Ça pourrait. La CIA pourrait aussi nous épier tous à travers le micro-ondes... Blague à part, quel est ton plan ?

Je baisse la tête.

— Concrètement ? Je n'en ai pas. J'improviserai.

Je n'ai pas fini de parler que mon téléphone bourdonne.

Numéro inconnu. Pourquoi ai-je un mauvais pressentiment ?

— Allô ?

— Mademoiselle Morgan ? Je suis Jenna Lemmon, de la rédaction d'*US Magazine*.

Comment réagit une personne mature et responsable lorsqu'elle se fait débusquer par une journaliste ? Je raccroche aussitôt par pur instinct d'auto-préservation. Les vraies urgences stimulent notre sixième sens. Un peu comme l'irruption d'un prédateur chez les hommes de la Préhistoire.

Laurel et Audrey m'observent d'un air inquiet. Deux, trois secondes passent. Mon portable se remet à bourdonner. Ma nouvelle stratégie ? Éteindre carrément mon téléphone. Ce n'est pas très mature de ma part, je sais. Mais qui s'en soucie ?

Les paroles que je prononce alors ne passeront sûrement pas à la postérité, mais elles rendent assez bien l'idée.

— Merde ! Ils m'ont trouvée.

Je rentre chez moi affublée d'une casquette gentiment prêtée par Laurel. Il est peu probable que l'on me reconnaisse dans la rue, mais à ce stade je suis devenue un peu parano. La faute à l'histoire du ventre ! Tant que j'étais une figure anonyme parmi d'autres, je pouvais gérer.

Mais maintenant, ils m'ont identifiée ! Ils connaissent mon métier, mes goûts vestimentaires et qui sait quoi d'autre puisque, bon Dieu ! je suis écrivaine, donc présente sur les réseaux sociaux. Jusque-là personne ne s'intéressait à mes photos ni à mon statut, qui était encore privé jusqu'à ce soir. Tout vient de changer.

Terrence doit à tout prix reprendre le cours normal de sa vie et sortir avec un de ses mannequins fétiches. Dans un restaurant huppé, très tendance, et de préférence peuplé de nombreux clients susceptibles de les photographier tous les deux. Il pourrait même l'embrasser, tiens : rien ne me ferait tomber dans l'oubli plus vite qu'un beau baiser fougueux immortalisé par des paparazzis.

Une douleur aiguë au fond de mon ventre vient me rappeler que cette image de Terrence embrassant une autre femme ne fait pas bon ménage avec mes sucs gastriques. Menus soucis digestifs, dont je m'occuperai dans un second temps. D'abord les vrais problèmes !

Arrivée dans l'immeuble, je monte directement au dernier étage. Pourvu qu'il soit là.

Ma fébrilité doit se deviner à mon coup de sonnette autoritaire...

Terrence m'accueille d'un très beau, d'un très merveilleux sourire, absolument spontané, que je ne parviens pas à lui rendre, en dépit de mes efforts.

— On a un problème, je laisse tomber.

Il bat des cils, confus.

— Ah. D'accord. Mais avant tout, laisse-moi d'abord faire une chose.

Et il s'incline vers moi pour déposer un baiser sur ma bouche.

Je manque en tomber à la renverse. C'est peu dire que je ne m'y attendais pas.

— Qu'est-ce que... ?

— C'était un baiser, m'explique Terrence sans cesser de sourire. Pour alléger la tension. Tu me parais un peu crispée...

— Évidemment que je suis crispée ! Des photos de nous sont sorties partout !

Il ne paraît guère choqué par la nouvelle.

— Elles sortent toujours, dit-il.

— Pas dans mon monde à moi ! Ils n'en ont rien à faire de ma vie d'écrivaine, tous ces gens qui savent à peine lire ! Mais l'essentiel n'est pas là ! Tu n'as pas compris, Terrence : des photos de nous sont sorties. De toi et moi. Ensemble !

— Eh bien, nous étions ensemble, il me semble.

Je me fige une seconde pour le dévisager.

— Tu *savais* que ça arriverait...

— Disons que je m'en doutais.

— Et tu ne m'as rien dit !

— Julie, nous étions dans un lieu public... Je pensais que ça te convenait à toi aussi...

— Mais nous étions dans une *pizzeria* ! Entourés de gens qui passaient une soirée *normale* ! Ce n'était pas des paparazzis embusqués... Je pensais qu'ils montreraient la photo à leurs copains...

— Les gens aujourd'hui ne se cassent pas la tête, ils revendent leurs photos en vitesse.

Incroyable... Quelle humanité tristement matérielle... Dois-je déplorer la bassesse pitoyable atteinte par mes congénères, ou me désoler d'être aussi peu au fait de la tendance actuelle ? Bien sûr, il m'arrive de me mettre à jour en surfant sur les réseaux sociaux, mais ma vie fonctionnerait normalement quand bien même Internet s'effondrerait partout dans le monde. Je ne suis que très peu les potins, et les seules choses que je cherche sur YouTube, ce sont les humoristes pratiquant l'art sacré de la comédie politique. Je ne sais même pas faire le *contouring*... Si je connais le mot, c'est uniquement parce que Audrey me l'a expliqué. Je ne regarde pas les vidéos prétendument mignonnes sur les chats parce qu'ils me terrifient et je n'écoute pas de musique en streaming parce que je possède encore des CD en état de marche. Je ne suis pas vieille, juste un peu *vintage* – ce qui est pire, en un sens. Résultat : j'ai largement sous-estimé la célébrité de Terrence.

Il était facile de faire comme si tout était sous contrôle, tant qu'il se promenait incognito dans les rues et que nous passions les soirées à manger du poulet frit en regardant des films. Mais maintenant que je me suis brûlé les doigts, maintenant que j'ai mesuré la portée publique de cette... *chose* entre nous, mon unique tentation est de fuir. Le plus loin possible.

Devant mon silence, Terrence recouvre d'un coup son sérieux.

— Julie, je pensais que tu avais réfléchi à cet aspect des choses.

Moi aussi, je le pensais... Je m'imaginais qu'on le reconnaissait parfois dans la rue, qu'on lui demandait des autographes... Certainement pas que *tous* les journaux à scandale du pays déployaient les grands moyens pour rendre compte de ses moindres sorties !

Et puis, même si je m'étais penchée sérieusement sur les conséquences d'une relation avec un musicien célèbre, jamais je n'aurais pu anticiper ma panique à la vue de mon ventre au premier plan. Je me croyais moins influençable.

Illusions que tout cela...

— Je n'ai pas assez réfléchi, je marmonne. J'étais loin de me douter de ce qui nous attendait. Quand je tente de rallumer mon portable, je ne reçois que des appels de journalistes. Ce qui signifie qu'ils savent qui je suis, ce que je fais, l'âge que j'ai...

— Encore cette histoire d'âge ! On en reviendra toujours à ça, dis ? s'écrie-t-il d'un ton agacé que je ne lui connaissais pas. Je ne comprends pas pourquoi tu permets aux autres de juger ce qui est important et ce qui ne l'est pas !

Ça pique, une réprimande de la part d'un si jeune homme. A fortiori s'il y a du vrai dans son discours... Seule attitude pour ne pas perdre la face : l'attaque.

— Bien sûr que tu ne comprends pas ! Cc n'cst pas ton ventre qui a fini sur tous les sites *people* !

— De quoi est-ce que tu parles, maintenant ?

Je me penche vers lui, mon portable à la main, en m'efforçant de conserver un minimum de dignité.

Ce faisant, j'éprouve soudain l'envie irrationnelle et incongrue de m'approcher un peu plus encore, pour lui rendre le baiser de tout à l'heure. Quelle femme faible je suis !

— Tiens, là, tu vois ? Ce sont toutes des photos de nous à la sortie du restaurant. Et ça, c'est mon ventre...

Terrence scrute l'écran du téléphone, puis mon visage, puis de nouveau le portable.

— Tu plaisantes, là ?

Les hommes devraient le savoir, depuis le temps : nous ne plaisantons *jamais* avec nos défauts physiques.

— Est-ce que j'ai l'air de rigoler ?

— Tu as surtout l'air d'avoir perdu les pédales. C'est à peine si on note un soupçon de petit ventre !

Il se fiche de moi, là ? Je me tais. Cela vaut mieux pour lui.

Je sélectionne une autre page Internet et j'entre une recherche sur les médias alternatifs. Audrey a essayé de me cacher l'article, mais le titre m'a accroché l'œil tout de suite : *La nouvelle chérie de Terry Graham déjà enceinte ? Une liaison secrète qui expliquerait sa rupture avec Liz Tellman.*

Terrence éclate de rire.

Il essaie de se reprendre, mais c'est plus fort que lui. Il en a les larmes aux yeux.

— Bon sang... Mais qu'est-ce qu'ils boivent, ces gens-là ? Tu ne parais pas du tout enceinte, sur cette photo ! On voit juste une fille qui vient de se gaver de pizza...

— C'est toi qui m'avais dit de manger en me fichant des conséquences !

— Bien sûr. Et maintenant, je te dis qu'on se fiche de cette photo. Comme de toutes les autres. Éteins ce portable et oublie jusqu'à son existence pendant un moment...

Il n'a pas fini sa phrase que l'instrument maléfique se remet à sonner. Je pousse un soupir exaspéré. Je suis à deux doigts de balancer ce truc contre le mur...

Il veut savoir l'effet que ça fait ? Bien. Démonstration.

— Allô ? j'aboie dans le micro.

— Julie Morgan ?

— Non, je suis son assistante. Celle qui n'a pas de ventre.

— Pardon ?

Dans les moments critiques, il est important de sortir la carte de l'ironie. La majorité des gens n'a pas la présence d'esprit nécessaire pour réagir correctement.

— Dois-je transmettre un message à Mlle Morgan ?

— Nous sommes du magazine *People* et nous aimerions avoir confirmation de l'âge de madame.

Elle m'a appelée « madame ». Exprès. Il me vient des envies de meurtre. On a peut-être encore le temps, Mlle Berry et moi, de fonder un club de vieilles demoiselles aigries ?

— *Mademoiselle*. Et la réponse est non. On ne demande jamais son âge à une femme.

— À notre connaissance, elle a trente-six ans, s'entête ma correspondante. Si vous pouviez simplement confirmer...

— *No comment*.

Je me redresse, presque fière de ma réplique.

— Et la grossesse ?

— Il n'y a *pas* de grossesse !

— Sûr ?

— Tout à fait sûr. C'était seulement de la pizza.

Éclat de rire à l'autre bout du fil.

— On ne peut pas écrire ça !

— Précisément. Vous ne devez *rien* écrire. Rien ! Il y a des sujets bien plus sérieux à traiter. La proposition de loi abjecte sur la révision de l'assurance santé, notre crétin de président, ses contacts avec la Russie, que sais-je...

— Les sujets sérieux ennuient nos lecteurs. Est-ce qu'il pourrait s'agir d'une grossesse gémellaire ?

Bon. J'aurai essayé. Sincèrement.

Je raccroche sans un mot, passablement énervée.

— Maintenant ils vont raconter que j'attends des jumeaux ! je m'exclame.

Terrence s'efforce en vain de garder son sérieux devant mon air furibond.

— Allez, Julie ! Qui va lire ces inepties, de toute façon ?

— C'est exactement ce que j'ai toujours dit de Breitbart News... Et regarde où on en est. Il ne manquerait plus qu'un de leurs crétins de reporters soit élu sénateur !

Terrence change alors de stratégie et m'enlace.

— Tu es sexy quand tu te mets en colère, j'avoue !

— N'y pense même pas, je l'avertis mollement.

— À quoi donc ? demande-t-il d'un air angélique en me serrant contre lui.

— À me séduire pour me faire oublier ces nuages noirs qui s'accumulent au-dessus de ma tête...

— Rien que ça ! J'ai un faible pour la manière dont tu tournes tes phrases, sais-tu ? Un truc d'écrivaine, sûrement.

— Et tu me flattes, par-dessus le marché !

Je croiserais bien les bras, si seulement il restait de la place entre nous. Mais nos corps sont scellés, si bien que je me contente de le fusiller du regard. J'ai mon discours au bord des lèvres – « *Entre nous c'est fini, Terrence, si tant est qu'il y ait eu quelque chose un jour* » – lorsque mon portable se rappelle à mon bon souvenir.

Et maintenant, qui ?! Ah, ma mère. Évidemment. Dans cette journée si éprouvante pour mes nerfs, il ne manquait plus qu'elle.

Je suis obligée de répondre parce que je la connais, elle rappellera cinquante fois, dans l'idée qu'il est impossible que j'aie parfois d'autres choses à faire que de discuter avec elle.

— Allô ?

— Julie, mais tu es enceinte ?!!

Devinant que ce coup de fil traînerait en longueur, j'ai abandonné Terrence sur le palier pour me réfugier chez moi. J'ai bien fait. Une heure que ma mère me tient la jambe.

— Pour la dernière fois, maman, *je ne suis pas enceinte* !

J'ai commencé sur un ton zen, très raisonnable, mais plus elle m'oblige à me répéter, plus mon calme légendaire s'effrite. Et là, j'ai bien peur qu'il soit en miettes.

— Et ton ami n'est pas gay. Ne nie pas ! C'est ma voisine qui me l'a dit !

Ma mère ne pouvait pas habiter une campagne perdue sans âme qui vive autour, non ? C'était vraiment nécessaire que ses amies la tiennent informée sur tout et n'importe quoi ?

Impossible de nier l'évidence, à savoir les photos de Terrence en compagnie de ses nombreuses conquêtes.

— Il n'est pas gay, c'est vrai.

Est-ce que je dois lui expliquer pourquoi je lui ai menti ? Sûrement. Mais pas maintenant ; elle ne comprendrait pas, obnubilée qu'elle est par ma grossesse.

— Julie, ne me dis pas que tu fréquentes un gamin, murmure-t-elle.

Je lève les yeux au ciel.

— Maman...

— Écoute, je comprends que dans ta situation on puisse être au bord du désespoir, mais...

— Je ne suis pas...

— ... il y a une limite à tout. À ton âge, on ne peut pas s'abaisser à sortir avec une rock star d'une douzaine d'années de moins.

— Onze. Pas douze,

— Julie, je ne sais pas si c'est un acte de rébellion de ta part ou autre chose...

— Sincèrement, moi non plus.

J'ai enfin réussi à la réduire au silence. Pour quelques secondes tout au moins. Avec ma mère, c'est beaucoup.

— Donc, vous êtes ensemble ? s'enquiert-elle d'une petite voix.

— Non, on n'est pas ensemble. On est amis. On mange des pizzas ensemble. Et aussi du poulet frit. Et du cheese-cake.

— Julie...

— Je sais, je sais. Je devrais arrêter de manger des cochonneries, me trouver un homme sérieux et mener une vie normale.

— Absolument !

Le souci, c'est que si je partageais son point de vue jusque-là, quelque chose a changé, dernièrement.

Et si je n'étais pas faite pour ce genre de vie *sérieuse* que les gens attendent de moi ? Si ce n'était pas un hasard, que je me sente tellement à l'aise avec un homme plus jeune ? Si tout était parti de l'attitude de Terrence, de sa capacité à comprendre à quel point je ne souhaite pas être prise au sérieux ?

— Donc, tu n'es pas enceinte ? me demande ma mère une dernière fois – mais un rire filtre dans sa voix.

— Une fois pour toutes : non !

— Julie... Tu veux que je vienne te voir ?

Mes yeux s'écarquillent de terreur.

— Bien sûr que non ! Tu viens à peine de me dire qu'à mon âge on ne pouvait pas se réfugier dans une attitude infantile !

— Alors tu vas te conduire en personne mature ?

— Y a-t-il eu un seul moment, un moment *important*, où cela n'a pas été le cas ?

Ma mère s'accorde un temps de réflexion.

— Non, c'est juste, finit-elle par reconnaître.

— Alors tu sais déjà que je ferai pareil cette fois encore.

— Je l'espère, ma chérie. Je l'espère...

15

Le lendemain matin, Terrence se présente chez moi avec deux gros sacs de voyage.

— Sur le départ, je présume, dis-je.

La perspective de le voir partir est douce et amère à la fois. D'un côté, c'est la solution idéale à tous mes problèmes. De l'autre, elle me provoque une douleur dans la poitrine qui me paraît un peu prématurée...

C'est drôle comme on passe des années à essayer de renforcer certains liens en vain, alors que d'autres personnes vous collent au cœur sans que l'on n'ait rien fait pour cela.

Terrence fourrage dans ses cheveux, visiblement embarrassé.

— Oui. Je voulais te le dire hier, mais j'ai cru comprendre que ta mère c'était déjà suffisant.

Je confirme d'un hochement de tête.

La honte m'envahit une nouvelle fois en repensant à cette photo de moi parue dans la presse... Désormais, le sport et les abdos quotidiens passeront en tête de ma liste de priorités. Oui, je sais, je dis ça depuis dix ans. Mais cette fois, c'est sûr ! La moitié du pays a pris mon petit ventre pour celui d'une femme enceinte, tout de même !

— Tu as toujours mes clés ? demande Terrence. Si tu veux bien sauver mes plantes cette fois encore...

Tôt ou tard, il faudra que je lui avoue que je n'ai absolument pas la main verte. En attendant, j'acquiesce en m'efforçant d'afficher un air angélique.

— Combien de temps resteras-tu absent ?

— Quelques semaines. Peut-être un mois. Nous avons un nouvel album à enregistrer.

— OK.

Je lui souris.

— En un sens, c'est mieux, j'affirme. La situation devenait étrange.

Terrence hausse les sourcils.

— *Étrange* ?

— Oui. Compliquée. Inutilement difficile. Toi et moi sommes déjà voisins et amis. Nous sommes d'accord sur ce point, n'est-ce pas ? Pas besoin d'embrouiller davantage la chose...

Le sac de voyage qu'il tenait à la main tombe sur le sol avec un bruit sourd.

— Stop ! Arrête tout de suite de penser ce que tu es en train de penser, dit-il en m'enlaçant. Ce voyage était déjà prévu, il a seulement été anticipé d'une semaine ou deux. Mais je reviens bientôt. On peut s'appeler.

La tentation de dire oui est aussi virulente que les tailles républicaines dans la sauvegarde de l'environnement.

— Il vaudrait mieux que l'on s'abstienne, Terrence. Comme j'essayais de te le dire hier avant que mon téléphone devienne la cible de tous les casse-pieds du pays, ça ne me paraît pas une bonne idée, nous deux. De toute façon, nous n'avons aucune espèce d'avenir, n'est-ce pas ?

Terrence se rembrunit.

— Pourquoi aucun avenir ?

— Parce que... Nous sommes dans deux phases différentes de la vie. Moi, je voudrais une relation stable et durable, et pas toi.

— Mais moi je *veux* une relation stable et durable ! s'exclame-t-il.

Je n'arrive pas à déterminer s'il me dit ça par entêtement, ou parce qu'il en est sincèrement convaincu. Quoi qu'il en soit, il faut que je le remette dans le droit chemin. Et tout de suite.

— Terrence, ton concept de relation durable est très différent du mien. J'ai envie de me marier, moi. D'avoir des enfants. Je serais même disposée à patienter un peu, sauf que je n'ai plus beaucoup de marge, à mon âge.

J'ai volontairement sorti l'artillerie lourde : mariage *et* enfants. Une tactique comme une autre pour le faire fuir à toutes jambes. C'est ce que font les hommes dès que l'on prononce le mot mariage, en général, non ?

Lui, il garde le silence un instant et réfléchit.

— D'accord, dit-il.

— D'accord pour quoi ? D'accord, chacun sa route ?

Il secoue la tête en esquissant un sourire.

— D'accord pour le mariage et les enfants.

Quelqu'un pourrait-il me passer les sels, s'il vous plaît ?

— Mais... tu ne peux pas être d'accord sur le mariage et les enfants ! On est sortis ensemble à peine *une fois* !

— Une fois, c'est très parlant. Nous pourrions convenir d'un délai raisonnable. Si tout va bien, nous nous marierons d'ici un an. À moins que tu ne veuilles tomber enceinte avant ? me souffle-t-il, provocateur en diable, en approchant sa bouche de la mienne.

Oh, mon Dieu, comme j'aimerais l'embrasser...

— Tu ne peux pas vouloir des enfants à ton âge, Terrence.

— Pourquoi ? Qu'est-ce qu'il y a de mal à ça ? J'ai toujours pensé qu'être père jeune était merveilleux.

— Mais nous... Enfin, nous ne sommes pas... amoureux...

J'ai bien peur d'avoir rougi à cette seule idée.

— Ah non ? Tu en es sûre ?

Lorsqu'il me fixe avec cette intensité-là, évidemment, je ne suis plus sûre de rien. Tout juste si j'arrive à me souvenir de mon prénom... C'est bien simple : je n'y comprends plus rien.

Je lève une main pour tenter de me détacher de lui, mais ma paume s'attarde bizarrement sur son T-shirt.

— Faisons un bref résumé des épisodes précédents, si tu veux bien... Jusqu'à ce séjour chez mes parents, nous étions de grands amis, rien d'autre. Et maintenant, tu me parles de sentiments ? De *grands* sentiments ?

Il effleure la ligne de mon nez d'une caresse en souriant.

— J'aurais préféré attendre encore, mais tu as l'art de me pousser à faire des choses un peu folles..., murmure-t-il. T'embrasser des heures au milieu de nulle part, te garder prisonnière à la maison pendant deux jours, te faire des déclarations sur le palier...

— Donc, c'est une déclaration ?

— Oui, ça l'est. Et si je n'avais pas un avion à prendre, je te montrerais tout de suite à quel point je suis sérieux. À propos, j'ai un cadeau pour toi.

Il me lâche à regret, le temps nécessaire pour récupérer un sachet dans son sac de voyage.

Un sachet ravissant, avec des petits nœuds partout et des licornes imprimées. Bon sang ! Je vais pleurer. Et je n'ai même pas encore vu ce qu'il y avait dedans.

— Il ne fallait pas...

— C'est pour remplacer la robe qui s'est malencontreusement déchirée l'autre soir...

La petite fille que je suis ne peut se retenir d'ouvrir tout de suite le cadeau. Je prends mon temps néanmoins, pour ne pas abîmer plus que nécessaire le merveilleux papier d'emballage qu'il a choisi pour moi.

À l'intérieur, une robe noire au jupon ample et vaporeux, portant des licornes dessinées sur le bas. C'est la robe à la fois la plus extravagante et la plus parfaite sur laquelle j'aie jamais posé les yeux. Elle est faite pour moi.

— Terrence...

Je ne sais pas quoi dire. Ni même quoi penser. Peu de choses crient : « Je tiens réellement à toi » plus fort qu'une robe floquée de licornes ridicules qu'il a dû passer un temps fou à chercher. Je me soulève sur la pointe des pieds pour l'embrasser.

— Merci.

Il reprend aussitôt mes lèvres, et ce baiser-là n'en finit plus...

— Maintenant je dois filer, murmure-t-il, ou l'avion partira vraiment sans moi. J'entends d'ici les hurlements de mon agent...

Il me laisse partir, mais cela lui coûte, c'est clair.

— Tu pourrais peut-être me rejoindre à Los Angeles le week-end prochain ? me propose-t-il soudain.

Sûrement pas !

— Peut-être.

Je ne devrais pas. Mais... il est trop tard : nous avons déjà basculé dans le précipice. Ou tout au moins *j'ai* basculé...

Terrence attrape ses sacs de voyage, puis se penche pour m'embrasser une dernière fois.

— Je t'en prie, viens.

La porte de l'ascenseur se referme sur lui.

Je reste immobile un long moment, arrimée au chambranle, ma nouvelle robe serrée contre mon cœur. *Pourquoi* fallait-il que l'homme capable de m'offrir ce genre de choses soit un jeunot célèbre ?

J'ai passé les journées suivantes – les nuits aussi, hélas ! – à tenter de me convaincre de ne pas lâcher le terrain new-yorkais. La distance physique entre Terrence et moi étant devenue très réelle, tourner la page aurait dû être aisé... Mais les journalistes persistaient à m'assiéger, et lui, à m'envoyer des messages en permanence, si bien qu'il m'était difficile de faire comme si nous ne nous étions jamais connus, et plus encore d'oublier sa demande, que dis-je, sa *supplique*, sur le pas de ma porte : le rejoindre à Los Angeles. Pour finir, mes amies m'ont poussée à prendre le taureau par les cornes et à réserver ce maudit billet d'avion. Puis, comprenant que je ne le ferai pas, elles se sont chargées de me l'offrir ! Ah, l'amitié...

Me voilà donc en classe éco sur le vol New York-Los Angeles qui est en train d'aggraver mes maux de ventre. Jusqu'ici, je ne me considérais pas comme une personne anxieuse. Émotive, sensible, oui, mais pas sujette à des angoisses inutiles. Je dois m'y résoudre : les choses ont changé. Et je panique joyeusement durant tout le vol.

À l'atterrissage, je découvre, affligée, que presque toute la population locale porte un short, vêtement que j'évite comme la peste, en règle générale – il ne rehausse pas la beauté banale de mes jambes et met en évidence ma totale absence de bronzage.

J'ai signalé ma venue de façon assez formelle à Terrence et je ne m'attends certes pas à le trouver en personne dans le hall des arrivées. Peut-être aura-t-il envoyé quelqu'un me chercher ? Mais, en scrutant l'aérogare une fois les contrôles franchis, je repère une silhouette familière appuyée contre un mur. Casquette violette des Lakers vissée sur la tête, lunettes de soleil habituelles dignes du contre-espionnage russe...

J'éclate de rire. Ici nous sommes les deux personnes accoutrées des tenues les plus improbables qui soient !

Il s'avance à ma rencontre et me prend la valise des mains.

— Bienvenue au pays du beau temps éternel, dit-il en souriant. J'enlèverais volontiers mes lunettes, mais cet endroit regorge de photographes, alors mieux vaut ne pas prendre de risques.

— Tu n'aurais même pas dû venir...

— Tu plaisantes ? Et puis tiens, il est hautement probable que ce que je m'apprête à faire soit encore plus interdit. Mais comme tu le sais, je suis du genre obstiné, alors...

Son baiser furtif est très doux. Puis il abaisse ses lunettes sur son nez juste ce qu'il faut pour pouvoir me regarder dans les yeux.

— Tu m'as manqué...

Que répondre à une affirmation aussi simple et en même temps d'une tendresse folle ?

— Toi aussi.

Il n'aurait pas dû me manquer. Et le fait que dix jours m'aient semblé dix ans en dit long sur mon implication dans ce qui devrait être le stade initial de ce genre de relation. Oui, j'utilise le mot « relation » bien qu'il ne me plaise pas du tout, car en dépit de tous mes efforts, je n'ai pas réussi à en trouver un autre. Je parlerais volontiers d'amitié, mais je crois que désormais ce bateau-là a levé l'ancre sans moi...

— Tu aimes braver les interdits, en fait, dis-je d'un ton réprobateur.

Il hausse les épaules.

— Le danger est mon métier, la belle.

— Ah bon ? Je croyais que c'était la musique... Au fait, cet enregistrement, ça avance ?

— Quelques contretemps. Mais rien de grave.

— Des contretemps de quel genre ?

Je monte avec lui dans la voiture qui l'a amené jusqu'à l'aéroport. Vitres fumées et chauffeur.

— Trois fois rien... Notre agent est un peu nerveux. Ça lui arrive de temps à autre. Pas de quoi fouetter un chat.

Il minimise la chose, mais une fois sur la route, la casquette et les lunettes enfin disparues, je peux lire dans ses yeux qu'il est plus tendu qu'il n'aimerait le montrer.

— Alors peut-être que j'arrive au mauvais moment..., je lui fais remarquer.

En même temps, je me vois mal reprendre l'avion en sens inverse, maintenant...

Terrence secoue la tête avec vigueur.

— Les autres, les circonstances, je m'en moque. Les problèmes peuvent attendre. La seule chose qui me tient vraiment à cœur, c'est que tu seras là pendant trois jours.

— OK.

Pas très glamour, ma réponse, mais je suis un peu gênée. Et aussi... terriblement heureuse d'être ici avec lui en dépit d'un contexte pas franchement idéal. Je serais enthousiaste quand bien même nous serions dans le coin le plus laid du monde. Or, c'est loin d'être le cas : il y a ici un soleil et un ciel merveilleux, des gens bronzés et souriants, un climat très différent de celui auquel nous sommes habitués, nous autres habitants de la côte Est.

— Alors, qu'as-tu envie de faire ? me demande-t-il avec un sourire malicieux.

J'ai toujours rêvé de visiter les studios Universal, peut-être aussi Rodeo Drive, mais, alors que j'observe son visage, ma liste de touriste passe très vite au second plan.

Ce dont j'ai vraiment envie, en fait, c'est de m'isoler. Avec lui. Entre les quatre murs d'une chambre.

— Je ne sais pas... Que proposes-tu ? je réplique d'un ton dégagé.

Il éclate de rire.

— Qu'est-ce que je propose ? Morgan, Morgan... Je ne suis pas certain que tu aies vraiment envie de le savoir !

— Serais-je ici, dans le cas contraire ?

— Ah. Eh bien, dans ces conditions... Veux-tu voir où j'habite ?

— Mais... pourquoi pas ?

Le chauffeur nous dépose devant une belle villa blanche ceinte d'une haute palissade qui protège des regards indiscrets.

— Elle est vraiment à toi ? je demande, impressionnée, en le suivant à l'intérieur.

— Oui, je l'ai achetée il y a deux ans, à l'époque où j'étais obligé de passer beaucoup de temps à L.A. Mais en bon Anglais, je supporte le beau temps jusqu'à un certain point. Les saisons me manquaient... Bref. Je suggère de commencer la visite par la chambre à coucher. J'ai un matelas magnifique, tu veux l'essayer ?

— Tu ne me proposes rien à manger, d'abord ?

Son regard s'assombrit.

— Tu as faim ?

— Un peu. Les collations servies dans l'avion étaient très quelconques. J'ai soif, aussi. Et puis, j'aimerais beaucoup voir la plage...

J'éclate de rire devant son air dépité.

— Tu fais la maligne, hein ? murmure-t-il, comprenant que je me fiche de lui.

— Oh, c'était génial ! Tu as fait une de ces têtes...

— Tu vas me le payer cher, et tout de suite !

Il s'approche de moi et me soulève de terre pour m'asseoir avec une étonnante délicatesse sur la table de la salle à manger.

— Tu n'avais pas parlé d'un matelas merveilleux ?

— Celui-ci était plus près. Il va falloir s'en contenter, j'en ai peur.

— Jamais testé le sexe sur une table...

— Ce n'est pas du sexe, Julie. Enfin, pas seulement. Tu le sais, n'est-ce pas ?

Toute sa belle assurance s'est envolée, soudain. Il pourrait le cacher, mais il s'y refuse. Pourquoi donc avec lui rien ne se passe-t-il jamais comme prévu ?

Un soupir m'échappe.

— Si ce n'était que du sexe, tu crois que je serais venue de mon plein gré au pays des shorts ?

— Ma foi...

— Eh bien non. Crois-moi sur parole.

— Tu veux peut-être seulement bronzer ?

— Qui, moi ? Mon dernier bain de soleil doit remonter aux années 1980 ! J'ai toujours été très sage et j'ai compris assez vite que le teint livide et les rayons solaires n'étaient pas copains.

Il me caresse les cheveux en souriant.

— Alors qu'est-ce que tu fabriques ici ? demande-t-il.

— Il y a ce garçon... Il s'appelle Terrence, je ne sais pas si tu le connais...

— J'en ai entendu parler. Un gentil garçon, à ce qu'on raconte.

— Quelles sont tes sources ? Les anges de Victoria's Secret ?

Le rire de Terrence me fait vibrer le corps.

— Ton obsession pour les anges commence à m'inquiéter, Julie. Il va falloir que je trouve un moyen de te faire penser à autre chose...

Aussitôt dit, aussitôt fait.

Vingt-quatre heures plus tard, Terrence et moi avons été contraints de quitter la chambre à coucher, où nous avons finalement fini par échouer, les incessantes sonneries de son portable ayant atteint une cote d'alerte impossible à ignorer plus longtemps. L'homme aux mille ruses a dû se rendre à l'évidence et se rhabiller pour prendre le chemin du studio d'enregistrement. Avant de partir, il m'a embrassée une dernière fois en soupirant un « À tout bientôt ! » lourd de signification.

Ne sachant trop comment m'occuper en son absence, j'ai enfilé un maillot de bain et je me suis mise à lire au bord de la piscine. Une piscine moins imposante que celle de certaines stars hollywoodiennes et absolument parfaite comme décor pour de paisibles lectures.

Plongée dans le nouveau roman de Laurel, j'entends à peine la porte vitrée de la véranda s'ouvrir. À mon vif soulagement, je vois arriver le manager de Terrence, et non un intrus malintentionné – il aurait été désagréable d'imputer à la littérature ma fin prématurée.

Je le regarde approcher, l'allure nerveuse et la mine renfrognée. Il s'immobilise à quelques pas de mon transat.

— Bonjour, lâche-t-il, plus par politesse qu'autre chose.

J'essaie de me couvrir tant bien que mal avec ma serviette, n'étant guère à l'aise en maillot. Surtout devant un quasi-inconnu.

— Bonjour ! Terrence est parti pour le studio d'enregistrement il y a une demi-heure, j'explique avec un sourire de circonstance.

— Oui, il était temps. On l'attendait ce matin.

Je m'abstiens de tout commentaire. Terrence m'avait assuré qu'il avait pris sa matinée. S'il y a eu un malentendu entre son manager et lui, ce n'est certainement pas de mon fait : le sérieux professionnel a toujours été ma marque de fabrique.

— Mademoiselle Morgan, j'ai bien peur que la discussion qui nous attend soit tout sauf agréable, déclare le manager en s'asseyant sur le transat voisin du mien sans même attendre d'y être invité.

— Oh. Je vois que vous avez appris mon nom…

— Disons que j'ai dû l'apprendre malgré moi.

Mon visiteur ne fait même pas semblant d'être sympathique. Je me demande si c'est un trait caractéristique des managers en général, ou si celui-ci détient l'exclusivité.

— Vous auriez pu vivre tranquillement en continuant à m'ignorer, je vous assure.

— Je ne crois pas, marmonne-t-il. La première fois, déjà, j'avais eu un pressentiment à votre sujet. J'aurais dû écouter mon instinct et bouger plus tôt.

— *Bouger plus tôt…* ?

— À ma décharge, on peut dire que vous avez fait votre possible pour paraître inoffensive.

— Mais je *suis* inoffensive ! dis-je en riant, quoique je m'amuse peu en cet instant précis.

— Il n'est plus nécessaire de jouer la comédie, non ? Dites-moi combien vous voulez, qu'on en finisse.

À ces mots, je m'arrache à mon confortable transat pour le fixer un moment.

— Pardon ?

Le manager des Alien Temptation semble s'agacer de ma réaction. Sans doute la trouve-t-il artificielle.

— Vous m'avez très bien compris. J'ai effectué quelques recherches sur vous. Pas de situation financière précaire. Au contraire, je dirais même que vous tracez votre route plutôt dignement avec votre travail d'écrivaine. Ce qui signifie que dans votre tête vous pensez vous être rapprochée de Terry avec des objectifs nobles, mais en y réfléchissant, vous vous rendrez compte que vous êtes comme toutes les autres : vous courez après la célébrité.

— Alors là, non, la célébrité, sûrement pas !

— L'argent, alors.

— Excusez-moi, mais vous ne venez pas de dire que d'après vos *recherches*, je n'avais pas de soucis financiers ?

Il hausse les épaules.

— La cupidité humaine est sans limites.

— C'est vrai, mais moi je me suis toujours contentée de peu.

— Ce qui explique tout naturellement votre intérêt pour la rock star émergente la plus en vue du moment...

— Le côté « rock star » est un os, en effet, et pas des moindres.

L'homme soupire, excédé.

— Mademoiselle Morgan, vous me faites perdre du temps. Ne m'obligez pas à endosser le costume du gars désagréable... Notez que je n'ai même pas abordé la question de l'abyssal écart d'âge entre Terry et vous.

Bien sûr, je m'attendais à ce que l'argument arrive sur le tapis tôt ou tard, mais le coup m'atteint tout de même car, inutile d'essayer de prétendre le contraire, ce sujet est réellement douloureux pour moi. Mais « abyssal », quand même...

— Eh bien, abordons-la ! dis-je par défi, prête à monter au front.

— Je peux comprendre qu'une femme de votre âge trouve très excitant de se rapprocher d'un garçon beaucoup plus jeune...

Mon rire moqueur bloque net son discours absurde.

— Oh non, cher monsieur ! Je n'ai absolument pas besoin de soigner mon ego !

— Alors de quoi s'agit-il ?

Je prends mon temps pour répondre. Cette question, je me la suis posée mille fois ces derniers jours, et en toute sincérité, je ne suis pas sûre d'être arrivée à une réponse claire.

— Eh bien, voyez-vous, nous rions des mêmes choses, Terrence et moi. Jamais je n'avais rencontré une personne aussi à l'aise avec mes excentricités.

L'agent me lance un regard vaguement compatissant.

— Mademoiselle Morgan, ça ne peut pas marcher sur le long terme. Vous le savez comme moi…

— Sur le long terme, non, c'est vrai.

Je suis bien obligée de lui concéder ce point, non sans souffrance, puisque c'est exactement ce que je pense moi aussi.

Je sais, je sais… J'ai pris l'avion, je me suis lancée dans cette aventure californienne et si à première vue tout peut sembler merveilleux, le manager de Terrence vient de formuler à voix haute ma crainte la plus profonde. Plus qu'une crainte, du reste : une certitude. Des histoires comme la nôtre ne fonctionnent jamais dans la durée.

Percevant sans doute mon trouble, mon interlocuteur se détend légèrement, et son agressivité baisse d'un cran.

— Écoutez, parlons franchement, mademoiselle Morgan. Je reconnais que j'ai pu me tromper sur votre compte. Vos sentiments envers Terry semblent authentiques. Ce qui est une sacrée complication.

Il n'y va pas par quatre chemins !

— Je ne me serais pas déplacé jusqu'ici pour vous tenir ce genre de discours si je n'étais pas sérieusement inquiet pour mon poulain. Je ne sais pas ce que Terry vous a raconté, mais il a toujours gardé ses distances vis-à-vis des autres. Et ça ne m'étonne pas. Sa mère, dont il était très proche, lui manque beaucoup. Par conséquent, je me demande si ce lien entre vous ne vient pas d'une certaine manière compenser ce manque…

Houlà ! Et maintenant, il est en train de m'expliquer que je suis une figure maternelle ?! *Du calme, Julie.*

— Toujours est-il que Terry n'est plus lui-même depuis qu'il vous fréquente. Il est distrait, la tête dans les nuages, il compose des trucs qui ne sont pas du tout son genre habituel et maintenant, il parle de vous dédier le prochain album...

— *Quoi* ?!

— Il a écrit une chanson intitulée *Julie* et il y a quelques minutes à peine, il m'a envoyé un message me suggérant de donner ce titre à l'album.

Il se tait, dans l'attente d'une réaction de ma part. Mais que suis-je censée dire ? Je suis sous le choc. Incapable de formuler deux phrases cohérentes. Après une pause, je bafouille :

— Quelle idée saugrenue.

— C'est ni plus ni moins une déclaration d'amour, mademoiselle Morgan. Très publique, et plutôt obstinée. Vous et moi savons très bien comment sont les jeunes : extrêmes en tout, surtout en matière de sentiments. Terry est persuadé d'être amoureux de vous, mais je ne crois pas qu'il vous rende service en composant des chansons pour vous. Vous avez trente-six ans. Pouvez-vous réellement vous permettre de perdre du temps avec une rock star traquée par les adolescentes ? Sans vouloir être désagréable... Essayez de vous projeter dans dix ans. Lui en aura trente-cinq. Il sera dans la fleur de l'âge pour un homme, tandis que vous en aurez quarante-six...

Les poignards s'enfoncent l'un après l'autre dans ma poitrine. Et ça fait mal. Si mal...

— Aucun amour n'est destiné à durer toujours, ajoute-t-il comme un coup de grâce.

— Honnêtement, j'aimerais croire que c'est faux.

— Quand bien même, pour un amour comme celui-là ?

Je me laisse retomber sur le transat, les yeux rivés sur la surface de la piscine. Me noyer ? Oui, cela résoudrait le problème.

— Je ne sais pas..., je murmure, plus morte que vive.

— Pensez-y, mademoiselle Morgan. Pensez-y bien. N'est-il pas préférable de couper court avant de gâcher des promesses et des chansons ? Tant qu'il y a encore de beaux souvenirs ?

Cet homme est très, très déplaisant. Seuls les intérêts économiques des Alien Temptation lui tiennent à cœur, je m'en rends bien compte. Mais il n'est pas stupide, loin s'en faut, et ce qu'il dit tombe sous le sens. Sans doute a-t-il déjà assisté au naufrage d'histoires similaires.

Je m'efforce de garder la tête froide, même si le parfum de Terrence qui flotte encore sur ma peau ne m'y aide pas beaucoup, je l'avoue. J'essaie d'imaginer pour de bon un avenir pour nous, si improbable soit-il. Je me vois vieillir aux côtés d'un homme bon qui, un jour peut-être, en viendra à se sentir pris au piège. À ce stade, tout ce qui était beau passera au second plan. Je me retrouverai seule, hors délais cette fois pour fonder une famille, encore plus marquée qu'aujourd'hui par mon passé.

De fait, toutes les histoires ne sont pas destinées à durer, au grand dam de la romantique en moi qui se plaît à croire aux miracles. Alors oui, peut-être que dans certains cas, celui-ci par exemple, l'option la plus sage consiste à trancher dans le vif pour préserver la beauté. Peut-être que tout ce que je pourrais jamais obtenir de Terrence, c'est un moment de bonheur authentique et pur, à chérir dans un coin de mon cœur tout en continuant à chercher mon âme sœur dans cette jungle de rencontres trompeuses.

— J'y penserai, dis-je avec un soupir.

Le manager s'éclipse sur un geste d'adieu, mettant ainsi fin à un échange fastidieux, mais nécessaire, sans doute.

16

Je m'octroie quelques jours encore, le temps de vivre des moments d'absolue perfection et de faire le plein de souvenirs somptueux. Oui, Terrence pense m'aimer et je n'ai pas besoin qu'il me le dise avec des mots. Il le fait à tout moment avec des gestes et des regards que je ne peux pas ne pas remarquer – après tout, j'ai noirci des pages et des pages de romans en disséquant le moindre geste, la moindre posture des amoureux transis. Je suis une sorte d'experte en la matière, j'en ai peur.

Mais si Terrence se considère comme amoureux, ce sentiment est de ceux destinés à se faner. La règle du jeu est formelle : j'aurai eu la chance d'avoir goûté, même seulement quelques instants, à ce bonheur-là. Tous ne l'ont pas. Moi, je ne manquerai pas de sujets d'inspiration lorsque je m'installerai enfin à mon bureau pour donner vie à ma première histoire contemporaine, qui aura pour héros une jeune rock star, et tant pis si le thème est passé de mode ! J'ai toujours été à contre-courant, je ne vois aucune raison de changer aujourd'hui.

— Demain soir, nous donnons un concert ici à Los Angeles, m'annonce Terrence alors que nous prenons le petit déjeuner au lit – un petit luxe que nous nous octroyons chaque matin depuis mon arrivée.

— Vraiment ? Et tu as le trac ?

— Je n'ai jamais le trac tant que ça concerne la musique. Même si cette fois j'aurais quelques raisons de l'avoir, ajoute-t-il d'un ton vague. Ça me ferait plaisir que tu viennes, Julie.

Je me fige, ma tartine en l'air.

— Pourquoi ça ?

— Eh bien, d'abord... Tu n'as jamais entendu un seul de nos titres en live, n'est-ce pas ?

— Jamais, c'est vrai.

— Et puis, il y a un morceau que j'ai écrit récemment, sur lequel j'aimerais avoir ton avis.

Oh, mon Dieu. La fameuse chanson...

— Et de quoi parle-t-il ?

Il a rougi, je crois, avant de me répondre :

— Je préfère ne pas t'en dire plus, pour ne pas t'influencer. Tu me donneras ton opinion objective après avoir entendu la chanson.

J'acquiesce – bien obligée. Mais en vérité, je ne suis pas du tout certaine d'en avoir envie.

Loin de là, même. J'éprouve le besoin urgent de boucler mes valises et de disparaître. J'ai la sensation que mon moment parfait touche à sa fin, et qu'il est l'heure d'ouvrir les yeux pour regarder la réalité en face. Une fois pour toutes.

Je ne suis vraiment pas douée pour planifier les fuites impromptues, c'est clair : mon retour à New York tourne au tragi-comique, avec plus de tragique que de comique.

J'ai dû attendre le départ de Terrence pour la répétition de son concert. Il m'a embrassée et m'a donné le laissez-passer pour être au premier rang. S'il a perçu du désespoir dans ma façon de lui rendre son baiser, il n'en a rien dit. Il m'a juste regardée avec attention en me caressant la joue et en répétant : « À ce soir, n'oublie pas ! »

Et comme il me plaît de me considérer comme une fille romantique, certes, mais avec la tête sur les épaules, à peine Terrence disparu, je lui ai écrit une lettre que j'ai ensuite confiée à son agent lorsque celui-ci m'a déposée à l'aéroport deux heures plus tard.

Pourquoi ne pas lui avoir parlé en face ? Parce que je n'ai pas voulu m'infliger une épreuve inutile. Ma lettre dit infiniment mieux que ma voix n'aurait pu le faire combien il aura compté pour moi et quels sentiments profonds m'inspirera toujours le souvenir de ces quelques jours. Je ne veux ni ne peux être présente ce soir lorsqu'il chantera cette chanson-là, car mon sang-froid laisse à désirer dans les moments critiques et je m'imagine assez mal supporter l'idée d'une chanson tout à moi.

Le problème c'est que, prise dans ma tragédie amoureuse, j'ai complètement oublié de changer mon billet d'avion. Si bien que, à l'heure où Terrence monte sur scène, j'attends encore d'embarquer sur un vol tardif qui avait, miracle, une place disponible.

J'essaie d'avancer dans la lecture du roman de Laurel, mais je ne fais que relire indéfiniment la même scène, celle du premier baiser. Près de moi, une adolescente, écouteurs dans les oreilles, suit sur sa tablette le live du concert des Alien Temptation en remuant la tête en rythme. Et moi, si discrète d'habitude, je ne parviens pas à détacher les yeux de cet écran. Regarder ça, c'est un peu comme mourir – de toute façon, c'est exactement ce qui est en train de m'arriver. La caméra zoome sur le visage de Terrence qui vient de terminer une chanson et attrape le micro pour prononcer quelques mots que je n'entends pas. La foule applaudit frénétiquement. Lui, il s'agite devant ses musiciens, enfouit les doigts dans sa tignasse, visiblement très nerveux. Bon sang ! Comme j'aimerais me télétransporter jusqu'à lui en cette seconde...

L'adolescente pousse un soupir rêveur et se ronge les ongles.

— Oh..., murmure-t-elle.

La caméra balaye maintenant le premier rang. Tout le monde attend visiblement qu'elle trouve quelque chose... Ou quelqu'un.

Une sensation terrible me tord les tripes.

— Excuse-moi..., je demande. Qu'est-ce qui se passe, là ?

La fille dégage une mèche de son front et me regarde de travers.

— Hein ?

— Le concert des Alien Temptation, je bredouille, en proie à une panique croissante. Qu'est-ce qui se passe ?

Elle doit me prendre pour une nana un peu cinglée, mais elle me répond tout de même :

— Ben, Terry vient de chanter une nouvelle chanson avec une spéciale dédicace à sa copine qui devait être dans le public ce soir, sauf que la fille est pas là... Non mais, tu imagines ? Sortir avec Terry Graham et te défiler le jour d'un concert pareil !

— Peut-être avait-elle ses propres raisons...

L'adolescente secoue la tête avec vigueur.

— C'est juste pas possible. Y a pas de raison valable pour lui faire un coup pareil. Le pauvre Terry, il est mal, ça se voit...

— Peut-être lui a-t-elle envoyé une lettre expliquant les raisons de son absence ?

— Ça m'étonnerait. Terry n'a pas franchement l'air au courant. Ah là là, qu'est-ce que c'est triste...

Elle soupire de plus belle.

Je reste figée sur mon siège comme une statue jusqu'à ce que l'appel d'embarquement résonne dans les haut-parleurs.

Plus tard seulement, beaucoup plus tard, une fois dans mon appartement, je fais ce que ne ferait pour rien au monde une femme avec la tête sur les épaules : j'éclate en sanglots.

Les ennuis volant toujours en escadrilles, au terme d'une nuit de larmes interminable, la sirène de l'ambulance au petit matin me semble parfaitement dans le ton. De même que le branle-bas dans la cage d'escalier. Encore à moitié en vrac, les yeux bouffis, j'ouvre ma porte et je vois les urgentistes en train d'allonger Mlle Berry sur un brancard.

La malheureuse a un gros masque à oxygène sur la figure, mais elle lève la main en m'apercevant.

— Mon chat ! me lance-t-elle avant de disparaître dans l'escalier.

— Bien sûr, ne vous inquiétez pas ! Je m'en occupe...

Je me tourne ensuite vers un brancardier.

— Qu'est-ce qui s'est passé ? Où l'emmenez-vous ?

— Convulsions liées au diabète. Elle est au bord du coma. Si vous avez la possibilité de prévenir sa famille, dites-lui qu'elle sera au Cornell Presbyterian Center.

Là-dessus, je reste seule sur le palier. Enfin, presque seule...

Attila me regarde.

Je le regarde.

Entre nous, un message étrange passe dans le plus grand silence. Pour finir, le félin s'approche de moi avec un miaulement plaintif. Et moi qui suis tout sauf une amoureuse des chats, je m'accroupis pour prendre cet exemplaire-là dans mes bras. Du museau orange enfoui dans ma poitrine sort un son qui ressemble presque à un pleur. Je le caresse, encore et encore.

— Tout ira bien, Attila...

J'espère ne pas me tromper. Car en cet instant précis, les choses ne pourraient pas aller plus mal.

J'ai toujours détesté les hôpitaux. Non parce qu'ils affichent un taux de concentration de microbes record, ou pour le spectacle des proches réduits à l'impuissance, guettant fébrilement l'issue d'une opération ou prostrés aux côtés de la personne aimée. Devoir attendre sans pouvoir se défendre, ce n'est pas humain. Alors que nous voudrions tous faire quelque chose pour aider, l'hôpital est le lieu par excellence qui nous rappelle que parfois dans la vie nous ne pouvons qu'espérer.

Tel est plus ou moins mon état d'esprit alors que je veille Mlle Berry, assise à son chevet sur une chaise inconfortable. À la voir dans cet état, petite et maigrichonne dans ce lit bien trop grand pour elle, qui croirait à son caractère redoutable ? Elle n'est plus qu'une vieille dame seule au monde.

En fouillant dans son répertoire, je n'ai pu trouver qu'une parente, une nièce à je ne sais quel degré habitant Portland et dans l'incapacité de se déplacer car en convalescence après une chirurgie du genou. Cette femme a demandé à être tenue informée des suites. Visiblement, tout ce à quoi peut aspirer Mlle Berry se résume à cela : une personne à l'autre bout du pays exprimant un vague intérêt de bon aloi en pareilles circonstances. En même temps, ma voisine ne passera certes pas à la postérité comme un parangon d'amabilité. Le fait est que même les êtres les plus désagréables ont tout de même besoin de quelqu'un. Nous avons *tous* besoin de quelqu'un. Dans le cas de Mlle Berry, ce quelqu'un, désormais, c'est moi ! Toujours ma chance légendaire.

Je soupire, le cœur lourd, tournant et retournant mon téléphone entre mes mains. Un téléphone étonnamment taciturne… Si une partie de moi-même se sent soulagée, l'autre ne peut s'empêcher de se demander si Terrence va bien, si ma lettre lui est parvenue, s'il a compris pourquoi j'ai dû me résoudre à une fuite peu glorieuse avec armes et bagages.

Il m'en veut sûrement pour ce que j'ai fait, car dans le cas contraire, tel que je le connais, il m'aurait au moins envoyé un petit message. « Je comprends. » Ou même : « Je ne comprends pas. » Mais non, rien. Silence total. Ni appel ni SMS. Il ne pense même plus à moi, si ça se trouve. Entre nous, moi aussi j'essaierais plutôt de penser à autre chose à sa place. Une femme de trente-six ans qui se sauve en douce en apprenant qu'une chanson d'amour lui est destinée, ça n'a rien de fiable, question relation sentimentale…

À supposer que ce soit toujours une chanson d'amour, cela dit. À cette heure, elle a très bien pu être réécrite pour devenir chanson de haine !

Absorbée par mes élucubrations pathétiques, je m'aperçois avec un temps de retard que Mlle Berry a fini par ouvrir les yeux.

— Cessez de soupirer, me tance-t-elle dans un filet de voix. Et cessez de triturer ce téléphone, vous allez finir par le casser !

Je souris. Son sale caractère est toujours là, c'est bon signe.

— Comment vous sentez-vous ?

— Mal, évidemment. Comment vous sentiriez-vous à ma place ?

— Qu'est-ce qui s'est passé ? J'ai échangé quelques mots avec le médecin, il m'a dit que vous aviez dû sauter une dose ou deux d'insuline...

Elle lève les yeux au ciel.

— Si c'est pour subir des sermons, autant mourir tout de suite !

— Ce n'était pas un reproche. J'essaie de comprendre, c'est tout.

— Je ne sais pas ce qui s'est passé, grogne-t-elle. Un moment de distraction, sûrement.

Elle ne me dit pas toute la vérité, je le sens. Néanmoins, je décide de ne pas insister davantage et de me tourner vers l'avenir.

— Quoi qu'il en soit, il vaudrait mieux que vous vous trouviez une...

— Aide-soignante. Allez-y, dites-le !

— Une aide-soignante, oui.

Je m'attendais à une explosion de rage à cette seule mention, mais Mlle Berry se contente de m'observer en silence.

— Eh bien, dit-elle enfin, pourquoi cette triste figure ? Et vous ne devriez pas être en Californie à l'heure qu'il est, au fait ?

— J'y suis allée. Et je suis revenue.

— Tête basse, à ce que je vois. Qu'est-il arrivé ? Vous vous êtes disputés ?

— Même pas.

— Alors, pourquoi cette tête de zombie ?

Je m'esclaffe malgré moi.

— Je n'aurais jamais cru que vous connaissiez ce mot !

— N'essayez pas de changer de sujet ! Je suis vieille mais pas gâteuse !

— Vous êtes tout sauf gâteuse, mademoiselle Berry.

— N'essayez pas non plus de m'endormir avec des compliments. Ça ne marchera pas !

— Je ne sais pas... Les compliments, ça marche avec tout le monde.

— Pas avec moi, réplique-t-elle, têtue.

— Soit. Avec tout le monde, *sauf vous*.

— Alors, mademoiselle Morgan ? Vous allez enfin me dire ce que vous avez manigancé, ou je dois mourir et ressusciter une seconde fois pour le découvrir ?

— Qu'est-ce qui vous fait croire que c'est moi qui ai manigancé quelque chose ?

— Vous avez un air coupable.

— D'accord, d'accord ... J'ai bien peur de m'être surpassée sur ce coup-là, en effet.

— En matière de sottises, vous voulez dire ?

— Ce n'était pas intentionnel, bien sûr. J'ai cru agir comme il fallait.

— Et maintenant, vous regrettez.

— Pas vraiment. Je suis toujours convaincue d'avoir opté pour le moindre mal, mais...

Mlle Berry se redresse légèrement sur ses oreillers.

— Mais *quoi* ? lance-t-elle comme je me suis tue.

— Terrence a écrit une chanson qui sonne comme une déclaration d'amour. Il projetait de la chanter devant des milliers de personnes pendant un concert à Los Angeles. Et... il se pourrait que j'aie pris la fuite, persuadée que c'était la seule chose à faire...

Ma voisine me toise d'un air glacial.

— Sans lui en parler avant ?

— Euh... Je lui ai fait passer une lettre. Je ne suis pas très douée pour les discours, il valait mieux que je m'explique par écrit...

— Vous lui avez écrit une lettre et vous avez décampé ?!

Me voyant hocher la tête, Mlle Berry éclate de rire. Décidément, elle se porte beaucoup mieux que je ne le pensais tout à l'heure !

— Vous êtes cinglée, voilà la vérité, décrète-t-elle avec sa sévérité coutumière.

— Et moi qui pensais que vous pourriez me comprendre, avec les choix que vous avez faits vous-même par le passé...

— De mauvais choix ! Mettez-vous bien ça dans le crâne ! À la fin je suis restée seule, comme vous le voyez, obligée de me réveiller dans une chambre d'hôpital glauque à côté d'une cinglée qui s'embête à envoyer des lettres... Bon sang ! Mais qui écrit encore des lettres aujourd'hui ?

— Eh bien... moi.

— À votre place, je me contenterais d'écrire des romans. Ça vous réussit plutôt bien.

— Vous les avez lus ? Vous ne me l'aviez jamais dit !

— Les gens ne révèlent jamais qu'une partie de ce qu'ils font. D'où toutes sortes de malentendus. À ce sujet, quelles sottises avez-vous répandues dans cette lettre cruelle ?

— *Cruelle* ? Pas du tout ! Elle était très tendre, si vous tenez à le savoir. Je lui disais que je chérirais toujours le souvenir de ce qu'il y avait eu entre nous, mais que la différence d'âge était vraiment insurmontable pour moi.

— Et vous osez la qualifier de *tendre* ? Pardon, mais si Terrence s'en fichait complètement, de cette différence d'âge, pourquoi en avoir fait une maladie, vous ? Pire, vous l'avez sacrifié sur l'autel de l'amour ! Vous attendez qu'on vous décerne une médaille après ça, ou quoi ? *Elle aima follement un garçon de grande valeur et le laissa échapper parce qu'elle avait l'esprit borné.* Ha !

— Je ne suis pas bornée ! Au contraire, je suis très raisonnable.

— Vous êtes une tête de mule qui se prend pour une fille raisonnable, nuance. C'est la pire espèce. Moi, au moins, je suis consciente de mes limites.

Quoique touchée en plein cœur par cette vérité pas bien agréable à entendre, je fais mine de rester sereine, envers et contre tout.

— Mademoiselle Berry, n'allez surtout pas faire exploser votre tension par ma faute. Reposez-vous, reprenez des forces. Je ne voudrais pas vous enterrer et être obligée de me coltiner définitivement votre chat.

— C'est vrai, vous imaginez le tableau ? Attila et vous, unis pour la vie !

Elle me taquine. Mais brusquement, Attila ou un autre chat, je commence à entrevoir le risque de finir ma vie exactement comme ma sympathique voisine...

17

Les romanciers ont l'avantage éminent de pouvoir sublimer une grande partie de leurs déboires à travers l'écriture. Relations difficiles avec les parents, sombres perspectives en politique et en diplomatie internationale, histoires d'amour discutables, tout cela mijote comme par magie dans le chaudron de la narration et donne au final une cuisine plutôt inspirée, pourvu qu'on la pimente d'une souffrance authentique.

Je ne fais pas exception à la règle : je passe le mois suivant enfermée chez moi à pianoter sur mon clavier. Enfin, j'ai rassemblé mon courage et lâché le roman historique que je n'avais pas envie de poursuivre, pour me consacrer entièrement à mon premier scénario contemporain. Je ne suis pas du tout certaine de maîtriser le registre narratif approprié, mais une fois lancée, je ne l'ai plus lâché. Le récit des aventures de la jeune rock star et de sa dame de cœur s'est littéralement déversé sur mon écran, page après page, au point d'être bouclé en un temps record : un petit mois seulement !

Il va sans dire que je n'avais pas grand-chose d'autre à faire durant ces quatre semaines, et que l'écriture, et elle seule, m'a évité de m'apitoyer sur mon sort à longueur de journée.

Inutile de tourner autour du pot : ce dernier mois a été très dur à vivre, avec mon portable qui s'obstinait à observer un silence religieux, hormis quelques appels désormais sporadiques de la part de journalistes particulièrement tenaces. L'appartement au-dessus de ma tête est resté encore plus calme : aucune trace du propriétaire. Ni dans l'immeuble ni dans la presse, du reste – je peux l'affirmer avec certitude car moi qui n'avais jamais consulté de ma vie un site de potins, je suis devenue accro à l'info trash. Pas toute l'info, non, seulement celle qui concerne la scène musicale, et les Alien Temptation en particulier. Or, si des membres du groupe ont été repérés ici et là dans des fiestas californiennes assez arrosées, rien n'est sorti sur Terrence, rien de rien, pas même un entrefilet. À croire qu'il a disparu de la surface de la terre.

Désormais, chaque matin, mon premier réflexe en buvant mon café est de lancer une recherche et de passer la Toile au peigne fin en quête de nouvelles. Voilà ce que je suis devenue : une *loser* de trente-six ans. Pitoyable.

Tous ces efforts sont restés vains à ce jour. Terrence s'est bel et bien volatilisé.

J'ai rédigé, corrigé, effacé plus d'un million de fois le texte d'un SMS à lui envoyer mais, comme je l'ai découvert depuis peu, je suis d'une lâcheté vertigineuse. Il y a quelques semaines encore, j'aurais sans doute appelé cela du bon sens, à mon âge, mais chaque nuit que je passe les yeux grands ouverts à cogiter sur tout ce que j'ai fait et que je n'aurais pas dû faire me rappelle seulement qu'en fait de sagesse, il s'agit plutôt ici de couardise. Un cas flagrant, exemplaire, de couardise...

Mon téléphone sonne. À mon grand soulagement, c'est Laurel qui m'appelle, et non ma mère.

— Agence de pompes funèbres, bonjour.

Ma copine éclate de rire.

— Tu es bête... Mais c'est vrai que le ton de ta voix reste assez lugubre. Voilà, je t'appelle de bon matin pour t'annoncer que je n'ai pas fermé l'œil cette nuit pour pouvoir terminer ton nouveau roman. Il est génialissime !

— Ton enthousiasme me ravit.

— Cache ta joie...

— Oui, eh bien, Dieu seul sait quand elle reviendra. Il n'empêche, je suis contente que l'histoire t'ait touchée.

— Oh ! Ton héros est un amour ! J'ai un petit bout de cœur en moins, ce matin...

— Donc mon bouquin pourra plaire, tu crois, même s'il se passe de nos jours ?

Je reste sceptique. Cette histoire est trop personnelle pour que je puisse avoir un avis objectif.

— Non seulement il va plaire, m'assure Laurel, mais il va déclencher un vrai élan d'enthousiasme chez tes lectrices ! N'aie pas peur, c'est l'histoire parfaite au moment parfait. Même si elle n'est pas entièrement autobiographique, on sent que le sujet t'a drôlement inspirée...

C'est une affirmation, pas une question, et de fait, démentir n'aurait aucun sens.

— C'est juste, l'histoire n'est pas tout à fait la mienne, mais les émotions sont cent pour cent authentiques. Je ne les ai pas simplement partagées avec mes héros, je les ai éprouvées dans ma chair, littéralement, je conclus dans un soupir théâtral.

Laurel s'octroie une pause avant de passer au sujet désagréable.

— Julie... Un mois est passé, désormais. Pourquoi tu ne l'appelles pas ?

Le fait qu'elle n'ait même pas eu besoin de le nommer m'arrache presque un sourire. Tout est si évident !

— Parce que... Sincèrement, je ne sais pas quoi lui dire. J'ai peut-être commis une erreur en prenant la fuite comme ça, sans m'expliquer de vive voix, mais mes convictions profondes demeurent valides.

— Tu dis ça parce que tu t'es laissé convaincre par ce manager minable.

— Non, Laurel, ce n'est pas ça. Son discours a fait mouche parce que sa perplexité était aussi la mienne. Depuis le début. Portée par mon élan, j'ai fermé les yeux un certain temps. Mais il était clair que tôt ou tard je devais les rouvrir, sous peine de finir dans le mur.

Mon amie soupire.

— Toi et tes métaphores sur la vie…

— Tu sais que j'ai raison sur le fond !

— Entre nous, Julie, je n'arrête pas de réfléchir et de me demander ce que j'aurais fait à ta place. Je reconnais que la question n'est pas facile. Ceux qui t'incitent à plonger tête la première ignorent que le monde dans lequel nous vivons fonctionne selon certaines règles, que cela nous plaise ou non.

— Voilà.

— Néanmoins, quelques-unes de ces règles sont en phase de révision, il me semble, non ?

— Quelques-unes seulement. La preuve, au lieu d'élire la première femme présidente, on s'est retrouvés avec *celui-là*… Le monde n'est pas prêt à accepter des femmes présidentes ou simplement plus âgées dans le couple. Un jour, peut-être… Mais moi, je vis ici et maintenant et je serais bien en peine de prédire ce que la société trouvera normal dans le futur.

— Certes. Mais tu ne peux pas non plus passer ta vie à te demander : « Et si… ? » Parce que je te connais, c'est exactement ce que tu es en train de faire. Tu peux me le dire à moi, Julie : est-ce que tu regrettes de ne pas être allée à ce concert ?

Mon café me semble plus amer que d'habitude ce matin, et ce n'est pas parce que j'ai oublié de le sucrer.

— Peut-être, je marmonne. Je ne sais pas. Je me dis parfois que si c'était la conduite juste à adopter, je devrais normalement commencer à me sentir mieux aujourd'hui, après un mois d'enfer. Or, c'est pire. J'ai même maigri !

— Il te manque.

— Terriblement, j'avoue non sans grincer des dents.

— Alors, bouge ! s'exclame Laurel, fidèle à son caractère. Fais quelque chose !

— Quoi, par exemple ?

— Tu as raté un concert… Rachète-toi avec le prochain !

J'ai l'étrange sensation que ce ne sont pas des paroles en l'air…

— Tu sais quelque chose que j'ignore, Laurel ?

— Je vois que tu n'as pas encore lu les infos du jour sur ton nouveau groupe préféré... Tu m'as bien dit que tu t'étais enfin renseignée sur la carrière des Alien Temptation ?

Si je me suis renseignée ? Je pourrais réciter l'intégralité de leur répertoire, j'en ai peur ! Je connais toutes leurs chansons par cœur... Toutes, sauf une, car le masochisme a des limites, Dieu merci.

— Oui, chef, c'est fait. Tu disais... ?

— Eh bien, ils viennent d'annoncer un concert exceptionnel à New York la semaine prochaine. Les billets seront mis en vente demain à midi. Et tu sais ce que je pense ?

— Non, mais tu vas me le dire.

— À mon humble avis, ce concert inopiné n'est pas le fruit du hasard. Je suis même certaine qu'il constitue une sorte de message, affirme-t-elle, tout excitée.

— Un message pour *moi* ? C'est ridicule. Maintenant tu vas me dire que Terrence a réussi à faire annuler je ne sais quel événement au Garden...

— Non, ça, c'est juste un coup de chance. Un congrès républicain a été annulé en raison du climat politique. Bonne nouvelle, entre nous... Et une occasion à saisir au vol. D'après moi, Terrence l'a compris et il a sauté dessus.

— Mais bien sûr.

Ce n'est pas l'envie de croire aux contes de fées qui me manque... Mais même les amateurs de pantoufles à licornes doivent parfois se plier bon gré mal gré à la dure loi de la réalité.

— Il est en train de t'offrir une seconde chance, Julie !

— Tu dis ça seulement parce que tu m'aimes bien...

— Crois-moi, j'ai le nez creux pour ces choses-là. Jusqu'à preuve du contraire, de nous toutes je suis celle qui a le plus la tête sur les épaules !

Exact. Mais cela, c'était avant qu'elle ne la perde pour l'illustre M. Pulitzer.

— Sans vouloir critiquer ton nez, je doute sérieusement que Terrence ait besoin d'un concert à New York pour entrer en contact avec moi. Pour mémoire, il habite au-dessus de ma tête ! S'il l'avait voulu, à cette heure il serait déjà rentré de Los Angeles et il aurait pressé ma foutue sonnette !

À l'autre bout de la ligne résonne le grand rire de Laurel.

— C'est nouveau, ce vocabulaire chez toi !

— Oui, c'est vrai. Comme tu le vois, j'ai changé.

— Pas tant que ça. Navrée de te décevoir, mais tu es toujours la même romantique indécrottable. Voilà pourquoi, demain à midi pile, nous allons réunir toute la fine équipe pour décrocher quatre des meilleures places pour le concert !

— Laurel...

— Demain. À midi. Toutes les quatre, avec quatre ordis. On y arrivera ! lance-t-elle avec conviction.

Et moi je souris en dépit de tout. Une tête de mule, cette Laurel, mais une amie merveilleuse.

Je n'ai pas pour habitude de dégainer le très pénible « Je te l'avais bien dit ». Toutefois, dans ce cas précis, je l'ai pensé très fort.

Soit nous ne connaissons pas assez d'astuces informatiques, soit les ados ont des réflexes plus rapides que nous – ce qui, à mon avis, n'est pas un scoop. Toujours est-il que les billets pour le fameux concert nous sont passés sous le nez.

Mais Laurel, loin de s'avouer vaincue, attrape son téléphone.

— Qui vas-tu appeler ? demande Audrey.

— Norman ! Lui, il a des contacts partout. Il nous trouvera les billets, affirme-t-elle avec une assurance enviable. Allô, Norman ? Bonjour, c'est Laurel. Comment vas-tu ? Non, rien à voir avec le nouveau roman. Voilà, j'aurais besoin d'un service et comme je sais que tu es un amour et que rien n'est impossible pour toi, surtout quand il s'agit d'une de tes auteures préférées, il me faut à tout prix quatre billets pour le concert des Alien Temptation la semaine prochaine au Garden.

Je n'arrive pas à entendre la réponse de Norman, mais je l'imagine assez bien.

— Non, Julie ne peut pas s'en occuper, et non, ne me demande pas pourquoi, c'est une longue histoire... OK, merci, j'attends que tu me rappelles.

Laurel prend congé et raccroche.

— Alors, qu'est-ce qu'il a dit ? je demande avec un empressement que je me reproche aussitôt.

Adieu, mon beau projet de détachement altier !

Laurel me sourit d'un air compréhensif.

— Il a promis de se mettre au travail. Et quand Norman s'engage, c'est un char d'assaut !

Dix minutes à peine se sont écoulées, soit le temps pour nous de vider un paquet entier de donuts, lorsque le char d'assaut rappelle Laurel.

Le geste de triomphe de mon amie est assez explicite.

— Merci, Norman ! Merci, je t'adore ! Et je te dois une faveur maintenant, dit-elle avant de raccrocher, un grand sourire aux lèvres. On a les billets, les filles ! À nous le concert des Alien Temptation !

Et pour fêter ça, nous sortons vite refaire le plein de donuts.

Le Madison Square Garden est connu pour avoir accueilli au fil des années des musiciens légendaires comme Frank Sinatra, Elvis, Led Zeppelin, Madonna et mille autres, mais aussi des tournois sportifs en tout genre – basket, hockey, lutte... En gros, tout événement digne d'intérêt dans le secteur est destiné à se dérouler dans cet espace qui se prête à d'innombrables métamorphoses.

Je n'aurais jamais cru possible de voir réunies là-dedans vingt mille personnes ! Et pourtant nous y sommes. Après une attente interminable devant les entrées, cela va sans dire, rigueur des contrôles de sécurité oblige.

— Vous me trouverez vieille si j'avoue que je suis déjà fatiguée ? gémit Cindy, formulant à voix haute une pensée unanime.

Nous sommes *toutes* épuisées après avoir fait la queue pendant des heures et ensuite joué des coudes pour arriver à nos places. De très belles places, à proximité de la scène – Norman a dû bouger plus qu'une simple connaissance, à mon avis – mais qui exigent de ce fait des talents assez solides de ninjas pour y parvenir.

— Nous *sommes* vieilles, dis-je, dépitée. Vous avez vu l'âge moyen du public ?

Je m'en voudrais de gâcher la fête avec ma rengaine un peu lassante, mais la faune locale me déprime tellement...

— Euh... Vingt ans ?

— Plutôt dix-huit, Laurel. Et seulement parce que l'on fait pas mal grimper la moyenne.

— Bah ! On n'est pas les seules. Regarde là-bas, dit mon amie en pointant du doigt une quadra non loin de nous, en train de prendre en photo un groupe de collégiennes.

— Elle a accompagné sa fille, je réplique, la mort dans l'âme.

Que cela me plaise ou non, si j'avais rencontré et épousé mon âme sœur dès ma sortie de la fac, aujourd'hui j'aurais sans doute moi aussi des enfants plus informés que moi sur la scène rock des années 2010.

— Ah oui, murmure Laurel, contrainte et forcée elle aussi de se rendre à l'évidence.

Mon moral plonge, comme souvent ces jours-ci.

— Venir ici n'était peut-être pas l'idée du siècle, je marmonne. Regardons les choses en face : Terrence est forcément à New York pour le concert de ce soir, et il n'a toujours pas mis les pieds dans son appart. Croyez-moi, j'ai vérifié !

Oui, j'ai passé toute une journée l'oreille collée à sa porte, et alors ? Même pas honte.

Le plus drôle, dans l'histoire, c'est que Mlle Berry m'a donné un coup de main ! De nouveau en pleine forme et plus désagréable que jamais depuis qu'elle a surmonté son urgence médicale et embauché une infirmière qui passe tous les jours, elle est restée des heures aujourd'hui sur le palier du dernier étage à guetter un signe de présence. Quoi qu'elle en dise, cette femme doit me vouloir du bien…

Et tout cela pour rien. Je ne sais pas où loge Terrence, mais ce n'est pas chez lui, en tout cas.

— C'est peut-être une tactique ? suggère Audrey, que je vois douter pour la première fois.

— Ou alors, je dois juste accepter l'idée que j'ai eu raison de quitter Los Angeles. Vous me direz ce que vous voudrez, mais tout indique que Terrence a tourné la page…

— Il n'a pas tourné la page, décrète Laurel avec conviction. Sinon, il t'aurait fait signe ! C'est un homme poli ! S'il a évité l'immeuble, c'est pour une raison précise.

— En effet : il ne veut pas me voir.

— Tout est mieux que l'indifférence, non ? Ce n'est pas ce que nous écrivons dans nos romans, toi et moi ?

— J'ai utilisé cette idée une fois ou deux, je l'avoue, mais j'ai eu tort. Rien de pire que d'être un objet de haine, rien ! Essaie, tu verras…

Laurel levant les yeux au ciel, j'insiste :

— Et quel serait notre plan génial, à ce stade ? Maintenant qu'on est là, qu'est-ce que je devrais faire, d'après vous ?

— Te débrouiller pour lui parler, d'une manière ou d'une autre. Attirer son attention…

— Au milieu de *vingt mille* adolescentes en délire en train de s'égosiller ?

Laurel sait bien que j'ai raison. D'ailleurs, elle semble à court d'arguments, pour une fois.

— Eh bien…

— Disons qu'il faudrait un miracle, intervient Audrey. Un foutu miracle !

— Mais qu'est-ce qu'on fait là ? je gémis.

Ma copine me fixe avec une gravité très inhabituelle.

— On est là parce que même si ça n'a rien de rationnel, quelquefois les miracles se produisent. Et je ne vois pas pourquoi il ne devrait pas s'en produire un pour toi !

Je souris à Audrey, qui extériorise rarement son affection à ce point. Je lui souris... pour l'inviter aussitôt à redescendre sur terre.

— Tout le monde pense mériter un miracle. Et ça n'arrive presque jamais.

— *Presque* jamais, Julie.

— Écoutez, vous avez tenu à ce que j'affronte mes problèmes, et je suis là, en train de subir l'humiliation finale... J'ai enfilé une robe imprimée de licornes, un peu stretch, encore heureux, sinon je n'aurais même pas réussi à la mettre ! Et je me retrouve piégée dans une salle de concert avec des filles qui ont la moitié de mon âge, si ce n'est plus. Mais je suis là parce que vous avez raison, en fin de compte. Pas au sujet des miracles, auxquels je ne crois plus depuis un bail, mais quant au fait que j'ai besoin de tourner la page. M'en aller sans un mot, c'était une très mauvaise idée. La seule chose que je puisse invoquer pour ma défense, c'est que... que...

Laurel glisse un bras secourable autour de mes épaules.

— Je sais, je sais, Julie : tu es amoureuse.

— Non ! je me récrie avec une énergie suspecte. Je ne pensais pas à un truc aussi extrême...

— Sur ce point, elle n'a pas tort, commente Audrey, s'attirant un regard noir de Laurel. Amoureuse, c'est assez extrême, sur ma propre échelle de valeurs.

— Je ne suis pas amoureuse, dis-je fermement. Je suis seulement... Je suis...

Suspendues à mes lèvres, mes amies attendent la suite en silence. Un soupir résigné m'échappe.

— Et merde ! Je suis amoureuse. Il n'y a pas d'autre explication à ma présence ici.

— Mieux vaut tard que jamais, non ? me dit Laurel en souriant.

— Franchement, j'aurais nettement préféré « jamais »...

— N'importe quoi ! Tu es là, nous sommes là avec toi, et Terrence va bientôt entrer en scène. Fais quelque chose pour qu'il te remarque et va lui parler après le concert...

— Des suggestions, peut-être ? Je te rappelle que jusqu'à preuve du contraire, le seul élément *remarquable* pour lequel je passerai à la postérité, c'est mon gros ventre !

— Voyons... Est-ce qu'on a de quoi fabriquer une pancarte ? Non, bien sûr. Oh ! Ces filles, là devant, en ont des dizaines ! Volons-en une, les filles !

Je la regarde, partagée entre fou rire et consternation.

— Laurel ! Voler des enfants ? Non, mais ça va pas la tête ?

— Oh ! C'était juste une idée comme ça...

Par chance, Laurel n'a pas le temps d'avoir d'autres idées, car les lumières s'éteignent déjà. Impossible désormais de voir plus loin que le bout de son nez. Un faisceau de projecteurs colorés illumine brusquement la scène sous les hurlements ininterrompus des adolescentes.

Terrence et les autres musiciens surgissent d'un brouillard psychédélique. Les hurlements redoublent.

Je retiens mon souffle tout en balayant des yeux sa tenue de concert. Un jean déchiré, le plus déchiré de l'histoire sûrement, et un T-shirt noir zébré d'entailles... Je souris malgré moi. Ce style lui va tellement bien ! Ses cheveux sont plus courts que la dernière fois que je l'ai vu et maintenant, sa mèche bicolore lui tombe sur les yeux, créant un effet terriblement... sexy.

— Dis donc..., murmure Audrey, les yeux ronds.

— Eh oui, dis-je tandis que Terrence s'empare du micro et prononce quelques mots pour saluer les gamines hurlantes avant de lancer le concert.

Mon cœur est parti au galop au seul son de sa voix.

Il m'a manqué. Seigneur ! Comme il m'a manqué...

Nous restons là, à écouter un titre après l'autre, parce que sa musique est irrésistible même pour le public qui a passé l'âge maximal. Je suis complètement absorbée par le spectacle, par le timbre de voix de Terrence surtout, lorsqu'il change tout à coup d'expression à la fin d'une chanson.

Dans le silence revenu, il s'avance, micro en main.

— La prochaine chanson est nouvelle, c'est la deuxième fois seulement qu'on va la jouer. Très honnêtement, je ressens un peu de pression, là, parce que la première fois que je l'ai chantée en public j'en attendais beaucoup. Elle s'intitule *Julie* et elle est dédiée à une personne très spéciale...

— Oh, mon Dieu ! s'exclame Audrey en me saisissant la main.

Les fans des Alien Temptation se mettent à hurler plus fort – oui, c'est possible –, mais c'est à peine si je les entends. Dans ma tête résonnent seulement les mots de Terrence...

Mon état de transe est soudain brisé par un mouvement sur ma gauche. Si mes yeux ne me trompent pas, Laurel vient de faucher un carton aux collégiennes agglutinées juste devant nous et elle est en train d'écrire dessus avec... son rouge à lèvres.

— Laurel !

M'ignorant, elle brandit le carton au-dessus de sa tête à bout de bras.

Dessus, en lettres géantes rouge baiser : « JULIE EST ICI !!! »

Nous sommes si près de la scène que le risque de se faire repérer par Terrence est réel. Je sais bien que nous avons tout fait pour ça justement, pour que je puisse lui parler... Mais brusquement, je ne me sens pas prête. Mais alors, pas du tout.

Je me jette sur Laurel pour lui arracher l'écriteau des mains, mais sa carrure d'athlète résiste sans trop d'efforts à mes assauts.

— Arrête et écoute ta chanson ! m'ordonne-t-elle.

Mais oui, bien sûr, ma chanson...

Is this the end of the moment
Or just a beautiful unfolding
Of a love that will never be
Or maybe be

Everything that I never thought could happen
Or ever come to pass and I wonder
If maybe, maybe I could be
All you ever dreamed, cause you are

Beautiful inside, so lovely and I can't see
Why I'd do anything without you, you are
And when I'm not with you, I know that it's true
That I'd rather be anywhere but here without you

De grosses larmes se sont mises à dévaler mes joues à mon insu. À ce rythme, je pourrais bien me retrouver à sangloter à la fin du morceau.

Là réside peut-être le vrai problème, quand on tombe amoureux : on devient vulnérable, parce que contraint de regarder au-dedans de soi, de s'interroger sur ce que l'autre peut bien trouver de si fascinant chez nous. Or, rien n'est plus beau que de comprendre que si l'on s'estime peu, quelqu'un, au contraire, nous estime réellement. Au point de composer des chansons pour nous.

Lorsque la musique s'achève, le Garden reste étrangement silencieux, comme si chacun avait conscience de l'énergie particulière de ce moment.

Terrence lève alors les yeux du micro, son regard croise le mien et ne le lâche plus.

— Julie, je t'aime, dit-il, esquissant un petit sourire.

Délire dans la salle.

Tandis que je pleure à chaudes larmes, les gens commencent à se tourner vers notre petit groupe, les portables brandis à bout de bras. Le plus beau, c'est que tout cela m'est complètement égal. Les photos immondes qui paraîtront demain Dieu sait où, mon maquillage qui a bavé…

Et cela, parce que le regard de Terrence ne m'a pas quittée une seconde.

Il m'envoie un baiser depuis la scène tout en retirant son T-shirt devant un public devenu hystérique. Médusée, je le vois pointer du doigt un tatouage tout neuf sur son torse. Le tout premier dans cette partie de son corps qui était restée intacte jusque-là...

Au-dessus de son cœur, bien visible, une licorne du plus bel effet.

Bon sang ! Il s'est fait tatouer une licorne...

Je lui souris en secouant la tête. Dans cette salle, il y a vingt mille personnes, mais c'est comme si, en cette seconde, nous étions seuls au monde, lui et moi.

Le reste du concert file à la vitesse de l'éclair, le moindre détail semblant être un échange entre Terrence et moi. À la fin, alors que la musique et les cris se sont tus, je sais ce que je dois faire : déployer tout un arsenal d'arts martiaux pour parvenir jusqu'à sa loge.

C'est absurde mais étrangement libérateur de jouer des coudes sans douceur particulière pour rejoindre un homme qui habite au-dessus de chez moi, en fait. Je pourrais attendre, c'est clair. Mais je ne veux pas. Je n'y songe même pas une seconde.

Arrivent très vite à mon secours deux énergumènes de la sécurité envoyés par Terrence, sûrement. Pas très progressiste comme idée, à une époque où l'autonomie est une valeur clé. Je me débrouille seule depuis des années, mais je n'ai aucun problème à mettre un peu la pédale douce, ce soir. Au fond, c'est la merveille de l'amour : faire confiance à l'autre pour qu'il prenne soin de nous.

Grâce aux gorilles, je me retrouve assez vite dans la loge de Terrence envahie de fleurs et de cadeaux offerts par ses fans. Il ne manque que lui, mais il apparaît quelques instants plus tard et s'immobilise sur le seuil, tout sourire.

— Jolie robe...

— C'est quelqu'un de très spécial qui me l'a offerte.

— Ah oui ? Spécial jusqu'à quel degré ?

— Tiens donc, il existe une échelle de mesure en la matière ?

— Je ne sais pas, mais on pourrait l'inventer.

— Dans ce cas... je dirais que nous sommes sur les valeurs max.

Il s'approche et me prend la main.

— D'un côté, je savais que tu viendrais depuis le coup de fil de Norman et...

— *Norman* ?

— Qui d'autre que moi pouvait t'obtenir des billets pareils, à ton avis ?

— J'avoue que je n'ai pas réfléchi à la question. Bien joué, Norman !

— Je l'ai un peu sous-estimé, ce type, j'avoue... Mais à ma décharge, j'aurais critiqué n'importe quel type qui t'aurait arraché un rendez-vous. Même un prix Nobel !

Mon sourire s'élargit.

— Puisque nous en sommes aux grands aveux, sache que je suis profondément désolée de ma conduite à Los Angeles. Ma fuite, la lettre et tout le reste. Je n'étais pas à mon meilleur.

— Oh ! Passé la colère initiale, j'ai compris. En vérité, ta lettre était plutôt douce, si on oublie l'idée du *sacrifice pour mon bien*...

— Pas seulement le tien. C'était pour mon bien aussi, en théorie.

— Alors ? Toujours persuadée de vouloir te sacrifier ? demande-t-il d'une voix hésitante.

Je secoue la tête.

— Il semble que le martyre ne soit pas du tout mon destin, tout compte fait.

Terrence part d'un grand éclat de rire.

— Tant mieux ! Je commençais à m'inquiéter, avant que Norman me fasse signe.

— Vous étiez complices, si je comprends bien ?

— En quelque sorte. De toute façon, même en n'étant pas au courant de ta venue, je n'aurais pas pu manquer l'écriteau de Laurel...

— Ne m'en parle pas !

— Au contraire. J'aimerais me souvenir de chaque petit détail de cette soirée qui entrera dans l'histoire...

— En quel honneur ?

— C'est la soirée où tu as enfin compris que tu étais amoureuse de moi.

— Jeune présomptueux !

— Oui, je sais, c'est un de mes nombreux défauts.

— Quelle femme voudrait d'un homme pareil ? Je me demande...

— J'en connais au moins une : elle porte une robe exquise avec des licornes.

— Une personne de goût.

— Bien sûr : elle m'a choisi !

— Terrence, je ne t'ai absolument pas *choisi*...

— Oh que si... Mais à ta façon, comme tu le fais avec tout le reste.

— Crois-moi, si j'avais eu la liberté de choisir, j'aurais opté pour un homme d'un autre temps. Et pas...

Il m'enlace et dépose un baiser sur mes lèvres pour me faire taire.

— Pardon pour la sueur, mais après un concert je suis toujours dans cet état.

— J'aime la sueur, moi.

— Et depuis quand, demoiselle d'un autre temps ?

— Depuis... ce soir. Et si tu m'embrasses encore une fois, je pourrais même changer d'idée et m'accommoder définitivement des temps modernes.

— J'ai de la chance que tu sois aussi facile à corrompre. Poulet frit, licornes...

— Et musiciens déjantés à la mèche rebelle. N'oublie jamais ça.

— Aucun risque, murmure-t-il en reprenant mes lèvres.

Épilogue

Un an plus tard

Le coursier, le paquet dans les mains, attend avec une impatience manifeste que je termine de gribouiller une signature illisible sur sa tablette, avant de filer à la vitesse de l'éclair.

— À ton avis, combien de temps nous reste-t-il avant que les drones se mettent à balancer les articles achetés en ligne sur les toits des maisons ? je demande à Terrence en refermant la porte de notre appartement.

Enfin, plutôt le sien, en théorie... Mais nous cohabitons ici depuis presque une année, désormais. J'ai choisi néanmoins de garder le mien à l'étage au-dessous car, si grand que soit mon amour pour Terrence, la vie m'a appris qu'il valait mieux prévenir que maudire. Sans compter que j'avais de toute façon besoin d'un espace à réserver exclusivement au travail. Ainsi je vis maintenant dans un superbe appartement décoré avec goût, tandis que j'écris entourée de tons pastel objectivement discutables, quoi qu'en dise mon fiancé.

Ma prudence immobilière semble avoir porté ses fruits. Depuis quelques jours en effet brille à mon annulaire ce qui était la bague de fiançailles de la mère de Terrence. Très anglais, sûrement, ce réflexe de transmettre un bijou aussi symbolique de génération en génération...

Et quand bien même je ne vais pas épouser un prince ni même un duc, je me sens un peu dans la peau de Kate Middleton.

J'avoue avoir versé une petite larme lorsque Terrence a posé un genou à terre, alors que nous séjournions à Londres pour rendre visite à son père et son frère avec lesquels s'installe peu à peu une relation apaisée, sinon chaleureuse – ce sont des hommes, après tout, ils sont par nature peu à l'aise dans l'expression des sentiments. Ma présence a contribué, je crois, à atténuer certaines souffrances, au fil du temps. Elle a fait naître en Terrence le désir d'abaisser le pont-levis qu'il gardait obstinément levé depuis le décès de sa mère. Et puis, nous ne pouvons pas rire exclusivement des anecdotes ridicules de ma propre famille ! Il me semble plus juste que les mortifications soient partagées de manière équitable, dans un couple qui s'entend aussi bien que le nôtre.

Parce que nous nous entendons bien.

Tout le temps.

Nous sommes de ces couples extravagants et insupportables qui s'esclaffent pour des raisons que les autres humains ne jugent pas drôles du tout, qui savent se mettre sur leur trente et un pour se présenter à une soirée de gala mais qui, au fond, sont beaucoup plus heureux de rester à la maison pour s'endormir enlacés en regardant un film… Et se moquer des conséquences le lendemain sur Internet.

Nous sommes heureux, de la manière la plus banale et la plus compliquée qui soit. Alors, bien sûr, j'ai accepté sa demande en mariage. Entre nous, le moyen de dire non, au beau milieu du fabuleux salon de thé du Ritz ? J'étais en extase de me trouver dans ce lieu magique dont l'élégance rappelle furieusement l'époque Régence, au point que j'ai mis un temps infini à m'apercevoir que le petit dôme de douceurs accompagnant le thé était surmonté d'un mini-gâteau en forme de licorne, dont la corne arborait une bague. N'importe qui à ma place aurait fondu en larmes ! La demande était dans l'air depuis un moment, du reste : Terrence avait fait plusieurs fois allusion en plaisantant à cette histoire de mariage.

Je ne vais pas prétendre que notre différence d'âge est une sinécure. Onze ans, c'est lourd. Il y a encore des jours où mon amour-propre se fissure pour un rien. Dans ces moments-là, je m'enferme dans la salle de bains pour imaginer toutes sortes de scénarios tragiques dans lesquels il me plante pour un mannequin de vingt ans plantureux – je crois qu'il apprécie davantage la chair que les sacs d'os, tout compte fait. Mais ensuite je me reprends, je m'impose de cesser de donner dans la paranoïa et je continue à vivre ma vie.

En côtoyant Terrence cette année, j'ai compris que les différences entre les personnes existaient dans tous les couples. Professionnelles, sociales, générationnelles, qu'importe : l'essentiel n'est pas tant la profondeur de nos divergences que l'ensemble de choses que l'on a en commun. Le point de départ doit être la complicité, toujours.

Si j'avais dû deviner à quoi ressemblerait l'homme de ma vie, jamais je ne l'aurais imaginé avec ce profil, c'est un fait. Mais Terrence est complètement craquant. J'ai donc préféré un homme réel, en chair et en os, plutôt qu'un idéal de perfection inatteignable. Parfait, il ne l'est pas dans l'absolu. Il ne l'est que pour moi, T-shirts en lambeaux inclus – sans eux, je n'aurais pas assez de munitions pour me payer sa tête comme il faut. Or, dans toute relation digne de ce nom, les taquineries réciproques sont fondamentales. Il faut toujours se méfier des gens qui sont incapables d'autodérision.

Je m'approche du canapé où Terrence est en train de rectifier une chanson.

— Qu'est-ce que tu as commandé, cette fois ? je demande.

— Moi ? Rien.

— Moi non plus. C'est peut-être une bombe expédiée par une de tes fans ?

Il éclate de rire.

— Tu disais toi-même qu'elles avaient toutes fini par se rendre à l'évidence, non ?

— Seulement les journalistes. Pas le moindre article depuis des semaines sur notre couple si bizarre...

Je suis bien placée pour le savoir : suivre les potins à notre sujet est devenu une source inépuisable de rigolade entre nous.

— Attends qu'ils repèrent ta bague...

— Oh ! Tu fais bien de me le dire. Je vais la porter seulement à la maison, alors.

— Pas question ! Tu dois la porter *tout le temps*, déclare Terrence d'un ton solennel.

— Tout le temps, vraiment ?

— Tu es autorisée à l'enlever pour écrire. Rien d'autre.

— Je ne te connaissais pas ce côté possessif...

— Menteuse ! Il te plaît, en plus.

D'accord, je me rends : il n'a pas tort.

— Alors, on l'ouvre, ce paquet sans indication apparente ? dis-je en m'installant à côté de lui sur le canapé.

— Le coursier ne t'a pas dit pour qui c'était ?

— Non, il me l'a juste collé dans les bras en me faisant comprendre qu'il était très, très pressé.

Terrence lâche sa guitare pour m'aider à le déballer.

À l'intérieur, un petit mot, dont la calligraphie ne m'est que trop familière...

— Ma mère ! Un cadeau de fiançailles, peut-être ?

— Comme c'est gentil ! Tu vois ? Tu te plains toujours, mais elle t'envoie des cadeaux, dans les grandes occasions.

J'ai à peine le temps de nourrir quelques remords quand je découvre le contenu du paquet mystère.

Une *balance* ?

Mais oui, bon sang ! Un pèse-personne électronique dernière génération, à impédance mètre.

— Dis-moi que c'est une blague, je murmure.

Terrence surmonte son fou rire le temps de bafouiller :

— Décidément, ta mère est un sacré numéro...

— Tu peux te faire adopter, si elle te plaît tant, je réplique, morose.

Pourquoi diable une *balance* ? Qu'est-ce que ça veut dire, que je devrais perdre du poids ?

— C'est pour ça que je veux t'épouser, en fait. Pour avoir une belle-mère aussi désopilante.

Je ne relève même pas. J'essaie de comprendre.

Mais bien sûr !

De toute sa vie ma mère ne s'est jamais intéressée à la politique étrangère, mais... l'élection du nouveau président a changé la donne. La voisine l'a en effet convaincue que le choix d'un homme plus jeune était terriblement tendance, la *first lady* française affichant vingt-quatre ans de plus que son mari. Peut-être, mais elle pèse dans les quarante kilos tout habillée... Ma mère a dû en déduire que la maigreur était la clé du bonheur conjugal dans les couples comme le nôtre. D'où cet insolite cadeau de fiançailles.

Je déplie le livret d'instructions.

— D'après toi, comment devrais-je interpréter le fait que ce gadget indique également le pourcentage exact de graisse et la masse musculaire ?

Terrence hausse les épaules.

— Tu ferais mieux d'en rire et d'inclure cette scène dans un livre !

— Excellente suggestion. Sauf que j'écris des romans historiques, moi, à l'exception du petit dernier qui a vu le jour grâce à ta présence dans ma vie...

— Oh ! Je suis touché. Tu ne m'avais jamais vraiment avoué que ce roman était né grâce à moi.

— Tu croyais que j'avais puisé mon inspiration chez les Take That ?

— Sait-on jamais, avec toi ! réplique-t-il en riant. D'ailleurs tu pourrais très bien en écrire un second, vu le succès que le premier a remporté.

Je reste songeuse.

— Une histoire inspirée d'une balance... J'imagine qu'il y a eu plus saugrenu, comme impulsion littéraire...

— Et ton adorable fiancé pourrait même en faire une chanson.

— Sur ma nouvelle balance ? Jamais de la vie ! J'ai eu mon compte de vexations. Mais cet épisode me servira de leçon. J'aurais dû insister davantage sur mon training abdos. C'est ta faute, aussi ! Toi et ta gentillesse maladive... Il aurait fallu être moins compréhensif et me dire que tu tenais à avoir une femme au ventre plat !

— Jamais de la vie. La perfection est triste et ennuyeuse, murmure Terrence en se penchant sur mes lèvres. Mais... pourquoi diable vouloir un ventre plat ? Je me disais justement l'autre jour que j'avais un faible pour les épouses avec un gros ventre...

Il me regarde, avec son petit sourire en coin.

— Il n'en est pas question, dis-je fermement. Le jour de mes noces, je compte bien porter une robe moulante ridicule, juste pour que les journalistes écrivent ensuite que la mariée, avec le physique qu'elle a, ne pouvait pas se le permettre, mais qu'elle s'en fichait complètement !

— Tu pourrais aussi te marier enceinte en robe moulante ridicule...

— Terrence, c'est non.

J'essaie de rester inflexible, mais ses yeux se sont mis à briller dangereusement.

— Non ? murmure-t-il en me serrant contre lui.

— Non, je répète d'un ton un peu moins assuré.

— Nous verrons ça plus tard... Là, maintenant, j'aimerais que ma fiancée m'embrasse comme il faut.

Et pendant un assez long moment, plus personne ne se soucie de la balance à haute technologie abandonnée sur le canapé.

Remerciements

Tout d'abord une précision : les paroles de la chanson composée par Terrence pour Julie sont tirées en réalité de *Anywhere But Here* des SafetySuit, que j'ai écoutée en boucle avec une constance obsessionnelle pendant la rédaction de ce roman au point que je n'ai pas pu résister à glisser une allusion à la fin. Je trouve que le texte s'adapte à la perfection aux sentiments qu'éprouve Terrence pour Julie.

Par ailleurs, l'épisode de la balance est tiré d'une triste histoire vraie. Maman, merci de m'avoir offert ce merveilleux pèse-personne électronique dernier cri ! Vraiment, je ne sais pas comment j'ai fait pour vivre jusqu'ici sans connaître mon pourcentage de graisse (lire : pour vivre *mieux*).

Je ne partage ni le caractère de Julie ni ses goûts vestimentaires (amateurs du noir indémodable : présente !). Pour cette raison sans doute, écrire son histoire m'a beaucoup amusée. Comme point commun toutefois, citons une passion certaine pour les accents anglo-saxons et les hommes élégants.

Je crois qu'il faut une bonne dose de courage, relevée d'une inconscience salutaire, pour braver les conventions sociales et prendre une décision aussi difficile que celle de fréquenter un homme beaucoup plus jeune. Aux femmes qui ont fait ce choix va ma plus grande estime !

Je remercie les personnes qui m'ont écrit pour me raconter leur propre histoire d'amour et les obstacles parfois rencontrés dans un couple avec un écart d'âge conséquent. Mon mari et moi sommes nés la même année, nous étions même copains de lycée, si bien que notre parcours était balisé dès le début. Sans vos précieux témoignages, je n'aurais pas réussi à creuser en profondeur la relation entre Julie et Terrence.

Ah ! À propos de Terrence… Son nom est un hommage assez clair. Qui devinera ? ;-)

Je remercie ma maison d'édition qui me suit désormais depuis dix (!) publications. Si on m'avait dit un jour que je finirais par écrire dix histoires d'amour, j'aurais éclaté de rire… Entre nous, la vie a un sacré sens de l'humour.

Merci à tous mes lecteurs et toutes mes lectrices pour leur affection, leurs mots gentils, leur présence à travers leurs messages, photos et autres. Merci, merci, merci !!! Côté réseaux sociaux, je ne suis présente que sur Instagram @anna.premoli, dont je suis une utilisatrice moyennement active (qui toutefois contrôle son compte une fois par semaine, quand elle s'en souvient, alors prenez patience) mais j'aime prendre des photos. Sinon, vous pouvez m'envoyer un courriel à l'adresse anna@premoli.net ou visiter mon site www.annapremoli.com sur lequel je poste de tout, clips sur la politique américaine compris.

Pour finir, à ceux, nombreux, qui m'ont demandé des nouvelles d'Alex et Norman : la réponse est oui, j'ai commencé à écrire leur histoire.

La bise !

Playlist

SafetySuit, *Anywhere But Here*
Thriving Ivory, *Angels on the Moon*
Ellie Goulding, *I Know You Care*
M83, *Oblivion*
Kelly Clarkson, *Stronger*
Ellie Goulding, *Your Song*
Christina Perri, *Jar of Hearts*
Take That, *The Flood*
Europe, *Carrie*
Harry Styles, *Sign of the Times*
Julia Michaels, *Issues*
Christina Aguilera, *The Right Man*
Collective Soul, *How Do You Love*
Sigur Ros, *Untitled 3*
Laleh, *Speaking of Truth*
Starset, *It Has Begun*

J'AI LU

Composition
NORD COMPO

Achevé d'imprimer en Espagne
par CPI BOOKS IBERICA
le 5 mai 2019

Dépôt légal : mai 2019
EAN 9782290193785
OTP L21EDDN00988N001

ÉDITIONS J'AI LU
87, quai Panhard-et-Levassor, 75013 Paris

Diffusion France et étranger : Flammarion